KB246158

불의
지배자

웅진 주니어

불의 지배자 두룬 1

초판 1쇄 발행 **2014년 7월 28일**
초판 2쇄 발행 **2014년 11월 13일**
지은이 **김정란**
그린이 **김재훈**
발행인 **서영택**
본부장 **김장환**
편집인 **이화정**
책임편집 **박현종**
디자인 **오진경, 송유진, 곽다빈**
마케팅 **신동익, 박지영**
제작 **류정옥**

임프린트 웅진주니어

주소 서울시 종로구 인사동9길 27 가야빌딩

주문전화 02)3670-1173, 1595

팩스 02)747-1239

문의전화 02)3670-1563

홈페이지 www.wjjunior.com 페이스북 www.facebook.com/wjbook 트위터 (@wjbooks)

발행처 (주)웅진씽크빅

출판신고 1980년 3월 29일 제406-2007-00046호

글 ⓒ 김정란 2014 | 그림 ⓒ 김재훈 2014

저작권자와 맺은 특약에 따라 검인을 생략합니다.

웅진주니어는 (주)웅진씽크빅 단행본사업본부의 임프린트입니다.

이 책은 저작권법에 따라 보호받는 저작물이므로 무단전재와 무단복재를 금지하며,

이 책 내용의 전부 또는 일부를 이용하려면 반드시 저작권자와 (주)웅진씽크빅의 서면 동의를 받아야 합니다.

ISBN 978-89-01-16548-6 978-89-01-16547-9(세트) 74810

룬

불의 지배자

| 연금술사의 탄생 |

1

김정란 지음

웅진주니어

"성제(聖帝)의 혼이 아들을 낳았구나.

여기는 두룬의 집이다.

날고뛰는 잡귀들아, 이곳에 머물지 마라."

"성제(聖帝)의 혼이 아들을 낳았구나.

여기는 두룬의 집이다.

날고뛰는 잡귀들아, 이곳에 머물지 마라."

1부

불의
아이

왕의 사랑

늦여름의 따가운 오후 햇살이 수풀 안으로 쏟아져 들어왔다. 숲은 깊고 아름다웠다. 하늘에 닿을 듯 키가 큰 나무들이 빽빽하게 서 있는 등성이를 따라 내려가면, 험준한 계곡이 눈앞에 펼쳐졌다. 계곡 사이로 투명한 냇물이 반짝이며 흘렀다. 새들은 그 반짝임을 칭송하듯이 찌, 찌, 룽, 로, 루 하고 아름답고 즐겁게 노래를 불렀다. 햇빛조차 들어오지 않는 무성한 원시림이었다. 숲 여기저기에 솜털로 이루어진 버드나무 같은 라(羅) 덩굴이 장관을 이루며 끝도 없이 펼쳐졌다. 바람이 불어오면, 라 덩굴은 흰머리를 펄럭이며 춤추는 덩치 큰 여인처럼 보였다. 라 덩굴 아래에 있는 보라색 바위들 위에 이름 모를 노란색 꽃들이 가득 피어 있었다. 바람이 불어오면, 나뭇잎들은 몸을 흔들며 부드럽게 춤을 추었다. 나뭇잎은 마치 손을 뻗어 바람의 이마를 만져 보려는 듯 바람을 향해 한껏 몸을 들어 올렸다.

숲은 수천 년의 비밀을 오롯이 간직한 채 깊어지고 더 깊어졌다. 바라보기만 해도 온몸이 신성한 느낌으로 가득 차는 신비한 숲이었다. 사로국 사람들은 그 신성한 숲을 신원림이라고 불렀다. 아득한 옛날 신들이 처음으로 거닐었던 곳이라는 뜻이다. 신들의 근원인 숲. 신원림이 끝나는 곳에 신원시라고 하는 신전이 있었다. 시(市)는 신을 모시는 제단이 있는 곳을 이르는 사로국 말이다. 그 시는 석굴을 파서 만든 아름다운 신전으로, 버드나무와 라 덩굴에 휘감겨 있었다. 그 시는 유화 어머니 신을 모시는 곳이었다. 사로국 사람들이 언제부터 유화 어머니를 섬겼는지 아는 사람은 아무도 없었다. 아주 아득한 옛날, 사람들의 기억 속에서 그 기원조차 사라진 아득한 옛날부터 사로국 사람들은 유화 어머니를 어머니 신으로 공경해 왔다.

유화 어머니 신상은 시의 가장 큰 방의 깊은 벽을 파내서 만든 벽감 안에 서 있었다. 유화 어머니를 섬기는 남성 부신(副神) 셋이 양옆에서 보좌했다. 그 신전의 사제는 대대로 여자였다. 유화 어머니 신이 강력한 신이었던 아득한 옛날에는 신전에 여사제가 50명이나 있었다. 그러나 사로국에 불교가 들어온 뒤로, 어머니교의 교세는 눈에 띄게 기울기 시작했고, 여사제들도 하나둘 떠나갔다. 지금은 오직 한 사람, 복숭아꽃만이 남아 유화 어머니를 모시고 있었다.

사로국 사람들은 유화 어머니 신을 섬기는 여사제의 본명이 무엇인지 알지 못했다. 사람들은 오래전부터 여사제를 '복숭아꽃'이라고 불렀다. 여사제가 복숭아꽃처럼 아름답기 때문이기도 했고, 복숭아꽃이 귀신의 접근을 막아 주는 신성한 힘을 갖고 있기 때문이기도 했다. 복숭아꽃의 피부는 복숭앗빛이었다. 그러나 그 피부빛은 세상 사람들이 아름다운 여자의 피부를 표현하기 위해 자주 쓰는 표현인 복숭앗빛과는 사뭇 다른 색이었다.

겨울에 내린 흰 눈 위에 잉걸불 빛을 비추면 그런 색깔이 될까? 그 자체로는 너무나 성스러워서 아무 생명력도 느껴지지 않는, 다만 순결할 뿐인 차갑고 순수한 흰색, 그 자체로는 너무나 신성해서 사람들과 대화를 할 수 없는 신들의 차가운 순백색, 그 위에 생명의 원천인 활활 타는 불을 비추면 그런 색이 될지도 모른다. 사람들은 복숭아꽃이 사로국에서 가장 아름다운 여자라고 말했다.

저물어 가는 여름이 마지막 열기를 내뿜었다. 냇물마저 뜨거운 열기에 지쳐 헐떡대는 듯 느릿느릿 흘러가는 것처럼 느껴졌다. 그러나 석굴 안에 지어진 신원시 안은 서늘했다. 복숭아꽃은 유화 어머니 앞에 오랫동안 무릎을 꿇고 앉아 있었다. 오후 기도를 드리는 중이었다. 향내가 신전 안에 가득 차올랐다. 신전 사이사이에 세워진 아름다운 돌기둥 사이로 바람이 살랑이며 불었다. 그럴 때마다 호이, 호오이, 호이 하는 신비한 휘파람 소리가 들려왔다.

복숭아꽃이 손에 들고 있는 버드나무 가지 서낭대가 가끔 가늘고 희미하게 흔들렸다. 복숭아꽃은 서낭대를 꼭 쥐었다. 유화 어머니 신은 전처럼 복숭아꽃에게 강하고 분명한 대답을 보내 주지 않았다. 어머니 신의 힘은 점차 약해지는 것처럼 느껴졌다. 복숭아꽃이 처음 신녀가 되었을 때 복숭아꽃의 온몸을 휘감았던 강력한 느낌은 점차 줄어들었다. 어머니 신은 띄엄띄엄 복숭아꽃에게 말을 걸어왔다. 복숭아꽃은 어머니 신이 서서히 이 땅에서 물러날 준비를 하고 있는지도 모른다고 생각했다. 그러나 복숭아꽃은 어머니 신에게 묻지 않았다. 복숭아꽃이 어머니 신의 부름을 받았을 때도 그랬다. 복숭아꽃은 어머니 신을 깊이 믿었다.

'언제든 시간이 되면 알려 주겠지.'

복숭아꽃은 얼굴을 들어 유화 어머니 신상을 오래 바라보았다. 어머니 신상을 바라볼 때마다 복숭아꽃의 가슴에는 알 수 없는 크나큰 슬픔이 밀려왔다. 그 슬픔은 맑고 근원적인 것이어서, 세상의 슬픔과는 전혀 다른 투명한 슬픔이었다. 그 얼굴을 바라볼 때마다 복숭아꽃은 세상의 근원이 슬픔이라는 것을 깊이 이해하고는 했다. 복숭아꽃은 그 슬픔을 통해 살아 있는 모든 사람, 생물, 무생물 들과도 하나로 이어져 있었다.

 연금술사의 탄생

어머니 신은 바다처럼 푸른빛의 겉옷을 입고, 왼손에는 태양처럼 빛나는 심장을, 오른손에는 보리 이삭을 들고 있었다. 복숭아꽃은 어머니 신이 왜 심장을 몸 밖에 꺼내 들고 있는지 잘 알았다. 복숭아꽃 자신이 심장을 바깥에 꺼내 놓고 살았기 때문이다. 아픔을 호소하는 신도들을 만나면, 복숭아꽃이 먼저 아팠다. 복숭아꽃은 자기에게 도대체 심장이 몇 개나 있는지 모르겠다고 생각하곤 했다. 세계의 아픔에 마음이 에일 때마다 복숭아꽃의 몸 깊은 곳에 숨어 있던 심장들이 일제히 피부 밖으로 튀어나왔다. 그리고 손바닥에서, 팔 위에서, 얼굴 위에서, 다리 위에서 펑펑 뛰어댔다. 어디에서 날아온 건지 모르는 화살들이 그 심장에 푹푹 박혔다. 복숭아꽃은 온몸으로 피를 철철 흘렸다. 심장들은 그렇게 복숭아꽃을 한참 동안 뒤흔들어 놓고 열에 시달리게 하다가 다시 몸속 깊은 곳으로 가라앉았다.

복숭아꽃은 어머니 신을 바라보며 낮은 목소리로 말했다.

"어머니가 그렇게 아프신 덕에 보리 이삭이 패지요. 어머니가 피 흘리시는 덕에 대지가 새봄에 다시 살아나지요. 어머니가 고통을 겪으시는 덕에 세상에 새 아기들이 태어나요. 딸은 그걸 알아요. 저는 어머니를 따라가요. 하지만 이 운명은 때로 너무 힘겨워요."

복숭아꽃은 몸을 일으켜 작은 은 단지 안에 들어 있는 향을 한 줌 꺼내어 제단 위에 놓인 향합에 넣었다. 천축국에서 들여온 귀한 향이었다. 작은 불꽃이 환하게 일어나면서 신전을 밝혔다. 신상의 그림자들이 일렁였다. 잠깐, 남성 부신들 중에서 가장 위계가 높은 남신 지웅이 얼굴을 찡그리는 것이 보였다. 요즘 들어서 지웅은 유난히 자주 불만에 가득 찬 표정을 보이곤 했다. 복숭아꽃은 그 이유를 정확히 알지 못했다. 다만, 어머니 신의 약해진 힘과 무슨 관련이 있을 것이라고만 짐작할 뿐이었다. 평소에도 지웅은 어머니 신이 너무 온화하고 부드럽기만 하고, 가진 힘을 쓰지 않는다고 불만을 늘어놓았다. 그 힘이면 세상을 호령하고도 남을 텐데, 사로국이라는 세상의 변방에 쭈그리고 있다고 투덜대곤 했다. 그럴 때마다 어머니 신은 엄격한 표정으로 말없이 지웅을 바라보았다. 그러면 지웅은 찔끔하는 표정을 지었다. 지웅은 어머니 신의 무서운 힘을 알고 있었다. 그러나 불만에 가득 찬 표정은 사라지지 않았다.

복숭아꽃은 지웅을 불안한 표정으로 잠깐 올려다보고는, 눈길을 어머니 신에게 돌렸다. 어느 틈에 어머니 신은 눈을 감고 잠들어 있었다. 복숭아꽃의 마음속에서 알 수 없는 불안이 솟아올랐다. 그러나 어머니 신이 눈을 감고 있을 때면, 어떤 질문도 해서는 안 되었다. 어머니 신의 잠은 세계의 꿈이었다. 그 꿈으로 인해 만물의 변화와 조화가 유지됐다. 복숭아꽃은 무릎을 굽혀 절을 하고 뒤로 물러섰다. 저녁 기도 시간이 되기 전까지 조금 쉴 생각이었다. 복숭아꽃은 제구실(祭具室)을 향해 발걸음을 옮기기 시작했다.

제구실로 발길을 옮기던 복숭아꽃은 등 뒤에서 어렴풋한 인기

척을 느끼고 몸을 돌렸다. 신전 문 앞에 검은 그림자 하나가 역광을 받으며 서 있었다. 복숭아꽃은 흠칫 놀라며 신도가 왔나 생각했다. 그러나 이 시간에 신도들이 찾아오는 일은 좀체 없었다. 농사일에 바쁜 신도들은 일을 끝낸 뒤 늦은 시간에 찾아오기 때문이었다. 그나마 찾아오는 신도들의 수도 점점 줄어들고 있었다. 대부분의 사람들은 불교 사찰인 흥륜사로 가서 부처님을 섬겼다. 병이 들어 아프거나, 아기를 낳거나 하는 급한 일이 아니면, 신원시를 찾아오는 사람은 별로 없었다.

복숭아꽃은 의아한 표정으로 그림자를 향해 다가갔다. 키 큰 남자였다. 역광을 받으며 서 있었기 때문에 얼굴은 보이지 않았다. 남자의 어깨 너머로 따가운 햇살을 받고 있는 돌계단이 보였다. 복숭아꽃이 조심스러운 목소리로 물었다.

"누구신가요?"

검은 그림자가 복숭아꽃을 향해 천천히 걸음을 옮겼다. 작은 천창으로 쏟아져 들어오는 빛에 그림자의 모습이 드러났다. 남자는 머뭇거리며 입을 열었다.

"나는……."

복숭아꽃은 빛에 드러난 남자를 보고 소스라치게 놀랐다.

"폐하……."

"그렇소. 나는 이 나라 왕이오."

마룬왕 규진이었다. 큰 키에 늘씬하고 다부진 체격. 군왕다운 위엄이 서린 반듯한 얼굴. 그러나 안으로부터 무엇인가에 파 먹힌 듯 안색이 파리했다. 복숭아꽃은 얼른 허리를 숙여 왕에게 예를 올렸다.

"여기까지 어인 일로……."

왕은 입술이 마르는 듯, 아랫입술을 잠깐 깨물었다. 눈빛이 심하게 흔들렸다.

"나 혼자요. 수행들은 다 돌려보냈소. 그대에게 따로 말을 하고 싶었소."

복숭아꽃은 어리둥절한 표정으로 왕을 바라보았다.

'왕이 수행도 없이 혼자 시를 찾아오다니. 왕실은 이미 오래전에 불교로 개종하지 않았는가. 왕실이 버린 종교의 신녀에게 왕이 무슨 볼일이 있다는 말인가. 혹시 왕족 중에 누군가 위독한 병에 걸리기라도 한 것일까.'

복숭아꽃의 치유 능력은 정평이 나 있었다. 그래서 불교로 개종한 사람들 중에서도 복숭아꽃을 찾아와 치료를 부탁하는 사람도 꽤 있었다. 때로는 귀족들도 몰래 찾아왔다. 그러나 그런 일이라면 시종들을 보내도 충분할 텐데…….

"안으로 드시지요."

복숭아꽃은 제단 옆에 있는 작은 제구실로 왕을 안내했다. 작은 방은 깔끔하고 아담했다. 방 안에는 가구라고는 거의 없었다. 제구들을 넣어 놓는, 아름다운 주석 장식이 되어 있는 나무 궤 하나, 돌로 만든 탁자와 의자 두 개, 그것이 전부였다. 벽 위에서 작은 횃불들이 타고 있었다. 왕은 돌탁자 앞에 놓여 있는 의자에 앉았다. 복숭아꽃은 조심스럽게 왕의 맞은편에 앉았다. 잠깐 무거운 침묵이 흘렀다. 횃불이 타는 소리가 희미하게 타닥타닥 들려왔다.

왕은 불꽃이 일렁이는 눈으로 복숭아꽃을 한참 바라보다가 입을 열었다.

"당신은…… 참으로 아름답소."

복숭아꽃은 화들짝 놀란 눈으로 왕을 쳐다보았다. 복숭아꽃의 크고 맑은 눈에서 혼란스러운 빛이 언뜻 일어났다 사라졌다. 왕이 다시 입을 열었다.

"작년 상달 저잣거리에서 그대가 제를 드리는 모습을 먼발치에서 본 적이 있소. 나는 그때 미복으로 순시 중이었지. 그때 그대의 모습을 본 순간을 잊을 수 없소. 그대가 놀랍도록 아름다운 여자라는 것은 소문을 들어 이미 알고 있었소. 그러나 그대에게는 여느 미인들과 전혀 다른 어떤 것이 있었소. 그대를 보는 순간, 무엇인가 날카로운 것이 내 가슴으로 뚫고 들어왔소. 나는 그것이 아름다움의 검이라고 생각했소. 그 검이 내 심장에 깊이 박혔소. 그날 이후로 나는 병들었소. 무엇인가 내 안에서 잠자고 있던 것이 그때 미친 듯이 깨어났소. 그러고는 한시도 사라지질 않는 거요. 나는 내 안의 그 미친 불꽃이 사랑이라는 걸 알아차렸소. 나는 그것이 꺼지기를 오래 기다렸소. 그런데 그 불꽃은 꺼지기는커녕 점점 더 커져만 갔소."

왕은 잠깐 말을 끊었다. 그러고는 자리에서 벌떡 일어나 방 안을 거닐기 시작했다. 왕은 다시 무너지듯 자리에 주저앉아 말을 이었다.

"혼자 오래 생각했소. 나 자신에게조차 낯선, 이 미친 감정을 어찌해야 할까 하고 말이오. 일국의 군왕이 망해 가는 종교의 신녀에게 미칠 듯한 사랑을 품다니, 격에 어울리지 않는 일이오. 게다가 나의 개혁 정책에 반대하여 나를 죽이려고 호시탐탐 엿보는 귀족들에게 좋은 빌미가 될 거라는 생각에 두렵기도 했소. 사로국의 왕권은 아직 귀족들에게 휘둘리고 있다오. 더욱이 나는 혼인한 몸인 데다가 불자이기도 하오. 그런 내가 부처님 앞에서 허용되지 않는 한 여자에 대한 사랑으로 병이 들다니…… 이게 대체 무슨 부끄러운 일이란 말인가. 그러나 그 낯선 열정은 나를 놓아주지 않았소. 그건 나보다 훨씬 더 힘이 셌소. 나는 항복했소. 그래서 오늘 그대를 찾아와 이 사랑을 털어놓기로 결심한 거요. 나를 구해 주시오. 나를 이 지옥 같은 불꽃에서 꺼내 주시오."

복숭아꽃은 왕을 바라보았다. 복숭아꽃을 탐욕스러운 눈길로 바라보는 남정네들은 숱하게 많았다. 그러나 복숭아꽃이 신비한 힘을 소유하고 있다는 것을 아는 남자들은 감히 복숭아꽃에게 접근할 엄두를 내지 못했다. 더군다나 처녀인 신녀에게 범접하면 벌을 받아 거세당하게 된다는 믿음이 사로국에 넓게 퍼져 있었다.

옛날에 신녀를 범했다가 평생 사내구실을 하지 못했다는 어떤 젊
은 귀족의 이야기는 사람들 사이에 아직도 생생하게 살아 있었다.

　복숭아꽃은 예상치 못한 왕의 구애에 당황했다. 그러나 복숭아
꽃은 이내 평정심을 되찾고 왕을 바라보았다. 왕의 눈길은 복숭아
꽃을 바라보던 숱한 남정네들의 눈길과는 달랐다. 복숭아꽃은 사
람의 영혼을 읽을 줄 알았다. 복숭아꽃은 조용히 입을 열었다.

　"폐하께서 보여 주시는 사랑은 저를 당혹스럽게 합니다. 그러
나 그 마음 자락이 어떤 것인지 알 수 있습니다. 폐하의 영혼이 제
손에 잡혀요. 그 마음이 어두운 정념이 아니라는 것도 알겠어요.
그렇게 아름다운 사랑을 받는 여자는 많지 않지요. 제가 속인(俗
人)이었다면, 그 사랑에 감읍했을 것입니다. 그러나 저는 신들에
게 바쳐진 여자입니다. 제 몸은 제 것이 아닙니다. 저는 인간과는
사랑을 나눌 수 없습니다. 인간과 사랑을 나누면, 그 일만으로도
저주를 받게 되지만, 그 이전에 제 몸과 마음이 움직이지를 않습
니다. 억지로 저와 관계하셔도, 폐하는 빈껍데기만을 상대하시게
될 것입니다. 폐하께서 원하시는 사랑은 그런 것이 아닐 듯합니다
만……."

　무거운 침묵이 오래 이어졌다. 횃불이 타는 소리가 더욱 크게
들렸다. 타닥타닥 횃불이 타는 소리 사이로 늦여름 매미 울음소
리가 간간이 섞여 들려왔다. 여름이 막바지를 향해 가고 있었다.

　왕이 작은 소리로 입을 열었다.

"정녕 내 사랑을 받을 수 없소? 그것이 그대의 마지막 대답이오?"

"그렇습니다."

"내가 인간이라 사랑할 수 없다?"

"예, 그것이 신녀의 운명입니다."

왕이 복숭아꽃을 멍하니 바라보았다. 횃불의 일렁이는 빛 때문에 왕의 핼쑥한 얼굴은 더욱 우울해 보였다. 갑자기 왕이 분노한 음성으로 소리쳤다.

"죽이겠다면 어쩌겠소? 나는 왕이오. 얼마든지 그대를 죽일 수 있소."

복숭아꽃은 흔들림 없는 목소리로 말했다.

"목을 베어 죽이신다고 해도 폐하를 사랑할 수 없습니다."

왕은 말없이 복숭아꽃을 뚫어져라 바라보았다. 왕의 얼굴에 한순간 악마 같은 표정이 떠올랐다. 복숭아꽃은 말없이 왕의 눈길을 받았다. 복숭아꽃의 눈빛은 삼라만상의 아픔을 이해하는 어머니 유화의 눈빛이었다. 모든 상처를 어루만지며 쓰다듬어 주는 눈길. 어떤 사나운 짐승의 맹렬함도 조용히 가라앉히는 눈길. 그 눈길을 바라보던 왕의 표정이 어느덧 순해지기 시작했다. 그러더니 왕의 눈에서 어두운 불길이 사라졌다.

왕이 두 손을 뻗어 복숭아꽃의 얼굴을 감싸 안았다. 왕의 두 손은 가늘게 떨렸지만, 어두운 열기에 휩싸여 있지는 않았다.

     연금술사의 탄생

"내가 인간이라서 사랑할 수 없다면…… 그렇다면 내가 죽은 뒤에는 어떻소? 그때 인간의 모습을 벗은 영혼인 나는 사랑해 줄 수 있소?"

복숭아꽃의 조용한 눈빛이 일순간 심하게 흔들렸다. 복숭아꽃은 잠시 왕의 두 손 사이에 얼굴을 맡겨 둔 채, 가만히 있었다. 조금 뒤에 복숭아꽃은 왕의 두 손을 조용히 떼어 내고 자리에서 일어났다.

"예, 그때는 폐하를 사랑할 수 있습니다. 모든 인간의 영혼은 죽은 뒤에 신의 영역으로 들어가게 되니까요. 그러나 살아생전 덕을 쌓지 못한 영혼은 신의 영역으로 들어갈 수 없습니다."

왕이 자리에서 일어났다.

"알겠소. 살아서 좋은 왕이 되리다. 그리고 죽은 뒤 영혼이 되어 그대를 다시 찾아오리다."

왕은 뒤돌아보지 않고 작은 방을 나섰다. 복숭아꽃은 왕의 뒷모습을 지켜보았다. 왕의 어깨 위에 세상의 모든 쓸쓸함이 한꺼번에 쏟아져 내리는 것처럼 보였다. 그 모습을 지켜보던 복숭아꽃의 얼굴 밑에서 뜨거운 불길이 치솟아 올라왔다. 복숭아꽃의 얼굴은 빛을 내며 붉게 물들었다. 복숭아꽃은 고개를 숙이고 얼굴을 두 손 사이에 파묻었다.

왕은 그다음 해 겨울에 죽었다. 재위 4년째 되는 해였다. 젊은 왕의 죽음으로 왕국은 혼란에 빠졌다. 뒤숭숭한 소문이 꼬리에 꼬리를 물고 번져 나갔다. 왕이 신녀를 찾아가 사랑을 고백했다가 거절당했다는 이야기는 이제 사로국 사람이면 누구나 다 아는 이야기였다. 왕이 신녀에 대한 사랑 때문에 상사병으로 죽었다는 소문도 파다했지만, 많은 사람들은 그 소문을 믿지 않았다. 죽기 전해 겨울에 왕은 몸소 군사들을 이끌고 국경을 침입해 온 위례국과 싸워 이겼다. 그때 왕의 모습은 당당하고 씩씩했다. 많은 사람들이 전쟁을 이끄는 왕의 모습을 직접 보았다. 그때 왕의 모습은 사랑에 병든 남자처럼 보이지 않았다. 왕은 위례국 장수를 잡았지만, 장수의 목을 베지 않았다. 무기를 빼앗은 뒤, 몇 달 동안 국경 근방의 성에 가둬 두었다가, 위례국으로 돌려보냈다.

한편 왕과 사로 6부 귀족들의 갈등이 왕의 죽음의 원인이 되었다는 소문도 파다했다. 왕은 죽기 전까지 계속해서 사로 6부의 통합을 시도했다. 귀족들의 권력이 너무 막강해서 백성이 고통을 겪고 있으므로, 왕권을 강화하여 귀족들을 통제할 필요가 있다고 판단했던 것이다. 귀족들은 자신들의 지위가 젊은 왕의 개혁 때문에 흔들릴까 봐 두려워했다. 귀족들이 신녀 복숭아꽃에 대한 왕의 지극한 사랑을 알고 질투 때문에 눈이 먼 왕비 오미 부인과 결탁해 왕에게 조금씩 독을 먹여 죽였다고 했다. 일찍 세상을 떠나 왕위에 오르지 못한, 마룬왕의 형 강윤을 둘러싸고 오랫동안 호가 호위했던 귀족들이 음모의 주축이 되었다고 했다. 그들은 강윤의

 연금술사의 탄생

아들 규원을 왕으로 옹립해, 왕을 쥐락펴락할 생각이었다. 교활하고 권력욕에 가득 찬 늙은 각간 거등과 왕비의 인척 도엽 장군이 그 중심이었다고 했다. 사람들은 그 소문을 더 믿었다. 그러나 젊은 왕이 갑자기 죽게 된 진짜 이유를 아는 사람은 아무도 없었다.

죽은 마룬왕의 뒤를 이어 규원 마하왕이 즉위했다. 귀족들은 죽은 마룬왕을 깎아내리기 위해 마룬왕이 복숭아꽃에 대해 품었던 사랑을 모욕하는 소문을 퍼뜨렸다. 마룬왕이 너무나 색을 밝혀서 황음(荒淫) 때문에 병에 걸려 일찍 죽었는데, 그것은 음란한 신녀 복숭아꽃의 유혹에 넘어갔기 때문이라고 했다. 신녀가 섬기는 종교는 본래 음란을 조장하고, 사람들을 어지럽게 만들어 부처님의 청정 세계로부터 멀어지게 만드는 마귀의 종교라고 했다. 귀족들은 계속해서 신원시를 없애야 한다고 마하왕을 부추겼다. 귀족들은 죽은 마룬왕과 신녀를 둘러싼 소문이 신비화된 형태로 백성들 사이에 자꾸 퍼져 나가면 자기들의 권력 기반을 위태롭게 만들 수 있다고 파악했다.

그러나 마하왕은 그렇게 할 생각이 없었다. 마하왕은 귀족들에게 휘둘리는 삼촌을 보며 성장했다. 귀족들이 하자는 대로 했다가는 나중에 어떤 꼴을 당할지 알 수 없었다. 게다가 신통력을 가지고 있다는 신녀의 시를 건드릴 경우, 무슨 일이 벌어질지 알 수 없다는 두려움도 있었다. 마하왕은 "긴요한 사항이 아니오."라는 말로 귀족들의 신원시 파괴 요청을 계속 거절했다.

02

두룬의 탄생

유화 어머니 신은 점점 더 힘이 약해졌다. 복숭아꽃은 말을 걸어오는 어머니 신의 목소리를 알아듣는 일은 전처럼 수월하지 않았다. 신원시를 찾아오는 사람들의 수는 점점 더 줄어들었다. 마룬왕이 살아 있을 때까지만 해도 사람들은 신원시를 찾아오는 것을 그렇게 두려워하지는 않았다. 아직도 몰래 신녀를 찾아와 병을 고치거나, 집안 대소사에 관해 상의하는 사람들이 있긴 했지만, 그들은 자신들이 신녀를 찾아왔다는 일이 알려질까 봐 전전긍긍했다. 신도들이 가져오는 물질도 점점 더 줄어들었다.

복숭아꽃은 평소처럼 저녁 기도를 마친 뒤, 주목 문을 밀고 시의 계단을 내려갔다. 복숭아꽃은 잠시 작은 돌계단 위에 서서 저무는 태양을 바라보았다. 그날따라 유난히 석양이 붉었다. 불현듯 죽은 왕이 생각났다. 죽은 뒤 영혼이 되어 찾아오겠다고 했던 사람. 복숭아꽃은 왕이 보고 싶었다. 흔들리던 눈빛, 그 눈빛 아래에서 읽히던 지극한 사랑과 끝없는 슬픔. 그러나 왕의 모습이 떠오르자 복숭아꽃은 고개를 저었다.

'아니, 왕이 다시 찾아오는 일은 없을 것이다. 죽은 사람은 죽은 사람, 아무리 생전의 사랑이 지극하다 하여도, 어떻게 저승의 문턱을 넘겠는가. 왕이 죽은 지 벌써 3년이나 지나지 않았는가.'

복숭아꽃은 쓸쓸한 걸음으로 탱자나무 사잇길을 걸어 집으로 돌아갔다. 그런데 사립문 너머로 아름다운 사슴 가죽 신이 댓돌 위에 놓여 있는 것이 보였다. 남자의 신발이었다. 복숭아꽃의 가슴이 쿵쿵거리며 뛰기 시작했다. 복숭아꽃은 얼른 달려가 방문을 밀었다. 향내가 확 끼쳐 왔다.

그 사람이었다. 어두운 방 안에 그림처럼 조용히 앉아 있는 사람. 생전의 모습 그대로였다. 눈빛은 고요하고, 얼굴에서는 엷은 광채가 뿜어져 나왔다. 불을 켜지 않은 어두운 방 안인데도 왕의 얼굴을 뚜렷하게 알아볼 수 있었다. 복숭아꽃은 힘없이 자리에 주저앉으며 작은 소리로 말했다.

"폐하! 정말로 오셨군요."

왕의 영혼이 빙그레 웃었다.

"내가 찾아오겠다고 하지 않았소? 내가 영혼이 되어 찾아오면 사랑해 주겠다고 약속하지 않았소?"

"그랬지요. 하오나 정말로 찾아오실 거라고는 생각지 못했습니다. 삶과 죽음의 경계가 엄연한걸요."

"내 사랑은 장애를 모르오. 내 사랑은 뻔뻔하고 모질다오. 신들조차 나의 열망에 경계를 두지 못했소. 그들은 3년을 기다릴 것을 명한 뒤, 그대에게 오게 해 주었소. 그대에게 오는 데 3년이나 걸린 것은 삶과 죽음의 경계를 지우기 위한 시간이었소. 내게 지금 신의 위엄 같은 건 없소. 지금 나는 그대가 신녀이기 때문에 그대를 원하는 것이 아니오. 나는 그저 사랑하는 자일 뿐이오."

복숭아꽃은 조용히 왕을 바라보다가 왕의 얼굴에 두 손을 가져다 대고 가만가만 쓸어내렸다. 왕이 복숭아꽃을 끌어안았다.

"많이 야위었구려. 그래도 여전히 아름답소."

방 안으로 달빛이 쏟아져 들어왔다. 밤바람에 꽃잎들이 화르르 떨어지고, 밤새들이 유난히 많이 울었다. 그날 밤 이슬은 일찍 풀잎에 맺혔다. 달빛이 닿을 때마다 이슬은 파르르 떨었다. 새벽이 될 때까지 한 남자의 영혼과 한 여자의 몸과 영혼이 함께 있었다.

왕의 영혼은 일주일 동안 복숭아꽃의 집에 머물렀다. 사람들은 복숭아꽃이 한동안 외출하지 않는다는 것을 눈치챘다. 하루에 세 번 꼬박 기도하러 신원시로 올라가던 복숭아꽃이 일주일 내내 모

습을 보이지 않았다. 댓돌 위에는 귀한 남자의 신발이 놓여 있었다. 윤기 나는 검은 사슴 가죽에 금사슬로 장식된 아름다운 신발이었다. 사람들이 모여서 쑥덕거리기 시작했다.

"신녀가 웬 남자를 끌어들였구먼."

"며칠째 꼼짝 않는 걸 보니 단단히 빠졌군그래."

"신녀는 인간과 관계를 하면 벌을 받는다던데……."

"그런데 신발을 보니 남정네가 귀한 신분이 틀림없구먼."

사람들은 모여 서서 그렇게 쑥덕거렸다. 사람들이 떠들어 대는 소리를 가만히 듣고 있던 한 남자가 작은 소리로 끼어들었다.

"댓돌 위에 놓인 신발은 죽은 마룬왕의 신발이야. 왕이 살아 있을 때 저 신발 신은 걸 본 적이 있어. 틀림없어."

갑자기 차가운 바람이 사람들 사이로 휙 하고 지나갔다. 누군가 더 낮은 목소리로 더듬거리며 덧붙였다.

"그, 그렇다면 귀신이 신녀를 찾아왔다는 거야? 죽은 뒤에도 생전의 사랑을 못 잊어서?"

"신녀는 인간과 사랑을 하지 못한다더니, 그 말이 맞는 것 같기도 하군그래."

사람들 사이로 수런거리는 소리가 퍼져 나갔다. 찬탄과 공포가 뒤섞인 한숨 소리 같은 것이 그들의 입에서 새어 나왔다. 한 사람이 덧붙여 말했다.

"그러고 보니, 요 며칠간 신녀의 집 주위에서 향기가 짙게 나는

     연금술사의 탄생

것 같지 않아? 신녀가 뜨락에 꽃을 많이 키우고 때마침 꽃이 흐드러지게 피는 철이기도 하지만. 그래도 요즘 그 집 옆을 지나갈 때 유난히 향기가 진하게 나는 것 같더라고."

수런거림 소리가 더욱 커졌다. 누군가 다시 작은 목소리로 덧붙였다.

"말이 났으니 말인데, 그 집 하늘 위에 며칠 전부터 유난히 색이 고운 구름이 머물러 있는 것 같지 않아? 낮에 보면 잘 모르겠는데 해 질 녘이 되면 온갖 색으로 물드는 것처럼 보이더라고."

사람들이 눈을 동그랗게 뜨고 그 말을 한 사람을 바라보며 물었다.

"정말 그렇던가?"

말을 꺼낸 사람이 침을 한 번 꿀꺽 삼킨 다음 대답했다.

"틀림없다니까. 며칠 전부터 구름 한 조각이 그 집 위에 머물러서 움직이질 않더라고. 먼젓번 날 해 질 녘에, 거참, 고운 구름이다, 그리고 생각 없이 보았는데, 지금 돌아가신 임금님 얘길 들으니까, 감이 확 오는구먼."

사람들의 입에서 일제히 아, 하는 탄성이 터져 나왔다.

"마룬왕의 혼이 신녀를 찾아온 거야. 어이구, 우리 불쌍한 임금님."

몇 달 뒤에 사람들은 복숭아꽃의 배가 둥글게 부풀어 오른 모습을 보았다. 백성들은 배 속의 아이가 죽은 마룬왕의 아이라는 것을 믿어 의심치 않았다. 귀족들은 신녀가 마룬왕의 영혼과 관계하여 아이를 가졌다는 소문이 나라 안에 퍼지자, 바짝 긴장했다. 백성들 사이에 마룬왕의 갑작스러운 죽음을 둘러싸고 수상쩍은 소문들이 나돌고 있다는 것을 잘 알고 있었기 때문이다. 배 속의 아이가 정말로 마룬왕의 아이가 맞는다면, 그들의 미래에 상당한 부담이 될 수도 있었다. 일부 과격한 젊은 귀족들은 신녀를 죽여서 후환을 없애야 한다고 주장했다. 그러나 각간 거등이 그들을 자제시켰다.

백성들 사이에서 신녀는 아직도 사랑과 경외의 대상이었다. 신녀의 세력이 현저하게 떨어졌다고는 해도, 만일 신녀를 건드릴 경우, 백성들은 동정심 때문에 신녀를 중심으로 급속하게 뭉쳐서 귀족들에게 맞설지도 몰랐다. 그렇지 않아도 백성은 귀족들에 대한 불만으로 가득 차 있었다. 신녀에게 해를 가하는 일은 그 불만의 불씨에 기름을 끼얹는 결과를 가져올 수도 있었다.

게다가 새로운 왕 마하왕은 완전히 귀족들 편이 아니었다. 마하왕은 용의주도한 사람이었다. 마하왕은 그 누구에게도 속내를 털어놓지 않았다. 아직 집권 초기여서, 이렇다 할 정책을 추진하지는 않지만, 이 젊은 왕이 야심만만한 인물이라는 것은 쉽게 짐작할 수 있었다. 게다가, 귀신의 소생이라고는 해도, 마룬왕의 아이라면 왕족임이 틀림없었다. 왕족에게 해를 가한다면, 마하왕이 가

연금술사의 탄생

만히 있을 리 없었다.

다음 해 이른 봄 어느 깊은 밤에, 복숭아꽃은 사내아이를 낳았다. 이른 봄에 비바람이 휘몰아치고, 천둥이 우르릉댔다. 나무들은 산고에 시달리는 복숭아꽃의 고통에 감응하기라도 하듯, 몸을 뒤치며 울었다. 천둥은 마치 가까운 산 위로 하늘의 모든 돌멩이들을 집어 내던지는 듯 무서운 소리로 으르렁댔다. 번개가 그 소리 사이로 무시무시하게 번쩍였다.

"이른 봄에 이게 대체 무슨 날씨람."

사람들은 몸을 웅크리며 말했다. 어떤 이들은 그날 밤, 번개가 신녀의 집 위에서 밤새 번쩍이는 걸 보았다고 주장하기도 했다. 다음 날, 날씨는 거짓말처럼 맑게 개었다. 밤새 비바람이 미친 듯이 몰아쳤는데, 다음 날 아침 들에 나간 농부들은 풀포기 하나 쓰러지지 않은 것을 보고 크게 놀랐다. 그러고는 간밤에 신녀가 아들을 낳았다는 소식을 듣고, 고개를 끄덕이며 말했다.

"그랬군. 역시 그랬어. 돌아가신 임금님께서 오셨던 거야. 그 힘을 가지고도 풀포기 하나 건드리지 않으셨군. 돌아가신 뒤의 조화를 보니, 그분이 황음으로 돌아가셨네 어쨌네 하는 귀족들의 애기가 말짱 거짓말인 것을 분명히 알겠어."

03

영혼의 아들

복숭아꽃은 아들에게 두룬이라는 이름을 지어 주었다. 두룬은 이목구비가 또렷한 아름다운 아이였다. 두룬은 놀랍도록 빨리 성장했다. 다른 아이들보다 두 배는 성장이 빨랐다. 두룬은 숲을 뛰어다니며 혼자 놀았다. 두룬은 바람처럼 빠르고, 번개처럼 날렵하고, 천둥처럼 힘이 세었다. 그러나 두룬에게는 친구가 하나도 없었다. 그 대신 나무, 풀, 꽃, 바람, 짐승이 친구였다. 숲의 정령들이 언제나 두룬을 에워싸고 춤을 추었다. 짐승들은 두룬을 보아도 도망가지 않았다. 맹수들조차 해코지를 하지 않았다. 두룬은 짐승들의 말을 이해했다. 두룬은 짐승들과 대화를 나누고, 짐승들의 아픔과

기쁨을 함께 나누었다. 두룬은 모든 것을 자연에서 직접 배웠다.

사람들은 멀리에서 두룬과 복숭아꽃을 지켜볼 뿐, 가까이 다가갈 생각을 하지 않았다. 사람들은 이 아름다운 모자를 귀하게 여기고 사랑했지만, 가까이 다가가기를 꺼렸다. 모자가 귀신과 소통하는 존재라는 생각에 두렵기도 했지만, 두룬이 태어난 이후, 귀족들이 신원시에 대한 적대감을 노골적으로 드러내기 때문이기도 했다. 비명횡사한 죽은 왕의 영혼과 관계있는 사람들과 친해지면 어떤 불이익을 당할지 알 수 없었다. 귀족들에게 찍히는 날에는 살기가 힘들어졌다.

어느 날, 두룬은 복숭아꽃에게 물었다.

"어머니, 왜 사람들이 우리를 피하지요? 전 사람들의 눈에서 그들이 우리를 싫어하지 않는다는 걸 읽어요. 두려워하지만 그래도 사랑하고 있다는 걸 알아요. 그런데도 눈이 마주치면, 얼른 눈길을 돌려요. 왜 그러죠?"

복숭아꽃은 두룬을 안고 가만히 말했다.

"아가야, 그건 우리가 여느 사람들과 다르기 때문이란다. 그게 우리의 운명이야."

"그런데 어머니와 저는 왜 그런 운명을 가지고 태어났어요?"

"나도 모른다. 다만 그런 사람들이 있다는 걸 알 뿐이지. 어미도 그랬다. 그냥 달랐던 거야. 그런데 어느 날 갑자기 어머니 신의 부름을 받았단다. 나는 어머니 신의 부름을 따랐다. 나보다 크신 이가 나를 쓰시겠다면, 따르는 수밖에 없다고 생각했다. 우리는 신들로부터 보통 사람들보다 뛰어난 능력을 받았지만, 그것 때문에 고독하게 살아야 한단다.”

　복숭아꽃은 두룬을 꼭 껴안았다.
　‘어떤 힘든 운명이 이 아이 앞에 놓여 있는 걸까.’
　복숭아꽃은 무섭고 두려웠다. 복숭아꽃은 예지력을 통해 두룬이 평범하지 않은 삶을 살게 될 것을 예감하고 있었다. 그러나 그것이 어떤 운명인지는 분명히 알지 못했다. 복숭아꽃이 예지를 위해 불러내는 내면의 영상들은 어느 지점에선가 갑자기 희미해져 버렸다. 복숭아꽃은 시에서 기도할 때마다 두룬의 운명에 대해 어머니 신에게 물었다. 어머니 신은 그때마다 희미하게 웃을 뿐, 아무 말도 하지 않았다. 그러나 어머니 신이 내려 주는 신탁에서 불과 금의 영상이 자주 나타났다. 가끔 검은 나무와 검은 그림자도 보였다. 복숭아꽃은 좀 더 분명하게 말해 달라고 유화 어머니 신에게 빌었다. 어머니 신은 대답하지 않았다. 그러던 어느 날, 복숭아꽃이 몇 시간을 간절히 빌자, 어머니 신은 분명한 목소리로 말했다.
　“더 이상 알려고 하지 마라. 이제 너희는 인간의 시대를 살아가야 한다. 나는 이제 곧 너희를 떠날 것이다. 너희는 나와의 관계를 회복하기 위해 아주 오랜 세월을 살아야 한다. 너는 나와 직접적인 관계를 맺은 마지막 인간 세대가 될 것이다. 나는 내가 너를 도

왔던 것과 같은 방법으로 네 아들을 도울 수 없다. 그 아이는 너와는 다른 시대의 존재이다. 예감은 희미해지고, 사람들은 사랑보다 힘과 권력을 더 숭배할 것이다. 사람들의 영혼은 점점 더 메말라 가고, 그들은 신성한 근원에 대한 직관을 점점 잃어 갈 것이다."

"어머니, 기도 중에 불과 금의 형상이 자주 보입니다. 그것은 무슨 뜻인가요? 제 아이의 운명과 관계된 것인가요?"

유화 어머니 신은 잠시 눈을 감았다가 뜨고는 말했다.

"네 아이는 두두리가 될 것이다."

"두두리라 하심은?"

"불을 지배하는 자이다. 최고의 지혜에 이른 연금술사이지."

"그 능력이 제 아이를 고통스럽게 하는 원인이 되나요?"

"네 아이는 신의 영역에 속한 제 아비의 힘과 뛰어난 인간인 너의 힘을 물려받았지만, 그 힘은 네 아이가 살아갈 시대에는 축복이 아니라 저주로 느껴질 것이다. 힘은 충만하나, 힘을 현실에 적용할 형식은 보이지 않을 것이다. 네 아이는 자신의 능력으로 신들의 힘과 인간의 형식 사이의 조화를 찾아내어야만 한다. 그러나 걱정하지 마라. 네 아이는 시간이 지나면 주어진 운명을 완성할 것이다."

"그러나 어머니, 저는 인간에 불과합니다. 저는 짧은 인간의 시간 안에서 그 아이를 바라보아야 합니다. 그 시간 안에 아이가 겪게 될 고통이 눈에 보입니다. 저는 그것이 두렵습니다. 게다가 그 아이는 죽은 왕의 아들입니다. 험한 운명을 겪을 것이 불을 보듯 뻔한데, 어미인 제가 아무것도 할 수 없다는 말씀이신가요? 어머니께서 제게 허락하신 힘으로 제 아들을 도울 수 없나요?”

“슬프지만 네 힘은 아무 도움이 되지 못한다. 그 아이는 스스로 길을 찾아내어야 한다.”

“그런데 어머니께서 떠나신다는 건 무슨 뜻인가요?”

“신들은 인간들의 사랑으로 사는 것이다. 너희가 이제 나를 전처럼 사랑하지 않으니, 나는 떠나는 것이다. 그러나 내가 사랑하는 나의 아이들을 어떻게 영영 떠날 수 있겠느냐? 먼 훗날 인간들은 나를 다시 찾을 것이다. 나는 약한 자의 신, 핍박받는 자의 신이다. 나는 위안자이며, 지극한 고통과 슬픔을 아는 어미, 지극히 사랑하는 자이다. 나는 잊혀질 것이나, 진실로 잊혀지지는 않을 것이다. 나를 오래 기억하는 자들이 세계가 아플 때마다 세계의 잊혀진 가난한 구석에서 나를 불러낼 것이다.”

어머니 신상에서 한 줄기 눈물이 흘러내렸다. 복숭아꽃의 눈에서도 눈물이 흘러내렸다. 복숭아꽃은 이미 오래전부터 어머니 신이 떠날 준비를 하는 것을 알고 있었다. 유화 어머니 신이 말하는 동안, 세 남신의 얼굴이 심하게 일그러졌다. 지웅은 당장이라도 신상에서 내려올 것처럼 몸을 뒤척였다. 벽과 벽 사이에서 불안한 검은 바람이 일어났다. 유화 어머니 신이 다시 엄격한 눈길로 남신들을 바라보았다. 남신들은 마지못해 다시 평온한 얼굴로 돌아갔다. 남신들을 바라보는 복숭아꽃의 얼굴에 깊은 근심이 서렸다.

복숭아꽃은 유화 어머니 신이 말한 두두리의 '두'와 마룬왕의 '룬'을 따서 아이의 이름을 지었다. 영리한 두룬은 어머니와 자신이 보통 사람들과 '다른' 운명을 타고났다고 하는 것이 무슨 뜻인지 알아들었다. 두룬은 자신에게 주어진 그 다른 운명 때문에 어머니가 마음속 깊이 고통스러워한다는 것도 알고 있었다. 그러나 두룬은 오래전부터 자신을 괴롭혀 온 질문을 오늘은 기어이 던져 보리라고 마음먹었다. 두룬은 조심스럽게 입을 열었다.

"얼마 전에 사람들이 먼발치에서 쑥덕이는 소리를 들었어요. 제 귀는 아주 멀리에서 나는 소리도 들을 수 있거든요. 언젠가부터 저도 모르는 사이에 그런 능력이 생겼어요. 그런데 그 사람들이 하는 말이 제가 귀신에게서 태어난 괴물이래요. 아버지가 돌아가신 마룬왕이라는 거예요. 어머니가 그분의 영혼과 사랑을 해서 저를 낳았다고 하던데요. 그들은 마룬왕이 귀족들에게 독살당했다는 말도 했어요. 그게 모두 무슨 말이죠?"

복숭아꽃의 얼굴에 당혹스러워하는 빛이 떠올랐다. 언제까지나 숨길 수는 없을 것이라고 생각하기는 했다. 더구나 아이의 지혜가 놀랍도록 빨리 자라는 것을 보면서 아버지에 대한 이야기를 해 주어야 할 때가 곧 닥쳐올 것이라고 예감했다. 복숭아꽃은 한참 동안 숨을 가다듬은 뒤 무겁게 입을 열었다.

"아가, 언젠가 때가 오면 이야기해 주겠다고 마음먹고 있었다. 네가 물으니, 그때가 지금인 것 같구나. 그래, 너는 돌아가신 마룬 왕의 아들이다. 왕께서 어미에게 품으신 사랑이 지극하셨지. 네 아버지가 살아 계셨을 때, 나는 그분의 사랑을 받아들일 수 없었다. 어미는 신녀이기 때문에, 인간과는 사랑을 할 수 없단다. 왕께서는 죽은 뒤에 다시 찾아오겠다고 하셨지. 그러나 나는 정말 그분이 영혼이 되어 찾아오실 거라고는 생각하지 못했다. 그런데 돌아가신 지 삼 년 뒤에 정말로 찾아오셨더구나. 아버지는 이 집에 일주일 간 머무셨다. 너는 그렇게 해서 잉태되었단다."

"그렇다면, 귀족들이 아버지를 독살했다는 건 무슨 말이죠?"

"그건, 나도 모르겠구나. 네 아버지와 귀족들 사이에 심한 갈등이 있었다는 말은 나도 들었다만……."

"어떻게 돌아가셨는지 아버지의 영혼에게 물어보지 않으셨나요? 아버지가 억울하게 돌아가셨다면 그 원한을 갚아 드려야 하지 않나요?"

"물어보았지. 그러나 알려고 하지 말라는 말씀뿐이셨다. 이승의 강을 넘어간 사람에게 미움 때문에 이승에서 일어났던 일 따위는 아무 의미도 없는 일이라고 하셨다. 사랑만이 이승과 저승의 경계를 넘을 수 있으며, 증오 때문에 생겨난 이승의 죽음은 죽음으로 완결된 것이라고도 말씀하셨지. 당신 운명의 몫은 당신이 감당하신 것으로 이미 끝났다고. 복수는 다른 피를 부를 뿐, 죽음을 죽

     연금술사의 탄생

음 이전으로 되돌려 놓지 못한다고."

두룬은 말없이 생각에 잠겼다. 아버지가 했다는 말은 알 것 같기도 하고 모를 것 같기도 했다. 그러나 자신이 사람이 아닌 영혼의 아들이라는 것은 영리한 두룬에게도 충격이었다.

"사람들이 쑥덕대던 말이 사실이었군요. 저는 죽은 사람의 영혼에게서 태어났군요. 그래서 사람들이 저를 괴물이라고 불렀고요."

복숭아꽃은 두룬을 다시 끌어당겨 품에 안고 말했다.

"사람들은 누구나 다 신의 아이란다. 사람들이 그것을 모르고 있는 것뿐이야. 하늘이 허락하지 않으면 한 사람의 생명은 이 세상에 태어나지 않아. 생명을 가진 모든 사람이 신들의 작용으로 세상에 태어나는 거야. 한 여자와 한 남자가 사랑할 때, 두 사람은 그들끼리만 사랑하는 것이 아니라, 그들의 몸을 거쳐서 작용하는 신들과도 사랑하는 거란다. 어미의 사랑의 경우에는 사랑의 대상이 순수한 신적 원리에 속해 있는 존재였다는 것이 다를 뿐이지."

복숭아꽃은 두룬을 떠나보낼 때가 다가오고 있음을 알았다. 언제인지는 알 수 없지만, 때가 되면 분명한 징조가 나타날 것이다. 복숭아꽃은 그때를 준비해야 한다고 생각했다. 복숭아꽃은 정성을 다해 두룬을 가르쳤다. 읽고 쓰는 것은 물론, 복숭아꽃이 알고 있는 자연에 대한 신비한 지식들, 하늘과 별의 운행, 병든 사람들을 고치는 방법 그리고 무엇보다 사랑을 가르쳤다.

"사랑이 없으면, 모든 지식은 아무것도 아니다. 사람들은 지식이 충분하지 않아서가 아니라, 잘 사랑하지 못하기 때문에 세상에서 그토록 불행하게 살아가는 거란다. 잘 사랑하는 자는 저절로 지혜에 이르게 된다. 사랑이 모든 지혜의 근원이야. 사랑하지 않는 자는 아무리 많이 안다고 해도 장님에 지나지 않아."

두룬은 조용히 들었다. 아직은 복숭아꽃이 무슨 말을 하는지 분명히 알아들을 수 없었다. 두룬은 금빛으로 반짝이는 시냇물을, 나뭇가지를 흔들고 지나가는 바람 소리를, 새파란 하늘에 떠 있는 구름들을, 숲 속의 새들과 토끼들과 여우들을 생각했다. 두룬은 그것들을 이해하듯이, 언젠가는 복숭아꽃의 말도 온전히 이해하게 될 날이 올 것이라고 생각했다.

두룬은 쑥쑥 자랐다. 소년의 사랑스러운 얼굴을 아름다운 남자의 얼굴이 조금씩 밀어냈다. 가늘고 날씬하던 팔다리에는 점차 탄탄한 근육이 붙었다. 복숭아꽃을 닮아 하얗던 피부는 점점 구릿빛으로 변해 갔다. 어깨도 넓어지고, 부드럽고 순결하던 눈빛이 그윽하고 깊어졌다. 그 눈빛은 가끔 화닥화닥 불꽃을 피워 올렸다. 그 불꽃은 복숭아꽃을 찾아왔던 날, 마룬왕의 눈에서 이글대던 불빛을 닮아 있었지만, 더 부드럽고 깊었다. 먼발치에서 두룬을 바라보는 사람들은 두룬이 신처럼 아름답다고 생각했다.

04

불의 비법

두룬이 열다섯 살 되던 해 여름 어느 날이었다. 두룬은 두 손을 꼭 부여잡은 채 정신없이 숲길을 달렸다. 겁에 질렸는지 얼굴이 파리했다. 두룬은 숨을 헐떡이며 집으로 달려 들어갔다.

"어머니, 어머니!"

복숭아꽃은 두룬의 목소리가 심상치 않다는 것을 눈치채고 얼른 방문을 열었다. 두룬은 두 손을 꼭 잡은 채 숨을 헐떡이며 서 있었다.

"왜 그러느냐? 두 손은 왜 그렇게 꼭 모아 쥐고 있느냐? 어디 다쳤느냐?"

두룬이 더듬거리며
대답했다.

"어머니, 손이, 제 손이……."

"손이 왜?"

두룬은 방 안으로 들어와 복숭아꽃 앞에 두
손을 펼쳐 보였다. 손은 아무렇지도 않았다. 복숭
아꽃은 두룬의 두 손을 붙잡고 살펴보았다. 그러고는 의
아하다는 듯이 물었다.

"손이 뭘 어쨌다는 거냐? 아무렇지도 않은 것 같은데……."

그때 두룬의 몸이 갑자기 앞뒤로 흔들렸다. 두룬이 큰 소리로
외쳤다.

“어머니, 비켜서세요. 저만치요. 얼른요!”

복숭아꽃은 흠칫 놀라 뒤로 한 발 물러섰다. 그때 두룬의 두 손에서 갑자기 불길이 확 일어났다. 복숭아꽃이 놀라서 두룬 쪽으로 달려갔다. 두룬이 불에 탈 것이라고 생각했던 것이다. 두룬이 큰 소리로 말했다.

“안 돼요! 거기 서 계세요! 불만 나오는 거예요. 타지도 데지도 않아요. 걱정 마세요.”

그렇게 말하는 동안에도 두룬의 몸은 계속해서 앞뒤로 심하게 흔들렸다. 두룬이 두 손을 꽉 모아 쥐자, 몸의 흔들림이 가까스로 멈추었다. 그리고 두 손에서 일어나던 불길도 잦아들었다. 손바닥에는 불길이 일었던 흔적은 전혀 없었다. 복숭아꽃은 속으로 생각했다.

‘먼젓번 신탁에서 보았던 불의 영상이 이것을 예언하는 것이었구나. 이 아이는 불과 금과 관계된 어떤 운명을 가진 모양이다. 어머니께서는 이 아이가 두두리가 될 것이라 하셨다. 징조가 나타났으니 아이를 떠나보낼 때가 왔구나.’

복숭아꽃은 속마음을 숨기고 물었다.

“어떻게 된 일이냐? 언제부터 손에서 불이 나왔느냐?”

“그냥 갑자기 그렇게 되었어요. 숲 속에서 여우들이랑 달리기를 하고 있었는데, 어떤 놈이 굴속으로 달려 들어갔어요. 그놈을 쫓아서 들어간 굴속은 신비한 곳이었어요. 천장은 뚫려서 빛이 들

 연금술사의 탄생

어오고, 사방의 바위들은 아주 아름다웠지만 모습이 기괴했어요. 그런데 그 한가운데에 벼락 맞은 나무가 하나 있었어요. 그 옆에는 샘물이 하나 있고요. 그 나무는 어마어마하게 컸는데, 벼락을 맞아 까맣게 타서 아주 무서운 모습이었어요. 그렇지만 신성한 기운이 사방으로 새어 나왔어요. 저도 모르게 무엇인가에 끌린 듯이 그 신비한 나무를 향해 갔어요. 그러고는 그 나무줄기에 두 손을 대었지요. 그랬더니 나무줄기에 두 손이 붙어 버리지 뭐예요? 그러고는 참을 수 없을 만큼 뜨거운 불길이 제 온몸을 휩싸고 마구 흔들어 댔어요. 죽을 것 같았어요. 그렇게 불길은 한참 동안 제 몸을 흔들어 대더니, 어느 순간 잦아들었어요. 그러고는 제 몸을 허공으로 집어 던지더군요. 저는 땅바닥에 쓰러졌고, 오랫동안 정신을 차릴 수 없었어요. 그대로 죽는 줄 알았어요."

복숭아꽃은 짤막하게 '아!' 하는 감탄사를 내뱉었다.

'그래, 검은 나무도 보았어. 이 아이의 운명이 시작되는구나.'

두룬은 아직도 무서운지 숨을 헐떡였다.

"정신을 차리고 난 다음에 샘물을 손으로 떠서 마셨어요. 그리고 다시 굴 밖으로 나왔는데, 몸이 앞뒤로 휘청이며 흔들리더니, 손바닥에서 불이 나오는 거예요. 너무나 뜨거웠어요. 그런데도 손은 멀쩡했어요. 두 손을 꽉 잡으니까 불길이 잦아들었어요. 그런데 아까처럼, 안에서 무엇인가가 치밀어 오르면서 제 몸을 제멋대로 마구 흔들어 대고, 손에서 시도 때도 없이 불이 나와요. 어머니, 이게 뭔가요?”

“그것은 네 운명과 연관되어 있는 징조일 것이다. 그 불은 힘의 정수 같은 것이다. 벼락 맞은 나무 안에 숨겨져 있던 불의 힘이 네게로 옮겨 온 것 같구나. 그 나무에 신의 영이 깃들어 있는 거야. 그러나 네가 그 힘을 통제할 수 없다면, 그 힘은 너를 집어삼키고 말 것이다. 내일부터는 그 불의 힘을 조절하는 훈련을 해야 할 것 같구나.”

다음 날 복숭아꽃은 두룬을 데리고 그 신비한 동굴을 찾아갔다. 동굴 입구는 아주 작았다. 얼핏 보아서는 그 안에 동굴이 있는지 알아차릴 수 없는 곳이었다. 입구에 가시나무가 무성하게 자라 있었다. 나무 덩굴을 헤치고 들어가니, 한 사람이 허리를 잔뜩 구부리고 걸어갈 만한 공간이 나타났다. 그 길을 따라 조금 걸어 들어가자 갑자기 시야가 트이더니, 신비하고 아름다운 동굴이 나타났다. 기괴하고 시커먼 나무 한 그루가 괴물처럼 버티고 서 있었다.

복숭아꽃은 그 나무를 향해 다가가 절을 하고 준비해 온 몇 가지 제물을 바친 뒤, 그 앞에 꿇어 앉아 기도를 올렸다.

“나무 신이시여, 유화 어머니께서 제게 내려 주신 신탁에서 당신의 모습을 보았습니다. 제 아들 두룬에게 당신의 힘이 내렸다는 말을 들었습니다. 원컨대, 내 아이가 그 힘에 끌려다니지 않고, 그

 연금술사의 탄생

힘을 부리게 해 주소서. 그리하여 만물과 세상을 위해 쓰게 해 주소서."

그런 다음 두 사람은 나무에서 조금 떨어진 곳에 있는 넓적한 바위에 자리 잡고 앉았다. 두룬의 몸이 다시 앞뒤로 흔들렸고, 손에서 불길이 치솟았다. 두룬은 두 손을 꽉 잡고 불길을 껐다. 복숭아꽃이 말했다.

"아니다. 다음번에 불길이 올 때는 그대로 견뎌 보아라. 그리고 불길을 만들어 내는 네 몸속의 근원을 들여다보아라. 근원이 네 눈에 보이면, 불길을 조절할 수 있는 방법을 깨칠 수 있을 것이다."

다음번 불길이 찾아왔을 때, 두룬은 그대로 서서 버텨 내려고 노력했다. 몸은 사시나무 떨듯 앞뒤로 흔들리고, 두 다리는 비비 꼬이고, 입은 고통에 못 이겨 일그러지고, 입에서는 비명이 새어 나왔다. 두룬의 모습을 지켜보던 복숭아꽃은 울음을 삼키며 속으로 울부짖었다.

'이것이 무슨 운명이라는 말인가. 왜 내 아이는 이런 힘든 일을 겪어야 하나. 어머니, 비켜 갈 방법이 정녕 없습니까? 차라리 내가 겪을 수만 있다면!'

보다 못한 복숭아꽃은 두룬을 향해 다가가 두룬의 두 손을 자신의 손으로 감싸 쥐었다. 불길이 잦아들었다. 복숭아꽃은 얼른 나무 옆에 있는 샘물로 달려가 물을 떠다가 두룬에게 먹이고 땀으로 범벅이 된 두룬의 얼굴을 닦아 주었다. 두룬이 헐떡이며 말했다.

"어머니, 너무 힘들어요. 불길은 제 몸속 어딘가에 숨겨진 근원을 빠져나와 제멋대로 돌아다녀요. 하지만 희미하지만 불의 근원이 어렴풋이 보이는 것 같아요. 문제는 그곳에 제 정신이 도달하는 길을 모르는 거예요. 영상만이 떠오를 뿐, 그곳으로 어떻게 제 정신을 데려가야 할지 모르겠어요."

"어미가 너를 도울 수 없다니, 내 몸이 다 찢어지는 것 같구나. 눈을 감고 집중한 채, 고통스럽더라도 불길의 흐름에 몸을 실어 보렴. 죽을 것 같은 공포를 이겨 내고 불이 너를 실어 가게 해 보렴. 그러면 불길이 잡힐지도 모른다."

복숭아꽃과 두룬은 꼬박 사흘 밤낮을 불길과 싸웠다. 불길은 하루에 열 차례 이상 두룬을 습격했다. 시간이 지나가는 동안 두룬은 불길 안에서 버텨 내는 방법을 조금씩 익혀 갔다. 두룬의 몸은 이제 불길에 휘둘려 앞뒤로 흔들리지 않았다. 두룬은 눈을 감고 버티고 서 있을 수 있게 되었다. 그리고 내면의 어떤 영역으로 불길을 몰아넣는 방법을 서서히 익혀 갔다. 사흘째 되는 날 정오에는 불길을 불의 근원으로 완전히 돌려보내 그곳에 묶어 둘 수 있게 되었다. 그날 저녁 무렵에는 불이 갇힌 영역에서 자유자재로 불을 끄집어내는 방법까지 익혔다.

두룬이 불을 완전히 조절할 수 있게 되었다는 확신이 들자, 두 사람은 벼락 맞은 검은 나무 앞으로 가서 다시 제를 올리고 동굴

   연금술사의 탄생

을 나왔다. 동굴 밖으로 나오니, 보름달이 휘영청 밝았다. 사흘 동안 불길과 싸우느라고 두룬의 얼굴은 반쪽이 되어 버렸다. 그러나 달빛 속으로 나온 두룬은 밝고 명랑했다. 두룬은 무엇인가 한 고비를 넘겼다는 뿌듯함으로 가슴이 부풀었다. 두룬의 얼굴에 자신의 힘을 확인한 젊은이 특유의 오만이 슬며시 모습을 드러냈다.

복숭아꽃은 두룬의 옆얼굴을 바라보다가 손을 잡고 조용히 말했다.

"아가, 이제 불은 너의 힘이 되었다. 그러나 그 힘을 너 자신을 위해 쓰면, 불길은 다시 멋대로 날뛸 것이다. 신들께서 네게 힘을 주셨다면, 그것은 너를 통해 하시고 싶은 일이 있기 때문이란다. 그 불은 네 힘이면서 네 힘이 아니다. 겸손하지 않으면 신들은 언제라도 다시 너를 치실 것이다. 알겠느냐?"

두룬은 무엇인가 들켰다는 듯 머쓱한 표정을 지었다.

"예, 어머니. 힘든 싸움을 이겨 냈기 때문인지, 마음이 오만해졌던 것 같아요. 명심하겠습니다. 이 불은 제 힘이면서 동시에 제 힘이 아니라는 것을 잊지 않겠습니다."

부엉이가 멀리서 부엉부엉 하고 울었다. 달은 두 사람이 집에 도착할 때까지 구름 속에 숨지 않았다.

05

이별

복숭아꽃은 두룬을 떠나보낼 때가 되었다는 확신이 들었다. 마음이 찢어지는 것 같았다. 두룬은 복숭아꽃 자신과 같았다. 그러나 둘은 특별한 힘을 지닌 대신에 보통 사람들 누리는 아기자기한 행복한 삶으로부터 진작에 쫓겨난 터였다. 태어나서 겨우 열다섯 해를 어미 품에서 보내고 제 운명을 찾아가야 하는 아들. 생각하면 피눈물이 날 일이었다. 그러나 복숭아꽃은 자신이 신녀의 운명을 받아들일 때 그랬듯이, 두룬의 운명에 대해서도 신들에게 맡기는 수밖에 없다고 생각했다.

두룬은 그즈음 신이 나 있었다. 언제 어디서든 손에서 불을 끄집어낼 수 있게 되었기 때문이다. 두룬은 손에서 불을 끄집어내어 아궁이에 불을 때기도 하고, 마당의 호롱에 불을 붙이기도 하고, 불꽃 춤을 춘다면서 불을 가지고 재간을 부려 보이기도 했다. 복숭아꽃은 두룬의 어린아이 같은 귀여운 장난을 그냥 보기만 했다. 두룬의 불은 훨씬 더 중요한 어떤 일에 쓰여야 마땅하지만, 지금은 두룬의 즐거운 놀이를 나무라고 싶지 않았다. 그러나 세상 사람들이 그 사실을 알게 되면 두룬이 어떤 위험에 처하게 될지 알 수 없었다. 세상은 유혹으로 가득 차 있고, 그 유혹에 넘어갈 경우, 두룬은 어두운 운명을 따라가게 될 것이다.

'불을 멋대로 조절하다니, 그보다 더 탐나는 재주가 어디 있겠는가. 혹, 아이의 힘이 검은 세력에게 이용당하는 것은 아닐까? 아이가 제 힘의 의미를 분명하게 깨닫고 세상의 유혹에 지지 않도록 훈련시키지 않으면 안 된다.'

복숭아꽃은 신탁에서 검은 그림자를 보았던 일이 마음에 걸렸다.

어느 날 저녁, 복숭아꽃은 두룬을 불렀다. 두룬은 응석을 부리듯 복숭아꽃 옆으로 다가와 앉았다. 그러나 복숭아꽃의 얼굴이 심각한 것을 보고는 이내 자세를 고쳐 반듯하게 무릎을 꿇고 앉았다. 복숭아꽃이 무겁게 입을 열었다.

"이제 네 운명을 찾아 떠날 시간이 되었다."

두룬이 눈을 동그랗게 떴다.

"제 운명을 찾아서요? 그게 무슨 말씀이세요?"

"너는 평범한 사람들처럼 살 수 없다. 네게는 신들이 정해 놓으신 운명이 있다. 게다가 너는 왕의 아들이다. 너를 둘러싸고 앞으로 많은 일이 벌어질 것이다. 그때를 대비하여 흔들림 없는 너 자신을 만들어 두어야 한다. 네 운명은 신의 것도 인간의 것도 아니다. 너는 신과 인간 사이에서 너의 길을 만들어 가야 한다. 어미는 너에게 그 길을 일러 줄 수 없다."

두룬의 얼굴이 어두워졌다.

"어머니 곁에서 그 길을 찾을 수는 없나요?"

"어미는 너를 도울 수 없다. 어미에게서 태어난 생은 너의 첫 번째 생이다. 어미를 떠나 네 길을 찾아 두 번째 너 자신이 되어야 한다. 죽고 다시 태어나야 한다. 어미는 그 일에 아무 도움도 줄 수 없다. 너 혼자 해내야 하는 일이다. 아가, 네가 불의 시련을 이겨 냈듯이, 이제 혼자 힘으로 너를 연단해야 한다. 힘든 길이 되겠지만, 너는 여느 아이들과는 다르다. 너는 강하고 지혜롭다."

"어머니가 이르시는 대로 하겠습니다. 그러나 너무나 무서워요. 또 불의 시련 같은 일을 겪게 되면 어찌해야 할지……."

"어미는 비록 너와 떨어져 있지만 마음만은 늘 함께할 것이다."

복숭아꽃은 반닫이를 열고 작은 함을 하나 꺼냈다. 함 안에는 붉은 보자기에 싸인 물건이 들어 있었다. 보자기를 풀자, 금으로

연금술사의 탄생

만든 조그만 표식 같은 것이 나타났다. 복숭아꽃이 표식을 두룬에게 건네주면서 말했다.

"북쪽으로 북쪽으로 계속 가거라. 그러면 금마루산이 나타날 것이다. 금마루산 깊은 곳에 다다라 마을로 들어가는 길이 있다. 그곳은 신비한 대장장이들과 연금술사들이 사는 곳인데, 산속 깊은 곳에 숨겨져 있다. 세상 사람들은 그들을 두두리라고 부르기도 하지. 다다라라는 마을 이름은 두두리라는 말에서 생겨났다고 한다. 그 마을에 들어가려면 이 표식이 있어야 한다. 이 표식을 보여 주면서 사로국 신원시에서 왔다고 말하고 서부루라는 분을 찾아라. 그러면 너를 받아 줄 것이다. 그곳에서 야금술과 연금술을 연마하여라. 너는 이미 네 안에 있는 불을 다룰 수 있으니, 누구보다도 빨리 신비한 기술을 익힐 수 있을 것이다. 그 기술을 익힌 다음, 어미에게 돌아오너라."

"다다라 마을이라고요? 그곳은 어떤 곳이지요? 이 표식은 또 무엇이고요? 야금술이며, 연금술이며, 어머니, 무슨 말씀을 하시는지 하나도 모르겠어요."

"서부루 님은 네 외가 쪽으로 친척뻘 되는 분이시다. 뛰어난 연금술사란다. 나를 아주 예뻐하셨다. 나에게도 연금술을 가르치고 싶어 하셨는데, 어미는 진작에 신녀의 삶을 살도록 예정되어 있었기 때문에, 신녀 수련을 받는 일만으로도 벅차서 연금술까지 익힐 여력이 없었지. 그분은 홀로 연금술을 연마하면서 다다라 마을을 동경해 오셨지. 세상에서 가장 뛰어난 대장장이들과 연금술사들이 살고 있다는 이야기를 듣고 늘 그곳을 그리워하셨다. 그러더니 어느 날 그곳을 찾아 떠나셨단다. 어미는 오랫동안 그분의 소식을 듣지 못했다. 그러다가 어느 해인가 어떤 현인 한 사람이 나를 찾아와 서부루 님께서 연금술에 대성하여 다다라 마을 촌장이 되셨다고 하시더구나. 그러고는 이 표식을 전해 주면서 언젠가 다다라 마을을 찾아오게 되면 이 표식을 보이라고 하셨다더구나. 그때 나는 과연 내가 다다라 마을을 찾아갈 일이 있을까 하고 생각했지. 그런데 이제 보니, 이 표식은 내가 아니라 너와 관련된 것이었구나."

"어머니 말씀은 제 운명이 연금술사가 되는 것이라는 뜻인가요?"

"신과 인간 사이에서 태어난 너에게 하늘이 어떤 운명을 준비해 두셨는지 나는 모른다. 다만, 네 운명의 일부가 연금술과 관련되어 있다는 것을 알 뿐이다."

"그런데 어머니는 제가 다다라 마을을 찾아가야 한다는 것을 어떻게 알게 되신 거예요?"

"유화 어머니께 너의 운명에 관해 여쭈어 볼 때마다 내게 내려 주시는 신탁에서 불과 금의 상(象)을 보았단다. 그때는 그것이 무엇을 의미하는지 잘 몰랐지. 그런데 네가 불의 시련을 겪는 것을 보고, 그 상들이 무엇을 의미하는지 분명히 알게 되었다. 연금술

       연금술사의 탄생

사들을 '불의 지배자'라고 부르기도 한단다. 그들은 불을 이용해서 금을 만들어 내는 사람들이거든. 유화 어머니께서는 네가 두두리가 될 것이라고 하셨다. 그래서 네 이름도 두두리와 네 아버지 마룬왕의 이름을 따서 지었단다. 어미는 연금술에 대해서는 아는 것이 많지 않다. 그러나 인간이 가진 아주 뛰어난 지혜 중 하나라는 것은 알고 있다."

"두두리가 뭔가요?"

"나도 잘 모른다. 어머니께서는 최고의 지혜에 이른 연금술사를 이른다고 하셨다."

두룬은 복숭아꽃의 말을 조용히 들었다. 두룬은 자신을 짓누르는 운명의 힘을 느꼈다.

'길의 끝까지 가 보면 무엇이든 만나게 되겠지.'

두룬은 복숭아꽃의 얼굴을 바라보았다. 남다른 힘과 능력을 가진 복숭아꽃이 말하는 것이라면 복숭아꽃을 통해 신들이 하는 말이라고 생각했다. 두룬은 조용히 물러 나왔다. 자기 방으로 들어온 두룬은 복숭아꽃이 준 표식을 들여다보았다. 금으로 만든 정교하고 아름다운 물건이었다. 한가운데에 남자와 여자로 보이는 형상들이 있고, 그것을 원이 둘러싸고 있었다. 그 원을 다시 사각형이 둘러싸고 있고, 그 사각형은 다시 거대한 삼각형에 에워싸여 있었다. 그리고 다시 거대한 원이 그 삼각형을 에워싸고 있었다.

다음 날, 아침 일찍 일어난 두룬은 안마당에 못 보던, 눈부신 흰 암말 한 마리가 매여 있는 것을 보았다. 복숭아꽃이 긴 여행을 떠나는 두룬을 위해 준비해 놓은 모양이었다. 잘생긴 놈이었다. 아침 햇살을 받고 서 있는 말은 막 태양 마차를 끌다가 지상으로 내려온 것처럼 밝고 아름다웠다. 두룬이 감탄하는 표정으로 다가가자 말은 마치 절을 하듯이 한 발로 땅을 차면서 머리를 주억거렸다. 두룬은 말의 갈기를 쓰다듬으면서 말했다.

"정말 예쁘구나. 어쩌면 이렇게 예쁘게 생겼니?"

말은 칭찬받은 것이 기쁜 듯, 머리를 하늘로 쳐들고 히히힝 하고 울었다.

"이제 나와 함께 먼 길을 가야 할 모양이다. 네 덕을 봐야겠구나. 잘 부탁한다."

말이 다시 앞발로 땅을 탁탁 차면서 고개를 주억거렸다. 두룬은 말의 목덜미를 꼭 껴안았다.

복숭아꽃은 아침상을 차리다 말고 두룬이 말과 얘기를 나누는 소리를 듣고 부엌에서 나왔다. 밤새 울었는지 두 눈이 붉게 충혈되어 있었다.

"달릴 때는 더 아름답지. 아주 뛰어난 신마란다."

"어디서 난 말이에요?"

"내가 숨겨 놓고 기르던 말이다. 내가 신녀가 되던 첫해에 먼 나라 여자 현자 한 분이 선물하신 거란다. 어머니께서 비밀 임무를 내리실 때는 그놈을 타고 이동하고는 했다. 이따금 답답할 때면 그놈을 타고 먼 바닷가를 달리기도 하고. 바닷가를 달릴 때면, 파도가 이놈인지 이놈이 파도인지 알 수 없단다. 파도만큼 부드럽고 빠르거든."

"제 여행을 위해 준비하신 건가요?"

"그래. 이제 멀고 먼 길을 가야 하니까."

"어머니를 위해 그냥 여기 두세요. 저는 엄청 빨리 달려요. 저는 사슴보다도 더 빠르고 날렵하죠. 아무리 달려도 피곤하지도 않고요. 또 정 피곤하면 이리나 여우에게 부탁해도 돼요. 놈들은 저를 잘 태워 주거든요."

"아니다. 네가 갈 길은 그렇게 단순한 길이 아니다. 네가 가야 할 곳은 달리기만 잘한다고 갈 수 있는 곳이 아니야. 이 신마의 지혜가 반드시 필요하다. 또 예로부터 대장장이들은 말과 친밀한 관계를 맺어 왔단다. 그들은 날카로운 무기를 만드는 기술자일 뿐만 아니라 그 무기를 들고 전쟁터에서 싸우는 용감한 전사들이기도 했거든. 그래서 말은 그들과 오랫동안 인연을 맺어 왔지. 말 없이 다다라 마을에 갈 수는 없지. 이놈의 이름은 '흰구름'이란다. 구름처럼 가볍게 달리거든. 구름 속에 숨겨진 번개처럼 희고, 번개처럼 빠르고, 번개처럼 아름답기도 하지. 네가 가야 할 길을 잘 안내할 것이다."

복숭아꽃은 말에게 다가가 귀에 대고 오랫동안 속삭였다. 말은 말을 알아듣는지 눈을 껌뻑껌뻑하기도 하고, 코를 벌름거리기도

하고,
이따금 앞발로 땅
을 구르기도 했다. 가끔
은 웃는 것처럼 보이기도 했다.
복숭아꽃이 말을 마치자, 두룬이 웃
으며 말했다.
"무슨 얘길 그렇게 오래 하신 거예요?"
"네 흉을 좀 봤지."
"하하하, 어머니도……."
"자, 이제 떠나야 한다. 떠나기 전에 든든히
먹어 두어야지."
복숭아꽃과 두룬은 마지막 밥상 앞에 앉았다.

두룬은 목이 메어서 음식이 잘 넘어가지 않았다. 복숭아꽃도 애써 눈물을 참았다.

아침 식사를 끝낸 뒤, 복숭아꽃이 두룬에게 말했다.

"떠나기 전에 유화 어머니를 뵈러 가자. 그동안에는 어미가 네가 시에 들어가는 것을 금해 왔다만, 이제 징조가 나타나 불의 시련도 끝냈고, 또 다른 삶을 향해 떠나는 길이니……."

두 사람은 탱자나무 사잇길을 걸어 시로 올라갔다. 두룬은 처음 보는 사원의 모습에 어리둥절했다. 돌을 파서 만든 사원은 웅장하고 아름다웠다. 사이사이에 돌기둥이 있고, 그 기둥마다 신비한 형상과 문자들이 새겨져 있었다. 벽감마다 아름다운 등잔불이 놓여 있고, 그 등잔불이 신비한 빛을 쏟아 냈다.

복숭아꽃은 신상들 앞에서 조용히 절을 한 뒤, 향합에 향을 한 줌 넣은 다음, 두룬의 손목을 잡고, 유화 어머니 신상 앞으로 다가갔다.

"어머니, 제 아들 두룬입니다. 이제 자신의 운명을 찾아 떠납니다."

두룬은 겁에 질린 눈으로 어머니 신상을 올려다보았다. 갑자기 어머니 신상 손에 들려 있던 심장이 파르르 떨렸다. 두룬은 움찔하고 놀랐다. 복숭아꽃이 말을 이었다.

"명하신 대로 이 아이를 신들과 인간들의 사잇길로 보냅니다. 이 아이가 자신의 길을 찾을 수 있도록 축복해 주세요."

 연금술사의 탄생

갑자기 향합 속의 향이 저 혼자 빨갛게 불타오르더니, 싸한 향이 사원 전체로 퍼져 나갔다. 그리고 제대 앞에 놓인 은종이 일제히 청아한 소리로 울리기 시작했다. 두룬이 겁에 질려 뒤로 움찔 물러서자, 복숭아꽃이 두룬의 손을 꼭 잡고 낮은 소리로 말했다.

"두려워하지 마라. 어머니께서 말씀하시려는 거야."

어머니 신상이 입을 열어 말을 시작했다. 그 목소리는 새소리 같기도 하고 시냇물이 흐르는 소리 같기도 했다. 말마디 사이사이에서 바람이 불어오는 것처럼 윙윙하는 울림이 들려왔다.

"두룬아, 네 길을 갈 준비가 되었느냐?"

두룬은 다시 떨기 시작했다. 복숭아꽃이 두룬을 잡은 손에 힘을 주었다. 두룬이 기어 들어가는 소리로 대답했다.

"예."

"그 길이 네 육체를 뭉개고 영혼을 찢더라도 가겠느냐?"

"예."

"네 운명은 한 생으로 완성되지 않는다. 너는 여러 생을 살고 나서야 네 운명을 완성하게 될 것이다. 너를 기다리고 있는 일들은 아름답기도 하고 고통스럽기도 할 것이다. 힘을 다하여 네 운명을 완성하여라. 너를 축복하겠지만, 그 축복은 네가 그것을 받을 자격이 있는 행위를 할 때에만 힘을 발휘할 것이다."

"지금은 제가 어리석어서 어머니의 말씀을 모두 헤아리지 못합니다. 그러나 힘을 다하여 운명을 완성하겠습니다."

"가거라, 신도 아니고 인간도 아닌 자여. 중간의 지대에서 오래
헤맬 자여. 방황과 고통이 그림자처럼 너를 따를 것이다. 그러나
진실로 사랑하면 상처를 통해 길을 찾을 것이다."

어머니 신은 입을 다물었다. 복숭아꽃은 다시 향합에 향을 뿌
리고 절을 한 뒤, 두룬을 데리고 시를 나왔다. 복숭아꽃의 마음이
무겁게 짓눌려 있었다. 복숭아꽃은 어머니 신의 말에 어두운 의
미가 숨겨져 있다는 것을 알아차렸다. 복숭아꽃의 머릿속에 두룬
에게는 말해 주지 않았던, 신탁에서 본 검은 그림자가 떠올랐다.

두룬은 흰구름을 타고 떠났다. 복숭아꽃이 마련해 준 붉은 비
단 겉옷이 두룬에게 썩 잘 어울렸다. 흰구름은 찬란한 햇빛 속으
로 바람처럼 빠르게 달려갔다. 복숭아꽃은 두룬이 잠깐 자기 쪽
으로 몸을 돌리는 모습을 보았다. 그러나 다음 순간, 두룬도 말도
보이지 않았다.

복숭아꽃은 멍하니 서서 두룬이 사라진 허공을 바라보았다. 심
장들이 다시 피부 위로 떠올라 쿵쿵 뛰기 시작했다. 심장들은 터
질 것처럼 뛰었다. 복숭아꽃은 가슴에 두 손을 모으고 고개를 숙
인 채 한참 동안 한 그루 나무처럼 꼼짝도 하지 않고 서 있었다.

2부

다다라
마을의
두두리

06

다다라 마을

흰구름은 빨리 달렸다. 흰구름은 한 치의 망설임도 없이 계속해서 북쪽을 향해 달렸다. 수없이 많은 골짜기를 지나고 강을 지났지만 흰구름은 지친 기색이 없었다. 그렇게 꼬박 하루를 달리자, 눈앞에 푸른 바다가 나타났다. 숲 속에서만 뛰어다니면서 놀던 두룬은 바다를 보자, 입이 딱 벌어졌다. 바다를 처음 보았던 것이다. 태양은 우주의 거대한 심장처럼 붉은빛을 내뿜으며 수평선 너머로 지고 있었다. 출렁이는 파도 위에 태양의 붉은빛이 어른거리며 찬란하게 빛났다. 두룬은 신원시 옆에 있는 심거의 물이 저무는 태양빛을 받아 반짝이는 것을 지켜보며 늘 감탄했다. 그러나

이 광경과는 비교도 되지 않았다. 두룬은 가슴이 벅차올라서 말에서 내렸다. 가슴이 무엇인가에 찔린 듯 아파 왔다. 두룬은 아름다운 것을 보면 늘 마음이 무엇엔가 찔린 듯 아팠다. 그러나 이처럼 아름다운 것은 보지 못했다. 마치 날카로운 창들이 한꺼번에 심장을 찌르는 것 같았다. 두룬은 바다 앞에 서서 멍한 표정으로 중얼거렸다.

"이게, 이게 뭐지?"

어디선가 목소리가 들려왔다.

"바다라는 거지요."

두룬은 놀라서 사방을 둘러보았다. 아무도 없었다.

'혹시, 흰구름이 말을 한 건가?'

두룬은 흰구름을 바라보았다. 그리고 흰구름이 웃는 것을 보고 놀라서 뒤로 한 발짝 물러섰다. 두룬은 숲에서 늘 짐승들과 대화를 나누었지만, 웃는 놈은 한 번도 본 적이 없었다. 게다가 두룬이 짐승들과 나눈 대화는 동물의 말로 하는 대화였지, 사람의 말로 하는 대화는 아니었다. 두룬이 놀란 표정으로 흰구름에게 물었다.

"네가 말을 한 거냐?"

흰구름은 대답 대신 푸푸 소리를 내며 장난스럽게 웃었다.

"놀라워라. 과연 신마로구나. 이게, 바다라는 거라고? 우아, 이렇게 아름답다니……."

흰구름이 모래벌판을 차며 다시 웃었다.

 연금술사의 탄생

“아이고, 완전 촌놈이시네. 바다를 처음 보세요?”

“그래, 난 이렇게 아름다운 걸 본 적이 없어.”

“아름답지요. 왜 이렇게 아름다운지 아세요?”

“어떻게 알겠니? 태어나서 처음 보는 건데.”

“바다는 어머니의 가슴이기 때문이지요. 그곳에서 모든 생물이 태어났거든요.”

“그렇구나.”

두룬은 흰구름의 말을 듣고 나서 바다를 바라보니, 붉은 파도 위에 유화 어머니 신의 모습이, 그리고 파르르 떨던 유화 어머니 신의 심장이 겹쳐 보이는 것 같았다. 붉은 파도는 그 심장에서 쏟아져 나오는 피처럼 느껴졌다. 흰구름이 말했다.

“세상은 신비로 가득 차 있지요. 저는 오백 년쯤 살았는데, 그래도 세상의 신비를 다 모르겠어요. 세상은 참 한심하게 돌아간다 싶다가도 놀라운 신비를 드러낸답니다.”

“오백 살이나 먹었느냐? 이런, 완전 할머니네.”

“푸푸, 아직도 반밖에 못 산 거라우. 도련님도 나만큼 사실 거예요. 영윤(靈胤)이시니까.”

“영윤이 뭔데?”

“아이고, 자기가 누구인지도 모르다니……. 영윤은 영 영(靈) 자, 혈통 윤(胤) 자로 이루어진 말이지요. 신들의 영적 특질과 인간의 육체적 특질을 모두 지닌 중간적 존재들을 일컫는 말이랍니다. 능력은 신들과 비슷하지만, 운명은 인간을 닮아 있어요. 불멸은 아니고 무척 오래 산답니다. 그런데 참 고달프지요. 신들이야 그냥 존재 자체로 운명이 정해진 불멸의 존재들이지만, 영웅들은 역량으로 자신의 존재를 증명해야 한답니다. 영웅은 역량 여하에 따라 악마가 될 수도 있고, 좋은 신이 될 수도 있어요. 시간이 많다고 마냥 늑장 부릴 수도 없는 것이 한 발짝 잘못 디디면 돌이킬 수 없게 된답니다. 낭떠러지죠. 무지 피곤한 팔자지요.”

“너는 많은 걸 알고 있는 것 같구나. 앞으로 날 좀 도와 다오.”

“암요, 도련님 어머니께서 간곡히 부탁하셨거든요. 쓸데없는 짓 하면 제 탄탄한 뒷발이 가만두지 않을 거예요. 도련님이 앞으로 맨 먼저 배워야 하는 게 뭔지 아세요?”

“몰라. 다다라 마을에 도착하면 알게 되겠지.”

“편자를 만드는 거랍니다. 제 발에 박아 주는 편자 말이에요. 그게 대장장이 일의 시초랍니다. 제대로 해야 해요. 안 그랬다간 저한테 맨 먼저 혼날 줄 아세요.”

“아, 그렇구나. 그래서 대장장이들과 말이 친한 거로구나.”

“흠, 아주 맹탕은 아니군요. 말귀를 제법 알아듣는 것을 보니.”

그러고 나서 흰구름은 다른 사람이 있는 데서 자기와 대화를 나누어서는 안 된다고 다짐을 받아 두었다. 아주 예외적인 경우를 빼면 사람들은 신비를 신비 그 자체로 이해할 줄 모르며, 신비한 것을 만나면 돈으로 바꿀 생각부터 한다고 덧붙였다. 두룬은

     연금술사의 탄생

알겠다고 대답했다.

두룬은 주위를 돌아다니며 마른 나뭇가지들을 모아다가 불을 지폈다. 두룬이 몸에서 불을 끄집어내는 모습을 보고 흰구름이 웃으며 말했다.

"쓸 만한 재주군요. 다다라 마을에도 그 정도로 불을 다루는 사람들은 많지 않을 거예요. 시작은 어렵지 않을 것 같군요."

흰구름과 두룬은 바닷가에서 밤을 보냈다. 다음 날 새벽 동이 트자마자 흰구름이 떠나자고 재촉했다. 두룬은 바닷가에 더 머물러 있겠다고 고집을 부렸다.

"떠나기 싫어. 한없이 여기 있으면 좋겠어."

"자, 제 등에 올라타세요. 바닷가를 한 바퀴 산책시켜 드릴게요."

두룬이 등 위에 올라타자, 흰구름은 파도 가까이 다가갔다. 그러고는 바닷가를 질주하기 시작했다. 흰 거품을 뿜으며 밀려오는 파도 위로 흰구름이 빠르게 달렸다. 두룬이 흥분한 목소리로 외쳤다.

"마치 파도를 타고 달리는 것 같아. 흰구름아, 너를 흰파도라고 불러도 되겠다."

그러자 흰구름이 말했다.

"그래도 전 흰구름이라는 이름이 더 좋은걸요. 자, 갑니다. 보십시오."

흰구름은 가볍게 공중으로 붕 떠올랐다. 두룬이 놀라서, 어, 어, 하며 균형을 잡지 못하자, 흰구름이 큰 소리로 외쳤다.

"몸을 낮추고 제 갈기를 꼭 붙잡아요. 영윤이라도 땅에 떨어지면 아파요."

두룬은 흰구름이 시키는 대로 흰구름의 등에 몸을 붙이고 갈기를 꽉 움켜잡았다. 땅이 점차 멀어졌다. 흰구름은 점점 더 높이 올라갔다. 겁에 질렸던 두룬은 시간이 지나자 적응이 되어 이제 편하게 아래를 내려다볼 수 있게 되었다. 하늘에서 내려다보는 세상은 무척 아름다웠다. 지금까지 보던 세상과 전혀 달라 보였다. 흰구름은 더욱더 높이 올라가 구름 속으로 들어갔다. 두룬은 감탄하며 바라보기만 하던 구름 속에 들어왔다는 사실이 믿어지지 않았다.

흰구름이 웃음기가 가득 찬 목소리로 말했다.

"어때요, 도련님, 제 이름이 왜 흰구름인지 아시겠지요?"

"그러게 말이다. 내가 구름 속에 있게 될 거라고는 상상도 해 본 적이 없다."

구름들은 휙휙 흰구름 뒤로 지나갔다. 흰구름은 구름보다도 더 가볍게 하늘을 날아 계속 달려갔다. 두룬은 자기가 타고 있는 것이 말인지 구름인지 알 수 없었다. 그들은 그렇게 한참 달렸다. 흰구름은 점차 아래로 내려가기 시작했다. 꼭대기에 흰 눈을 이고 있는 깎아지른 듯한 산들이 눈 아래 나타났다. 햇빛을 받은 눈이

연금술사의 탄생

휘황하게 번쩍였다. 두룬이 말했다.

"저게 금마루산이냐?"

"예, 맞아요. 오래전에 신들께서 머무시던 성산이지요. 저 산 깊은 곳에 다다라 마을이 숨겨져 있습니다. 이제 거의 다 왔습니다."

흰구름은 서서히 고도를 낮추었다. 그리고 솜털처럼 가볍게 산 위에 내려섰다. 흰구름은 바위와 바위 사이를 날렵하게 건너뛰어 산중턱으로 내려갔다. 제법 넓은 평지가 나타나고, 웅장한 문 하나가 보였다. 그 앞에 문지기 두 사람이 창을 들고 서 있었다. 두룬은 말에서 내려 그들을 향해 다가갔다.

"여기가 다다라 마을인가요?"

"그렇소."

"아, 제대로 찾아왔군."

"여긴 아무나 들어갈 수 없는 곳이오. 들어가려면 표식을 보여야 하오."

두룬은 표식을 꺼내어 보여 주었다. 문지기 두 사람이 표식을 살펴보더니 길을 열어 주었다. 두룬이 문지기들에게 말했다.

"저는 서부루라는 분을 찾아왔습니다. 어디로 가면 만나 뵐 수 있나요?"

문지기 한 사람이 말했다.

"그분은 이 마을의 촌장이시오. 아무나 그분을 뵐 수 없소. 마을에 들어가 성으로 가시오. 그러나 까다로운 심사를 통과해야 그분을 뵐 수 있을 거요.”

“알겠습니다.”

두룬은 말을 탄 채 문 안으로 들어갔다. 사방을 둘러보던 두룬의 눈이 휘둥그레졌다. 사로국에서는 보지 못한 아름다운 곳이었다. 거리는 모두 이름을 알 수 없는 아름다운 돌로 포장되어 있고, 사방에 보이는 집들도 이 세상의 집들로 보이지 않을 만큼 아름다웠다. 나지막한 음악 소리가 어디선가 끊이지 않고 들려왔다. 지나가는 사람들의 얼굴도 밝고 아름다웠다. 조금 더 가자, 광장같이 보이는 넓은 터가 나왔고, 그 뒤로 아름다운 누각들이 즐비한 성이 나타났다. 두룬이 성문을 향해 다가가자, 안에서 성을 지키는 문지기가 나왔다. 문지기는 험상궂은 표정으로 길을 막아섰다.

“무슨 일로 왔소?”

“서부루 님을 뵈러 왔습니다.”

“어디 표식부터 봅시다.”

두룬이 말에서 내려 표식을 보여 주자, 꼼꼼하게 들여다보더니 두룬을 한번 힐끗 바라보고는 오만한 목소리로 말했다.

“안으로 들어가면 손님방이 있소. 그곳에 가서 등록을 하고 기다리시오. 지금도 한 서른 명 정도 기다리고 있소이다. 몇 달씩 기다린 사람도 있소. 원, 이렇게 산속에 꽁꽁 숨겨져 있는데 어찌들 알고 찾아오는지……. 그리고 표식은 대체 어디서들 얻는 거야.”

문지기는 계속 뭐라고 구시렁거리면서 길을 비켜 주었다.

 연금술사의 탄생

두룬은 성안으로 들어섰다. 한가운데에 거대한 건물이 우뚝 솟아 있었는데, 지붕이 온통 번쩍이는 용으로 장식되어 있었다. 그 용들은 당장이라도 하늘로 날아 올라갈 듯 힘찬 몸짓을 하는 것 같았다. 흰구름이 아주 작은 소리로 속삭였다.

"옛날엔 이곳을 용성국(龍城國)이라고 불렀답니다. 저 용이 이곳의 상징이지요."

"서부루 님을 곧 만나게 될까? 몇 달씩이나 기다리는 사람들도 있다는데……."

"걱정하지 마세요. 시작은 순조로울 겁니다. 서부루 님이 신녀 님과 각별한 사이니까. 문제는 그다음부터지요."

손님방은 성의 뒤뜰 구석에 여러 개가 잇대어 있었다. 두룬은 입구에 보이는 관청같이 생긴 곳으로 다가갔다. 관리가 이름과 소속을 기입하라고 서류를 내밀었다. 두룬은 사로국, 신원시, 두룬이라고 써넣었다. 관리는 번호표를 내주면서, 방을 지정해 주었다. 두룬은 마구간에 흰구름을 매어 놓은 다음 배정받은 방으로 갔다. 각 방에 대여섯 명씩 배치되어 있는 모양이었다. 방 안에서는 사내들이 장기를 두고 있었다. 두룬이 들어가자, 장기를 두는 사내들이 두룬을 한 번 힐끗 바라보고는 가볍게 목례를 한 뒤, 다시 장기에 몰두했다. 두룬은 한쪽 구석에 자리 잡고 앉았다. 자리에 앉자 졸음이 몰려왔다. 흰구름을 타고 하늘을 날아오느라고 많이 지친 모양이었다. 두룬이 꿈속을 헤매고 있을 때, 누군가 두룬의 어깨를 흔들어 깨웠다.

"이봐요, 일어나시오."

두룬을 깨운 사람이 물었다.

"당신이 두룬이오?"

두룬이 잠이 덜 깬 눈으로 그렇다고 대답했다.

"따라오시오. 촌장님께서 부르십니다."

남자는 붉은 기둥들이 연이어 서 있는 회랑을 지나갔다. 두룬은 어리둥절한 표정으로 건물을 둘러보았다. 아름답지만 특이하게 장식되어 있는 건물이었다. 바닥은 검은색과 흰색 돌들이 교차하는 바둑판무늬로 되어 있었다. 조금 더 걸어가자, 나선형 계단이 하나 나타났다. 그 계단 위 양쪽에 황금 용 두 마리가 휘감겨 있는 기둥 두 개가 서 있었다. 계단을 올라가 한참 걸어가자, 이상한 문 하나가 나타났다. 절반은 흰색이고 절반은 검은색이었는데, 그 위에 달린 문고리는 붉은색이었다.

방 안으로 들어선 두룬은 그 방의 웅장함과 아름다움에 압도되었다. 사방이 이해하기 힘든 상징물로 가득 차 있고, 온통 보석과 금으로 장식되어 화려하기 그지없는 방이었다. 천장은 둥근 모양인데, 까마득히 높았다. 방 한가운데에 황금 탁자가 하나 놓여 있고, 그 뒤에 눈빛이 형형하고 머리카락이 하얀 한 노인이 앉아 있었다. 두룬이 방 안에 들어서자 노인은 반가운 표정으로 자리에서 일어나 두룬에게 다가왔다.

"네가 두룬이냐?"

두룬이 어리둥절한 표정으로 대답했다.

"예."

"사로국 신원시에서 왔다고?"

"예."

"그렇다면 신녀 복숭아꽃과는 어떤 관계냐?"

"아들입니다."

노인의 얼굴에 잠깐 당혹스러워하는 표정이 떠올랐다.

"신녀의 아들이라니, 어머니께서 결혼을 하셨다는 말이냐?"

"차차 말씀드리겠습니다."

"음, 알겠다. 차차 얘기하기로 하자. 내가 신녀께 이 표식을 전해 드렸는데, 아들이 찾아올 거라고는 생각도 하지 못했다. 그러고 보니 어머니를 쏙 빼닮았구나. 그래, 어머니는 잘 계시냐?"

"예, 잘 지내십니다."

"네 나이가 몇이냐?"

"열다섯 살입니다."

서부루의 눈이 휘둥그레졌다.

"열다섯 살이라고? 도저히 믿을 수가 없구나. 스무 살은 되어 보이는구나."

"다른 아이들보다 두 배는 성장이 빠르다고 어머니께서 말씀하셨습니다."

"흠, 흔히 영웅들에게서 급속한 성장이라는 특질이 나타나지. 일정한 나이까지 무섭게 빨리 자라고, 그다음에는 좀처럼 늙지 않지. 신녀의 아들에다 그렇게 빨리 성장했다니, 느낌이 오는구나. 왠지 네겐 어떤 특별한 능력이 있을 것 같구나."

"쓸 만한 것은 별로 없습니다. 빨리 달리고, 힘이 세고, 짐승들과 대화를 나눌 수 있고, 약간의 치유 능력과 예지 능력을 가지고 있습니다. 어떤 것은 저 혼자 저절로 가지게 되었고, 어떤 것은 어머니께서 가르쳐 주셨습니다. 하지만 전부 내세울 만한 것은 못 됩니다. 그러나 얼마 전에 큰 능력을 얻었습니다. 그것 때문에 어머니께서 촌장님을 찾아가 가르침을 얻으라고 이곳으로 보내셨습니다."

서부루는 아주 흥미롭다는 듯 귀 기울여 들었다.

"그래, 어떤 능력을 얻었느냐?"

두룬이 고개를 숙이고 조심스럽게 말했다.

"그것이……."

"망설이지 말고 말하렴. 네가 아주 흥미로워지기 시작했다."

"몸속에서 불을 끄집어낼 수 있습니다."

서부루의 두 눈이 반짝하고 빛났다.

"오호, 불의 비법을 익혔느냐?"

"예."

"어디 한번 보여 다오."

얼굴이 새빨개진 두룬은 고개를 숙이고 어쩔 줄 몰라 했다.

"그게…… 그러니까…… 어머니께서 그 능력을 자랑 삼아 떠벌리고 다니거나 자신을 위해 쓰면 큰 화를 당할 거라고……."

서부루는 그러는 두룬을 재미있다는 듯 바라보며 웃었다. 서부루는 속으로 생각했다.

'순진한 녀석이로구나. 잘 가르치면 좋은 연금술사가 되겠다.'

서부루가 두룬의 어깨를 토닥토닥 두드리면서 말했다.

"괜찮다. 이건 일종의 시험 같은 것이다. 자랑하기 위한 것도 아니고, 이익을 얻기 위한 것도 아니다. 자, 너의 불의 능력을 한번 보도록 하자."

그렇게 말한 뒤, 서부루는 손짓으로 방 안에 있던 수하들에게 나가 있으라고 지시했다. 수하들이 방을 나간 다음 문을 닫자, 서부루는 의자에 가서 자리를 잡고 앉으면서 말했다.

"자, 어디 한번 보자."

두룬은 엉거주춤 옆구리에 끼고 있던 짐 보따리를 내려놓고, 심호흡을 했다. 그러고는 눈을 감고 두 손을 깍지 낀 다음, 한참 그대로 있다가, 두 손을 풀고 두 팔을 양옆으로 벌렸다. 두룬의 두 손이 나비처럼 부드럽게 춤을 추기 시작했다. 그 모양은 마치 불이 탈 때 화염이 춤을 추는 것처럼 보였다. 서부루는 그러는 두룬의 모습을 미소를 띠고 바라보았다. 두룬은 갑자기 눈을 떴다. 그때 두룬의 두 눈은 깊은 심연의 막강한 힘과 혼란을 그대로 드러내고 있었다. 서부루의 표정이 심각해졌다. 두룬은 손가락을 뻗어 방 안에서 타고 있던 촛불들을 겨누었다. 촛불들이 하나씩 차례로 꺼졌다. 그런 다음 두룬은 다시 춤을 추듯이 손가락을 허공에서 움직였다. 그러자 두룬의 손가락 끝에서 불이 일어났다. 두룬이 불붙은 손가락 끝으로 초들을 가리키자, 초에 차례차례 다시 불이 붙었다. 두룬이 두 손을 한 번 더 깍지 끼자, 손끝의 불이 사라졌다. 두룬의 눈빛은 고요해졌다. 서부루는 빙그레 웃으며 박수를 쳤다.

"잘하는구나."

두룬의 얼굴이 귀밑까지 새빨개졌다.

"네가 방금 보인 그 불의 능력은 훈련받은 연금술사에게는 그다지 어려운 일은 아니다. 일정한 위계에 도달한 연금술사들은 모두 그 정도의 불의 능력을 가지고 있지. 그러나 그 능력을 혼자 힘으로, 그것도 이렇게 어린 나이에 얻었다는 것이 놀랍구나. 개인적인 능력에 따라 차이가 있다만, 보통은 10년 이상 수련해야 그 정도의 능력을 가지게 된다. 네 경우는 타고난 경우인 듯하구나."

"벼락 맞은 나무를 만지고 난 다음에 이런 능력이 생겼습니다."

"벼락 맞은 나무를 만진다고 누구에게나 다 그런 능력이 생기는 것은 아니다. 번개의 성질을 네 몸 안으로 끌어넣을 수 있었던 것은 타고난 영혼의 능력 때문이지. 너는 범상한 존재가 아니다. 자, 이제 솔직하게 털어놓아 보아라. 네 아버지가 누구시냐?"

 연금술사의 탄생

"아버님을 뵌 적은 한 번도 없습니다. 어머니께서는 돌아가신 마룬왕의 영혼으로부터 저를 잉태하게 되셨다고 말씀하셨습니다."

"그럴 줄 알았다. 너는 신과 사람의 중간 존재인 거야."

서부루는 인자한 표정으로 말없이 두룬을 바라보았다. 서부루는 아까 두룬이 불의 능력을 보일 때, 한순간 두룬의 눈 속에 드러났던 심연의 막강한 힘과 혼란을 마음속에 담아 두었다. 뛰어난 신적 존재들이 그 힘을 자신의 것으로 착각하고 힘에 도취되는 순간, 악마로 몰락하는 것을 서부루는 여러 차례 목격했다. 서부루의 머릿속에 한 아름다운 영윤의 모습이 떠올랐다.

'얼마나 아름다웠던가. 그뿐인가, 얼마나 출중한 능력의 소유자였던가. 그러나 자신의 힘에 대한 확신과 권력에 대한 욕망 때문에 악마로 변해 버렸지.'

서부루는 악마로 변한 영윤을 어둠의 왕국에 봉인할 수밖에 없었다. 서부루는 말없이 한참 두룬을 바라보며 생각했다.

'두룬이라는 이 아이는 다행히 신녀의 순수한 영혼을 물려받았다. 그것이 아이를 지켜 줄 것이다. 그러나 알 수 없는 일, 관심을 가지고 지켜보아야 한다.'

두룬은 엉거주춤하게 서서 어쩔 줄 몰라 했다.

조금 뒤에, 서부루가 손뼉을 쳤다. 그러자 문이 열리고 수하들이 방으로 들어왔다. 서부루가 그들에게 지시를 내렸다.

"이 소년을 오늘 밤 꿈의 방에 데려다 재워라. 먹을 것을 가져다 주고, 편히 쉬게 해 주어라. 그러나 내일부터는 다른 수련생들과 함께 훈련을 받기 시작해야 하니, 모든 것을 잘 준비해 주도록 하여라. 내일부터는 공동 침실에서 묵을 수 있게 해라."

"잘 알겠습니다. 차질 없이 시행하겠습니다."

수하 중에서 유난히 날카롭게 생긴 사람이 대답했다. 키가 보통 사람의 한 배 반은 되어 보이고, 얼굴이 길고 피부색이 검은 젊은이였다. 두룬은 한눈에 범상한 사람이 아님을 알았다.

서부루가 두룬을 향해 엄격한 목소리로 말했다.

"내일부터 혹독한 훈련이 시작된다. 네 어머니와 내가 잘 알고 있는 사이라고 해서 적당히 넘어갈 생각은 버리는 것이 좋다. 이곳에는 400여 명이 넘는 수련생이 있다. 그들 모두 뛰어난 자질을 가진 자들이지만 성공하는 자는 몇 명 되지 않는다. 몸과 영혼이 모두 최고의 상태에 이르지 못하면, 연금의 신비를 결코 얻지 못한다. 자, 이제 가거라. 오늘 밤은 푹 자 두어라. 내일부터 전쟁이 시작될 테니까."

07

꿈의 방

두룬은 키 큰 남자를 따라 걸었다. 그 남자는 길을 걸어가면서
말했다.

"아까 촌장님께 무슨 재주를 보여 드린 거요? 이렇게 준비 없이
바로 수련생으로 받아 주시는 경우는 많지 않거든요. 대개는 몇
달간 예비 훈련을 받은 뒤 수련생으로 받아들이거든요."

두룬은 얼굴을 붉히며 우물쭈물 대답했다.

"그냥 뭐 좀……."

남자는 소리 없이 웃었다. 순진한 친구로구나.

"저는 길달이라고 합니다. 이곳에 온 지 아주 오래되었소. 형씨의 이름은 두룬이라고 하는 것 같던데, 맞소?”

“그렇습니다. 잘 부탁합니다. 저는 지금 정신이 하나도 없습니다. 이곳은 아주 아름답고, 모든 것이 사로국에서 보던 것과는 달리 너무 압도적이어서…….”

길달이 두룬의 손을 잡고 흔들며 웃었다.

“압도적이라……. 그렇지요. 모든 것이 압도적이지요. 그러나 주눅 들 필요 없습니다. 촌장님께서 전격적으로 받아 주신 걸 보면, 반드시 훌륭한 연금술사가 되실 것입니다.”

길달은 어떤 문 앞에 멈추어 섰다. 길달이 허리춤에서 열쇠를 꺼내어 문을 열자, 아름다운 방이 나타났다. 두룬은 다시 놀란 표정으로 방을 돌아보았다. 모든 것이 아름다운 방이었다. 벽 위에는 아름다운 그림들이 수놓인 장식 양탄자들이 매달려 있고, 방 안에는 아름다운 향내가 가득했다. 정교하게 만든 은빛 장막이 달려 있었다. 천장에는 금으로 만든 등잔이 길게 드리워져 있었는데, 그 위에서 족히 백 개는 될 듯한 촛불들이 타고 있었다. 침대 위에는 은빛 수가 놓인 짙고 아름다운 보라색 침대보가 덮여 있었는데, 두룬이 지금껏 본 침대 중에서 가장 아름다웠다. 머리맡에 놓인 큰 베개에는 눈부시게 흰 비단 덮개가 씌워져 있고, 양옆에 아주 작은 흰 구슬들이 조롱조롱 매달려 있었다.

문간에 멍한 표정으로 엉거주춤 서 있는 두룬을 길달이 방 안으로 밀어 넣었다. 길달이 웃으며 말했다.

"또 '압도적'인가요?"

두룬이 멍한 표정으로 대답했다.

"예."

"하하, 압도적인 방에서 지내는 것은 오늘 하루뿐입니다. 내일부터는 공동 침실로 옮겨 가야 하니까요."

그렇게 말한 다음 길달은 침대로 다가가 베개를 한 손으로 탁탁 치면서 말했다.

"이 방은 '꿈의 방'입니다. 신참자들이 구체적인 수련에 들어가기 전에 자신의 이상을 확립할 수 있도록 해 주는 방이지요. 여기 가장자리에 달린 구슬들은 모호한 꿈의 영상들을 분명하게 만들어 주는 역할을 합니다. 꿈의 흐릿한 가장자리를 형태로 만들어 주는 역할을 하지요. 이른바 '꿈의 구슬'이라고 하는 것입니다. 오늘 밤 꾸시는 꿈이 형씨의 연금 수련에서 어떤 지표의 역할을 하게 될 것입니다. 그러나 일부러 무슨 노력을 하실 필요는 없습니다. 이 압도적인 방의 신비가 형씨가 내면으로 들어가는 것을 도와줄 테니까요."

두룬은 다시 멍청한 표정으로 길달을 바라보았다. 길달이 웃으면서 말했다.

"여성 수련생들이 와서 주무시는 것을 돌보아 드릴 것입니다. 그럼 저는 이만 가 보겠습니다. 내일 아침에 다시 찾아오지요. 그럼 편히 주무시고 압도적인 꿈을 꾸시기를……"

 연금술사의 탄생

그 말에 긴장이 풀어져서 두룬은 멋쩍게 웃었다. 길달이 나가고 나자, 옆방으로 통하는 문이 열리고 젊은 여자 세 사람이 들어왔다. 한 사람은 음식과 마실 것이 놓여 있는 은쟁반을 들고 있었고, 다른 한 사람은 커다란 구리 대야를 그리고 나머지 한 사람은 금으로 만든 물 단지를 들고 있었다. 음식 쟁반을 든 여자가 탁자 위에 쟁반을 내려놓으며 말했다.

"먼 길을 오시느라고 시장하실 터인데, 요기부터 하십시오."

두룬은 너무 긴장한 탓에 자기가 하루 종일 아무것도 먹지 못했다는 것도 알아차리지 못했다. 그러나 오늘 하루 종일 생전 처음 해 보는 경험을 계속 해 온 터라 식욕은 전혀 느껴지지 않았다. 그냥 한숨 푹 잤으면 하는 생각뿐이었다.

"배고프지 않아요. 너무 피곤해서 식욕이 없습니다."

여자가 밝게 웃으며 말했다.

"알겠습니다. 하지만 이 술은 주무시기 전에 꼭 드셔야 한답니다. 이 술을 드셔야 꿈이 잘 보이거든요."

투명한 수정으로 만든 잔에 무엇인지 알 수 없는 석류석 빛깔의 맑은 음료가 들어 있었다. 두룬은 여자가 내민 잔에 든 음료를 받아 마셨다. 약간 쌉싸름하고 달콤한 액체였다. 숲에서 따 먹은 오디와 비슷한 냄새가 나는 것 같기도 했다.

여자가 두룬이 내민 빈 잔을 받아 들고 말했다.

"대야에 물을 따라 놓고 갈 테니, 몸을 깨끗하게 씻으십시오. 저희는 문밖에서 기다리고 있겠습니다. 씻으신 다음에는 침대 옆에 있는 잠옷을 입고 침대에 드십시오.”

두룬이 시키는 대로 하자, 여자들이 다시 들어와서 쟁반과 대야 등을 내갔다. 쟁반을 들고 왔던 여자가 말했다.

“아름답고 의미 있는 꿈을 꾸시기 바랍니다. 도반(道伴)의 길에 성취가 가득하시기를 빕니다. 불을 꺼 드릴까요?”

두룬이 고개를 끄덕이자, 여자가 등잔을 향해 두 손가락을 탁, 하고 튕겼다. 그러자 방 안의 불이 저절로 모두 꺼졌다. 두룬은 흠칫하고 놀랐다.

혼자 어둠 속에 남은 두룬은 이불을 목까지 끌어 올려 덮고 생각했다.

‘도반이라……. 그러면 저 여자들도 수련생이라는 말인가? 사로국에서는 생각지도 못할 일이다. 높은 경지의 수련에 여자들이 들어가는 건 엄격하게 금지되어 있으니까. 시중을 드는 것을 보면 높은 위계는 아닌 듯한데……. 그런데도 손가락을 한 번 튕겨서 방 안의 불을 전부 끄다니……. 내 재주란 이곳에서는 아무것도 아닌 모양이다. 어머니, 이곳은 어떤 곳인가요? 너무나 신비하지만, 무섭기도 해요. 어머니, 도와주세요.’

두룬은 베개에 머리를 푹 파묻고 중얼거렸다.

“흰 구슬들아, 나에게 아름다운 꿈을 가져다 다오.”

창밖에 드리워진 버드나무가 밤바람에 흔들리는 것이 느껴졌

 연금술사의 탄생

다. 두룬은 이내 아기처럼 깊이 잠들었다. 꿈속에서 두룬은 수없이 많은 아름답고 끔찍한 이미지들을 보았다. 처음에는 흰구름이 나타났다. 흰구름이 벌쭉벌쭉 웃었다. 그리고 검은 불들이 넘실대는 것이 보였다. 뱀, 지네, 구렁이, 세상의 모든 꿈틀거리는 것들이 나타났다. 앞니가 날카로운 악마의 모습도 보였다. 악마의 쩍 벌린 입을 통해서 징그러운 내장이 들여다보였다. 두룬은 그 내장 속으로 빨려 들어가 사방에서 덤비는 괴물들과 피를 뚝뚝 흘리며 싸우는 자기 자신을 보았다.

두룬의 몸이 갈가리 찢어졌다. 그러자 버드나무 가지를 든 복숭아꽃이 나타났다. 복숭아꽃은 울면서 그 찢어진 조각들을 한데 모아 버드나무 가지로 문지른 다음, 숨을 불어 넣었다. 두룬을 살려 내던 복숭아꽃이 픽 쓰러져 숨을 거두었다. 다시 살아난 두룬이 복숭아꽃을 붙잡고 슬프게 울고 있는데, 갑자기 죽은 복숭아꽃이 있던 자리에서 아름다운 젊은 여자가 나타났다. 젊은 여자가 웃으며 두룬의 손에 황금 막대를 들려 주었다. 그런데 어떤 검은 그림자가 나타나 그 막대를 빼앗아 가 버렸다. 그러자 젊은 여자가 쓰러졌다. 그런 다음 엄청난 회오리바람이 일어났다. 두룬의 몸이 회오리바람 가운데 휘말려 빙빙 돌았다. 바람이 사라진 다음 두룬은 쓰러져 있고, 아름다운 젊은 여자가 다시 나타나 두룬의 손에 악기 같은 것을 들려 주었다. 사방에 황금빛이 흘러넘치고, 음악 소리가 들렸다. 두룬의 귀에 "금강석 또는 연단의 끝."이라는 말이 들려왔다.

두룬은 다음 날 새벽 동이 트기 전에 눈을 떴다.

'이 모든 꿈의 영상은 무엇을 의미하는 것일까?'

두룬의 머리는 밤새 꿈의 영상들 속에서 허우적댄 탓에 멍하고 띵했다. 창가의 버드나무가 다시 조용조용 흔들리는 모습이 보였다. 마치 두룬에게 손짓을 하고 있는 것처럼 느껴졌다. 두룬은 창가로 다가가 문을 열고 버드나무 잎사귀를 만졌다. 그제야 어머니 신의 이름인 유화에 있는 유 자가 버들 유(柳)라는 생각이 떠올랐다.

'어머니 신이 나를 도와주신다는 징조인가?'

그렇게 생각하자 마음이 가라앉았다. 아침 해가 뜨자마자 길달이 방문을 두드렸다. 두룬이 반갑게 맞았다. 길달이 밝게 웃으며 방에 들어서더니 물었다.

"잘 주무셨습니까? 어때요? 좋은 꿈을 꾸셨나요?"

"수없이 많은 영상들을 보았습니다. 그 영상들이 무엇을 의미하는지 모르겠어요. 처음에는 제 말 흰구름이······."

길달이 손가락을 입에 가져다 대면서 두룬에게 입을 다물라는 표시를 했다.

"쉿, 말해서는 안 됩니다. 꿈은 꿈꾸는 사람에게만 관련되는 절대적 현실입니다. 어떤 꿈을 꾸셨든, 그 꿈의 의미는 수련생이 스스로 밝혀 가야 합니다. 타인이 여러 가지 방식으로 객관화시켜

     연금술사의 탄생

서 해 주는 꿈의 해석은 아무 의미도 없습니다. 이 방은 단지 꿈을 보다 선명하게 꾸게 해 주는 물질적 보조 수단에 불과합니다. 그 이상 어떤 의미도 없어요. 누구에게도 꿈을 발설해서는 안 됩니다. 아무도 꿈의 해석을 도울 수 없어요. 당신 자신이 앞으로의 수련을 통해 그 꿈의 의미를 밝혀내야만 합니다.”

‘그렇구나. 이 길은 혼자 가야 하는 외로운 길이구나.’

두룬은 고개를 끄덕였다.

“길달 당신도 그러셨습니까? 당신도 단지 혼자 힘으로 꿈을 해독하고 그 의미를 밝혀내셨나요?”

길달이 조금 쓸쓸하게 웃었다.

“그렇습니다. 하지만 저는 아직도 내가 수련생이 되기 전날 밤 이 방에서 꾸었던 꿈의 의미를 모르겠습니다. 저는 최고참 수련생 중의 하나지요. 하지만 워낙 명민한 편이 못 되어서……”

“그럴 리가요. 형씨에게선 굉장한 염력 같은 게 느껴지는데요.”

“하핫, 그렇습니까? 어쨌든 애를 쓰고 있기는 합니다. 타고난 능력은 신통치 않아도 노력하는 건 자신 있습니다. 자, 준비되셨으면 이제 수련생들이 모인 곳으로 갑시다.”

길달이 앞장서서 방문을 나갔다. 두룬은 말없이 길달을 따라갔다. 두룬의 가슴에 불안이 뭉게구름처럼 밀려왔다. 그러나 어떤 이해할 수 없는 낙관적인 믿음이 그 불안 밑에 떡하니 버티고 있었다. 어떤 고통이든 이겨 낼 수 있도록 어머니가 도와줄 것이라

는 믿음. 막연하지만, 그것은 흔들림 없는 확신처럼 두륜의 가슴
한복판에 자리 잡고 있었다.

08

무너진 신원시

사로국에는 두룬이 불의 비법을 익혔고, 두룬이 그 비법을 익히자마자, 어머니인 복숭아꽃이 두룬을 서둘러 어디론가로 떠나보냈다는 소문이 널리 퍼졌다. 사람들은 불의 비법 때문에 두룬이 권력자들에게 이용당할 것을 복숭아꽃이 두려워했을 것이라고 말했다. 또 왕의 아들이라는 태생 때문에 권력 투쟁의 소용돌이에 휘말려 들어 두룬의 운명이 불행해질 것은 뻔한 이치가 아니냐고 했다.

'불의 비법'에 대한 전설은 사로국 사회에 널리 알려져 있었다. 아득한 옛날 사로국의 제4대 왕 가무란 이사금이 바로 그 비법으로 왕이 되었다는 전설을 사람들은 모두 알고 있었다. 그 전설은 '두두리'라는 존재들에 대한 이야기와 함께 전해 내려왔다. 그들은 신성한 대장장이들로 연금의 기술을 가지고 있는 용성국 출신이었다. 가무란 이사금은 뛰어난 야금과 연금 기술 덕택에 왕의 아들이 아닌데도 왕위에 오를 수 있었다.

사람들은 북쪽 아득히 먼 신성한 산속 깊은 곳에 옛 용성국을 계승한 다다라 마을이 아직도 남아 있고, 그곳에 두두리들의 후예가 살고 있다고 믿었다. 대장장이들이나 연금술사들이 야금과 연금 과정에서 모루를 망치로 계속 때려야 하는데, 그 두드리는 소리를 빗대 '두두리'라는 이름으로 부른다고 했다. 두드리는 행위는 단순히 쇠나 금을 만들어 내는 작업을 위한 것만이 아니라, 세계의 겉모양 속에 잠들어 있는 신들의 숨결을 일깨우는 주술적인 행위라고도 했다. 그들은 신들이 관여하지 않으면 좋은 쇠와 좋은 금은 절대로 만들어질 수 없다고 믿었다. 따라서 가무란 이사금은 단순한 왕이 아니라, 왕이면서 대장장이이며 동시에 사제인 신령한 인물이라고 생각했다.

귀족들은 백성들 사이에 떠도는 소문의 진상을 파악하기 위해 바쁘게 움직였다. 소문대로 두룬이 불의 비법을 익힌 것이 사실이라면, 그것은 예삿일이 아니었다. 불의 비법은 매우 신성한 기술로, 가무란 이사금 이후에도 어느 시기까지 왕실에 전해 내려오던 비술이었다. 그러나 왕국이 체제를 갖추어 가면서 왕과 사제와 장인의 기능이 분리되었고, 그러는 사이에 왕들은 서서히 그 신성한 기술을 잃어 갔다. 불의 비법은 단순히 야금과 연금의 기술에 머무는 것이 아니라, 온갖 주술적인 능력으로 발전할 수 있는 기술이었다. 가무란 이사금은 변신 능력도 가지고 있었다고 알려졌다. 두룬이 그런 능력을 소유하게 되면, 왕권을 빼앗을 수도 있다고 생각했다. 그렇게 되면 귀족들의 앞날은 바람 앞의 등불이 되고 말 것이다. 두룬이 아버지 마룬왕의 복수를 하려 드는 날에는 한바탕 피바람이 불 수도 있다. 각간 거등은 급히 귀족 회의를 소집했다.

귀족들의 표정은 어두웠다. 거등이 먼저 입을 열었다.

"두룬이 얼마 전부터 보이지 않소."

젊은 도업이 나섰다. 눈빛이 유난히 번쩍이는 젊은이였다. 한눈에 보아도 다혈질임을 알 수 있었다. 게다가 불그레한 얼굴 전체에서 야심이 뚝뚝 떨어지는 듯했다.

"각간께서도 소문을 들으셨을 것 아닙니까? 그자가 불의 비법을 익혔다고 합니다. 그러자마자 그 사특한 어미가 놈을 빼돌렸고요."

어리바리해 보이는 중년의 승로가 거들고 나섰다.

"어디로 간 걸까요?"

도업이 대답했다.

"아마 다다라 마을로 갔을 겁니다."

승로가 고개를 갸우뚱하며 말했다.

"다다라 마을이라면, 전설 속의 마을인데…… 그 마을이 진짜로 있는 걸까요?"

도업은 승로를 한심하다는 듯 노려보고는, 승로를 완전히 무시한 채, 각간을 향해 따지듯 물었다.

"그러게 제가 진작 그 무당 년을 잡아 죽이자고 하지 않았습니까? 왜 그렇게 백성의 눈치를 보십니까? 백성은 본래 어리석습니다. 힘으로 찍어 누르면 꼼짝도 하지 못합니다. 진작 화근을 없앴어야 하는 건데……"

각간 거등이 엄한 표정으로 도업을 바라보며 말했다.

"랑(郎)은 왜 매사에 그리 극단적이시오? 두룬의 어미를 건드렸다면, 왕이 가만히 있었을 것 같소? 자, 어쨌든 이제 더 이상 기다릴 여유가 없는 것 같소. 두룬이 막강한 능력을 가지고 돌아오면 일이 복잡해집니다."

도업이 다시 눈을 번뜩이며 말했다.

"다다라 마을로 군사들을 보내어 놈을 찾아내어 죽여 버려야 합니다."

각간이 눈살을 찌푸렸다.

"다다라 마을이 어디 있는지 알기는 합니까?"

"어미 년을 잡아 족치면 됩니다."

"랑은 하나는 알아도 둘은 모르는 사람이군. 그 어미가 죽을지

언정 발설할 듯싶소? 복숭아꽃은 유화 어머니 신을 모시는 신녀
요. 그 모성애가 다른 어미들의 백배는 될 것이오. 여염집 여인네
들도 제 자식을 위해서라면 목숨을 내놓기를 마다하지 않을 터인
데, 하물며 신녀가 아들에게 불리한 말을 내뱉을 듯싶소? 공연히
잘못 건드려 놓으면 백성들의 반감만 사게 될 것이오."

"그럼 어쩌자는 말씀이십니까?"

"일단 신원시를 없애야 합니다. 두룬이 돌아온 뒤에라도 그 어
미가 힘을 쓰지 못하도록 싹수를 잘라 놓으면 위험은 현저하게 줄
어들 것이오. 그다음 일은 찬찬히 생각해 봅시다."

가만히 듣고만 있던 종윤이 거등의 말을 받았다. 신중해 보이는
인상이었다.

"그 일이라면 마하왕이 한사코 반대하지 않았소이까? 마하왕
은 나이는 젊어도 여간내기가 아니오. 오히려 두룬을 이용해 우리
를 압박할 가능성도 있소."

거등이 잠깐 생각에 잠겼다.

"왕비를 이용해 봅시다. 두룬이 돌아오면 장차 왕자의 자리가
위험해질 것이라고 겁을 주면, 왕비가 앞장서서 신원시를 부수자
고 왕에게 조를 것이오. 왕자가 위험해진다는데, 왕도 더 버틸 수
는 없겠지요."

귀족들은 좋은 생각이라고 맞장구를 쳤다. 귀족들은 왕비의 인
척인 도업을 왕비에게 보내기로 했다. 왕비에게 겁을 주는 데는 그

만한 인물이 없을 듯싶었기 때문이다. 도업은 급히 왕비를 찾아가 과장된 말투로 두룬과 불의 비법에 대해 말했다. 왕비는 도업의 말을 듣자마자 얼굴이 파랗게 질렸다. 왕비의 순진해 보이는 얼굴에 두려움이 가득 차 있었다.

"그 불의 비법이라는 것이 그렇게 대단한 능력인가요? 그것이 야금술과 관련된 능력이라면, 사로국에도 대장장이들은 얼마든지 있잖아요."

"왕비님, 불의 비법은 대장장이들이 불을 다루는 단순한 기술이 아닙니다. 그것은 주술적인 능력입니다. 게다가 두룬은 마룬왕의 귀신과 마녀 사이에서 태어난 자입니다. 괴물이라는 말씀입니다. 두룬이 불의 비법을 완성해서 돌아오는 날에는 왕자님의 자리가 위험해집니다. 왕자님은 이제 열두 살이십니다. 두룬은 열다섯 살이고요."

"그게 무엇이 문제입니까? 우리 왕자는 대왕의 적자이신데요."

"마마, 사로국은 아직 왕권 계승에 있어서 장자상속 원칙이 확고하게 세워져 있지 않습니다. 고래로 사로국에는 능력이 뛰어난 자를 왕으로 추대하는 전통이 있습니다. 가무란 이사금께서는 외래인이었고, 도리 차차웅의 사위였을 뿐인데도 왕위에 오르지 않으셨습니까? 또 같은 위계라면, 연장자에게 왕위를 계승하는 전통도 있지요. 가무란 이사금께서는 왕이 되시기 이전에 자신보다 나이가 많다는 단 한 가지 이유만으로 제3대 파구 이사금께 왕위를 양보하지 않으셨습니까? 멀리 갈 것도 없습니다. 마사왕께서는 태자 강윤께서 돌아가시자, 지금의 폐하이신 어린 규원을 놓아두시고 당시에 성년에 이른 마룬왕 규진에게 왕위를 계승하지 않으셨습니까? 게다가 백성들의 가슴에는 재위 4년 만에, 젊은 나이에 죽은 마룬왕에 대한 동정심이 강하게 남아 있습니다. 만일 두룬이 돌아와서 왕위를 요구한다면, 더구나 두룬의 능력이 눈에 띄게 출중하다면, 백성들이 먼저 두룬을 왕으로 옹립하려고 움직일 수도 있습니다. 연장자라는 명분도 있고요.”

도업의 말을 듣는 왕비의 얼굴이 점점 더 파리해졌다. 왕비가 거의 울음을 터뜨릴 듯한 얼굴로 말했다.

“저도 두룬에 대한 소문은 여러 번 들었어요. 뛰어난 아이라면서요? 게다가 보통 아이들보다 두 배는 더 빨리 성장해서 열다섯 살인데도 어른처럼 보인다고들 하더군요. 우리 왕자는 똑똑하기는 해도 몸이 약한데……. 아직 아기 티를 못 벗었어요. 그럼 이 일을 어찌하면 좋습니까?”

“일단 두룬의 어미인 무당 년의 사원을 허물어야 합니다. 그렇게 해서 우선 백성들과 신녀와의 관계를 끊는 겁니다. 그다음에 신원시가 있던 자리에 절을 지어야 합니다. 신녀의 시대가 완전히 끝났음을 공표하는 거지요. 그리고 계속해서 신녀에 대한 나쁜 소문을 퍼뜨려서 신녀에게 저주받은 마녀의 옷을 입혀야 합니다. 그러면 두룬은 저절로 마녀의 소생이 되고, 따라서 왕위 계승자로

서 적합하지 않다는 여론을 굳힐 수 있습니다. 그러면 두룬이 제 아무리 뛰어난 능력을 가지고 있다고 해도 모두 악귀의 조화로 몰아붙일 수 있습니다."

"백성이 신녀를 무척 사랑하는 것 같던데…… . 물론 왕국이 불교를 국교로 삼은 다음에는 전 같지는 않지만. 그래도 여전히 백성 가운데에는 신녀를 귀하게 여기는 분위기가 남아 있는 것 같던데……."

도업이 피식 웃으며 대답했다.

"백성은 겁쟁이들에다가 멍청해서 여론은 얼마든지 조작할 수 있습니다. 영향력 있는 놈들을 몇 놈 꼬드겨서 돈을 조금 쥐여 주면 신녀를 마녀로 만드는 데 신이 나서 앞장설걸요."

왕비는 그길로 당장 마하왕을 찾아가 신원시를 부수고 그 자리에 신원사를 짓자고 졸랐다. 왕비는 순진한 얼굴에 눈물을 가득 담고 왕에게 졸라 댔다. 왕은 처음에는 공연한 일에 나선다고 왕비를 나무랐지만, 왕비가 왕자를 걱정하며 도업에게서 들은 얘기를 조목조목 들이대자, 항복하고 말았다.

"알겠소. 그리합시다. 그렇지 않아도 불사를 크게 일으킬 생각이었는데, 그 핑계를 대면 되겠구려. 신원림은 예로부터 신성한 숲으로 이름이 높았으니 그 장소가 불사를 일으키기에 좋은 곳이라고 말하면 될 것 같소. 마음에 걸리는 바가 없는 것은 아니나, 어

 연금술사의 탄생

차피 유화 어머니교는 교세가 그전 같지 못하고, 또 신도들도 현저하게 줄어들고 있고. 왕자를 위해서라면, 약간의 무리수를 두는 것도 어쩔 수 없는 일이 아니겠소."

그날 저녁, 복숭아꽃이 저녁 기도를 올리러 시에 들어갔을 때, 제대 위 신상들이 있는 자리에는 유화 어머니 신뿐이었다. 남신들이 있던 자리는 텅 비어 있었다. 복숭아꽃은 유화 어머니 신을 보좌하던 남신들이 도망쳐 버렸다는 것을 직감적으로 알아차렸다. 어머니 신의 심장은 평소보다 훨씬 더 붉은빛을 내뿜으며 불규칙하게 떨었고, 보리 이삭은 아래로 축 늘어져 있었다. 어머니 신의 눈에서는 불그레한 눈물이 흘러내렸다. 제단 위의 은종들은 평소와는 전혀 다른 슬픈 소리를 냈다. 은종들은 느리고 낮은 소리로 웅웅대며 울었다. 복숭아꽃이 처음 들어 보는 종소리였다. 이따금 슬픈 일이 있을 때, 예를 들면 전쟁에서 많은 백성이 죽거나 다쳤을 때 종이 낮은 소리를 낸 적은 있었지만, 이렇게 낮은 진동음을 오래 낸 적은 없었다. 그 소리는 마치 통곡처럼 느껴졌다. 복숭아꽃은 종말이 다가왔다는 것을 직감적으로 눈치챘다.

복숭아꽃은 유화 어머니 신을 올려다보며 근심에 찬 목소리로 물었다.

"어머니, 왜 그러세요? 무슨 징조인가요? 지웅 님과 남신들은 어디로 갔나요?"

유화 어머니 신이 낮은 소리로 말했다.

"헤어져야 할 시간이다. 너희를 떠날 시간이 다가왔다."

"오, 어머니, 누가 어머니를 해하나요? 어머니는 힘이 있으시잖아요. 그 힘으로 어머니를 해하려는 자들을 치세요."

"아니다. 복수를 위해 힘을 사용하는 것은 나의 신적 원리가 아니다. 나는 나를 부수는 자들과 같은 방법으로 응대하지 않는다. 나는 오래 참음이며 기다림이며 사랑이기 때문이다."

"어머니, 하오나……."

"두어라. 인간들은 오랜 세월이 지난 뒤, 다시 나를 찾게 될 것이다. 그때까지 나는 이 땅에서 물러나 있겠다. 그러나 나를 기억하는 자들은 언제나 어디에나 있을 것이다. 세계의 낮은 구석과 고통당하는 이들의 가난한 집에서 그들은 오래도록 나를 기억할 것이다. 기다림을 완성하는 자들이 애통해하며 나를 기릴 것이다."

불그레한 눈물은 오래 흘러내렸다. 사원 안의 모든 불이 갑자기 저절로 꺼졌다. 종들도 웅웅대는 소리를 멈추었다. 복숭아꽃은 완전한 어둠 속에 그리고 완전한 침묵 속에 꼼짝도 하지 않고 앉아 있었다. 마치 태초의 암흑 같은 깊은 암흑 속의 암흑이었다. 복숭아꽃은 밤새 그 자리에 그대로 앉아 있었다. 마음이 텅 비었다. 심장들도 이제는 복숭아꽃의 피부를 향해 떠오르지 않았다. 복숭아꽃은 아무것도 느끼지 못했다. 복숭아꽃은 완전한 무 속에 동

연금술사의 탄생

그마니 앉아 있었다. 죽음 같은 피로가 복숭아꽃의 여린 몸뚱이를 짓눌러 쓰러뜨렸다.

훗날 어떤 사람들은 그날 밤 신원사에서 검은 그림자 세 개가 먼저 빠져나오고, 한참 뒤에 거대한 흰 그림자 하나가 너울너울 빠져나오는 것을 보았다고 말했다. 또 작고 검은 그림자들이 신원림 쪽으로 날아간 것과, 거대한 흰 그림자가 훨훨 날아 하늘로 올라가는 것을 보았다고 주장하는 사람들도 있었다.

다음 날 아침, 도업은 우락부락한 장정들을 한 부대 이끌고 신원사로 쳐들어갔다. 그들의 손에는 무거운 쇠망치들이 들려 있었다. 장정들은 제단 앞에 쓰러져 있는 복숭아꽃을 발견하고 흠칫 놀라는 눈치였다. 복숭아꽃의 얼굴은 창백했다. 복숭아꽃이라는 이름을 주었던 발그레한 볼의 홍조는 흔적도 없이 사라졌다. 복숭아꽃의 얼굴은 겨울에 내리는 눈처럼 새하얬다. 장정들이 머뭇거리자, 도업이 화가 난 목소리로 소리쳤다.

"뭣들 하는 거냐. 여자를 들어내! 그리고 철저하게 부숴라. 아무 흔적도 남지 않도록."

장정들은 복숭아꽃을 달랑 들어 올려서 복숭아꽃의 집에 데려다 놓았다. 복숭아꽃은 아무 저항도 하지 않았다. 방 안에 내려놓자, 들릴락 말락 하는 작은 소리로 조그맣게 말했다.

"부술 필요 없어요. 어머니는 떠나셨어요."

장정들이 신원사로 돌아와 복숭아꽃의 말을 전하자, 도업의 붉

은 얼굴이 더욱 시뻘겋게 달아올랐다.

"요망한 년, 누가 그 수에 넘어갈 줄 알고. 부숴! 다 부숴 버려!"

장정들은 이레 남짓 신원시를 부수는 일에 매달렸다. 굴은 엄청나게 단단하게 지어져 있었다. 그러나 이레 정도 지났을 때, 신원시는 흔적도 없이 사라졌다. 장정들은 돌을 소달구지에 실어 바다에 가져다 버렸다. 어머니 신의 사원을 이루고 있던 돌들은 어머니인 바다로 돌아갔다. 그로부터 약 백 년 뒤, 삼국 통일을 이룩한 강무왕 원년에 "바닷속에 거녀(巨女)의 시체가 있었다."는 기록이 있다. 후세 사람들 중에는 그 거녀가 어쩌면 그때 장정들이 가져다 버린 신원시의 유화 어머니 신상이었는지도 모른다고 생각하는 사람들도 있었다.

그로부터 달포 정도 시간이 지났을 때, 사람들은 신원시가 있던 자리에서 불사가 시작되는 것을 보았다. 그로부터 다시 3년쯤 뒤에 사람들은 거대한 신원사가 위용을 자랑하며 우뚝 선 것을 지켜보았다. 신원사(神元寺)의 현판이 달리는 날, 어떤 사람들은 신원시(神原市)의 근원 원(原)이 으뜸 원(元)으로 바뀐 것을 알아차렸다.

사람들은 복숭아꽃이 가엾어서 이따금 먹을 것을 몰래 복숭아꽃의 집 앞에 가져다 두고는 했다. 복숭아꽃은 나날이 눈에 띄게 야위어 갔다. 그리고 어느 날 자취도 없이 사라져 버렸다. 복숭아꽃이 어디로 갔는지 아는 사람은 아무도 없었다. 복숭아꽃의 집에는 풀이 무성하게 자라고, 기왓장과 담벼락에는 이끼가 끼고,

귀신들이 나올 것 같은 을씨년스러운 폐가로 변해 갔다. 아무도 복숭아꽃을 찾지 않았다. 귀족들이 돈을 주고 산 사람들은 복숭아꽃이 마녀라는 소문을 열심히 퍼뜨리고 돌아다녔다. 그들은 복숭아꽃의 아름다움조차 사람을 홀리는 색녀의 특질이라고 떠들어 댔다. 그들은 오죽 색을 밝혔으면 죽은 귀신까지 복숭아꽃을 못 잊어서 찾아왔겠느냐고, 복숭아꽃을 보면 너무 아름다워서 섬뜩하지 않더냐고, 그게 전부 복숭아꽃의 본색이 남자 간을 빼먹는 여우라서 그런 것이라고, 그러니 그런 마녀에게서 태어난 두 룬은 오죽하겠느냐고 말했다. 사람들은 그들의 험담을 말없이 들었다.

09

수련의 시작

길달은 두룬을 데리고 성의 후문이 있는 곳까지 갔다. 뒤따라가던 두룬이 길달의 옷소매를 잡으며 물었다.

"성 밖으로 나가는 건가요?"

"그렇소. 이제 몇 달은 성안으로 들어오지 못합니다. 형씨의 성취가 빠르면 물론 기간이 앞당겨질 수 있지만 말이오."

"내 말을 보고 싶어요. 아주 신통한 놈이죠. 어쩐지 어머니, 아니 어머니까지는 아니고, 친척 아주머니처럼 느껴져요."

"안 됩니다. 말은 손님방 관리들이 잘 돌봐 드릴 겁니다. 걱정할 필요 없습니다. 그리고……."

길달은 잠시 말을 끊었다가 다시 이어 말했다.

"형씨는 우선 처음에 야금술을 배우게 됩니다. 쇠를 다루는 거죠. 그런데 맨 처음 작업으로 각자의 말에 편자를 박는 것을 배우게 됩니다. 그게 첫 번째 관문이지요. 그때 형씨의 말을 만나게 됩니다."

두룬은 흰구름이 했던 말이 떠올라 혼자 고개를 끄덕였다. 두 사람은 성문을 나가 말없이 걸었다. 인가는 전혀 보이지 않았다. 그렇게 한참을 가자, 나무가 무성한 숲이 나타났다. 안으로 들어갈수록 숲은 더욱 무성해져서 햇빛 한 줄기 보이지 않았다.

숲길이 끝나자, 장관이 펼쳐졌다. 넓은 공터가 있고, 그 한쪽 끝에 깎아지른 듯한 거대한 바위산이 나타났다. 바위산에는 암석을 뚫어 만든, 무슨 구조물 같은 것들이 연이어져 있었다. 길달이 두룬을 바라보며 말했다.

"다 왔습니다. 이곳이 진정한 다다라 마을이죠. 거대한 공방입니다. 이곳에서 금, 은, 철, 주석, 구리 등의 금속과 홍옥, 녹옥, 석류석, 황옥, 금강석, 수정 등의 보석을 생산합니다. 형씨는 앞으로 이곳에서 수련을 받게 됩니다."

두룬은 말없이 압도당한 눈빛으로 서 있었다. 두려운 마음이 앞섰지만, 무슨 일이든 해내리라고 다짐했다. 길달은 맨 왼쪽에 있는 구조물을 향해 다가갔다. 문 앞에 서 있는 문지기에게 무어라고 말하자, 문지기가 고개를 끄덕이는 것이 보였다. 길달이 고갯

     연금술사의 탄생

짓으로 두룬에게 가까이 다가오라는 몸짓을 했다. 두룬이 다가갔다.

안으로 들어서자, 시끄러운 소리가 들려왔다. 망치로 모루를 내리치는 소리였다. 사방에서 망치 소리가 들려왔다. 건물은 땅을 깊이 파서 만들었는데, 수없이 많은 사람이 일에 열중하고 있는 모습이 보였다. 사람들은 모두 검은색 작업복을 입고 있었다. 한쪽에는 거대한 불가마가 있고, 그 불가마에서 쉼 없이 시뻘건 쇳물이 흘러나왔다. 그러면 사람들이 그것을 집게로 들어 올려서 모루 위에 올려놓고 모양을 다듬고, 그것을 옆에 놓인 물통에 집어넣어 식힌 다음, 끄집어내어 다시 두들겼다. 그들이 두들길 때마다, 모양이 없던 쇳덩이는 점차 형태를 갖추어 갔다. 한쪽에서는 좀 더 젊어 보이는 축들이 연신 풀무질을 하느라고 열심이었다. 두 사람이 들어가도 그들에게 신경을 쓰는 사람은 아무도 없었다. 길달이 두룬을 보고 말했다. 망치 소리 때문에 시끄러워서 소리를 꽥꽥 질러 대야 했다.

"이곳은 쇠 공방입니다. 쇠를 생산하는 곳이지요. 이곳에서 수련을 마치면, 연금 공방으로 옮겨 갑니다. 연금 공방은 또 각기 은 공방과 금 공방으로 나뉘어 있고, 그곳에서 차례차례 수련을 마치고 나면 맨 마지막으로 현자의 돌 공방으로 옮겨 가지요. 중간 중간 엄격한 시험을 거쳐 상위 훈련생 자격을 심사합니다. 맨 마지막 현자의 돌 공방까지 가는 사람은 매우 드물지요. 현자의 돌 공방은 촌장께서 직접 가르치십니다. 현자의 돌 공방 수련은 정말 장난 아닙니다."

두룬은 말없이 겁을 잔뜩 집어먹은 표정으로 길달의 말을 들었다. 길달이 두룬의 어깨를 툭툭 치며 말했다.

"너무 걱정하지 마시오. 형씨는 잘 해낼 겁니다. 예감이 그래요."

길달은 두룬을 데리고 공방을 한 바퀴 돌았다. 그런데 무엇을 보았는지 두룬의 눈이 휘둥그레졌다. 공방 한쪽에 여자 수련생들이 있었던 것이다. 두룬이 길달을 보고 말했다.

"여자들도 있군요."

길달이 하하하 하고 큰 소리로 웃었다.

"당연하지요. 여자들도 남자들과 똑같이 수련생이 될 자격이 있습니다. 이곳에서 배출된 뛰어난 여자 연금술사들이 여럿 있습니다. 다만 바깥세상에 나가면 박해가 두려워서 철저하게 능력을 숨기지요. 여자가 뛰어난 능력을 가지고 있다는 것을 들키는 순간, 마녀가 될 각오를 해야 하니까요. 모르기는 해도 사로국 사람들도 더러 있을걸요. 지금도 연금 공방에서 훈련을 받고 있는 여자 수련생이 많습니다."

조금 더 가자, 철로 만든 듯한 다리가 하나 나타났다. 그 아래에는 지하로 더 깊이 파인 작업장이 형성되어 있었다. 두룬은 아래를 내려다보고 깜짝 놀랐다. 그곳에서 일하는 사람들의 절반은 난쟁이이고, 또 절반은 짐승의 머리를 가진 반인반수(半人半獸)였기

    연금술사의 탄생

때문이다. 두룬이 놀라서 입을 딱 벌리고 있는 모습을 보고 길달이 큰 소리로 웃음을 터뜨렸다.

"하하핫, 역시 압도적입니까?"

"예, 하지만 약간 다른 의미에서……."

"저들은 이 공방에 원료를 조달하는 일을 합니다. 난쟁이들은 특히 금속 원료를 찾는 데 귀신같은 능력을 발휘하지요. 저래 보여도 엄청난 부자들입니다. 저들은 연금술 수련을 탐내지 않습니다. 굳이 힘들게 인공적으로 만들어 내지 않아도 자연적으로 숨겨져 있는 금을 기막히게 찾아낼 수 있거든요. 또 땅 밖의 세상에 별 흥미가 없습니다. 자기들끼리 사는 것으로 충분히 재미있으니까요. 저 반인반수들은 짐승들 안에 숨어 있는 악의 정령과 인간 사이의 결합으로 태어난 존재들입니다. 저주받은 존재들이지요."

길달이 그 말을 할 때 길달의 눈빛이 갑자기 어두워졌다. 두룬은 그것을 놓치지 않았다.

"난쟁이들은 금속이 묻힌 곳을 기막히게 알아채는 대신, 몸이 작아서 힘을 쓰지 못하기 때문에 힘이 센 저들과 짝을 지어 준 것입니다. 저들은 힘만 셉니다. 육체적이고 원초적인 측면만 발달되어 있거든요. 보기만큼 위협적인 존재들은 아닙니다. 생각하는 힘이 현저하게 떨어지기 때문에 시키는 일 외에는 별생각이 없거든요. 개중에는 아주 드물지만, 그 상태를 뛰어넘어 도약하는 자들도 없지는 않습니다만……."

길달의 눈에서 다시 어두운 빛이 번쩍하고 빛났다. 두룬은 길달이 반인반수 출신이라는 것을 직감적으로 알아차렸다.

길달이 한참 아래를 내려다보고 있다가 두룬에게 말했다.

"자, 이제 쇠 공방은 한 바퀴 돌아보았습니다. 이곳의 책임자를 소개해 드리지요."

길달은 쇠다리를 다시 건너가서 사람들 사이로 돌아다니며 이런저런 지시를 하는 사람을 불렀다. 건장한 체격에 얼굴이 둥글둥글한, 사람 좋아 보이는 남자 하나가 다가왔다. 길달이 남자에게 말했다.

"갈반 감독, 오늘부터 수련을 받게 된 두룬이라는 사람이오. 사로국에서 왔답니다. 이렇게 훤칠한 청년인데 나이는 이제 겨우 열다섯 살이랍니다."

갈반이 어깨를 으쓱하며 말했다.

"뭐, 아주 자주는 아니지만, 그런 수련생들이 이따금 있었지요. 대개 아주 특별한 능력을 가진 사람들이었고, 또 거의 수련에 성공했습니다. 순수한 인간 혈통은 아니겠군요. 저야 근본이 어떻든 상관하지 않습니다."

두룬은 그 말을 듣고 있는 길달 얼굴에 질투 비슷한 감정이 스치고 지나가는 것을 이번에도 놓치지 않았다.

길달이 말을 이었다.

"자, 일단 숙소부터 안내해 주시오. 짐을 풀어 놓은 다음, 막바

 연금술사의 탄생

로 일을 시작해야 하니까."

갈반이 앞장서서 공방 가운데 통로로 걸어갔다. 입구 가까이 오자, 아까 들어올 때 보지 못했던 계단이 왼쪽으로 나 있는 것이 보였다. 계단을 올라가자, 거대한 공동 침실이 나타났다. 침실 한쪽에는 석굴을 뚫어 만든 거대한 창이 있었다. 갈반이 말했다.

"어느 자리가 좋을까요? 아무래도 창가가 좋겠지요? 마침 창가 자리가 비어 있습니다. 수련생 하나가 승급을 해서 일주일 전에 은 공방으로 옮겼거든요."

두룬과 길달은 그 침대를 향해 갔다. 갈반이 말했다.

"천천히 짐을 푸신 후 내려오십시오. 작업복은 침대 옆에 있는 궤짝 안에 들어 있습니다. 작업복만 입고 내려오시면 됩니다. 공구는 모두 작업장에 있으니까요."

길달은 두룬이 침대 옆에 있는 작은 궤짝에 짐을 정리해 넣는 것을 바라보았다. 두룬의 손가락은 여자처럼 섬세한 편이었다. 두룬이 손을 움직이는 모습은 마치 춤을 추는 것 같았다. 두룬의 두 손은 일이 아니라 놀이를 하는 것 같았다. 검은 작업복을 꺼내 드는 모습은 마치 검은 새가 날개를 펴는 것 같았다. 두룬의 아름다운 손놀림을 바라보고 있자니, 길달은 금 공방에서 수련을 받을 때 촌장이 자신에게 했던 말이 문득 생각났다.

"네 손가락은 너무 뻣뻣해. 금을 만드는 것은 일하는 것이 아니다. 이건 놀이이다. 알겠느냐? 존재의 가장 높은 단계에서 인간은 일을 하는 게 아니라 노는 것이다. 쯧쯧. 그렇게 억지로 밀어붙인 다고 되는 것이 아니다. 연금술은 육체의 힘만으로 얻을 수도 없 고, 정신의 힘만으로 얻을 수도 없다. 육체가 사물의 흐름을 탈 줄 알아야 한다. 몸 전체가 네가 다루는 물질, 더 나아가 우주 전체 와 하나가 되지 않으면 연금의 비의에 도달할 수 없다. 부드럽게, 춤을 추듯이, 사물이 움직이는 흐름에 몸을 맡길 줄 알아야 한다. 너의 노력은 높이 살 만하다만, 천품이 모자라는 것 같구나."

길달의 얼굴이 자기도 모르게 질투로 달아올랐다.

'이자는 손가락을 저렇게 놀리는 법을 어디서 배웠을까. 이자는 놀이의 천품을 가진 자인 듯하다. 빨리 배우겠구나.'

짐을 다 정리한 두룬이 방긋 웃으며 침대에 걸터앉았다. 길달이 그 옆에 가서 앉았다.

"어때요? 할 수 있을 것 같아요? 힘들 것 같으면 때려치우고 돌 아가도 됩니다. 뭐랄 사람 아무도 없습니다."

"아뇨. 할 수 있을 것 같아요. 해 보겠습니다. 그런데 최종 단계 까지 시간이 얼마나 걸리나요? 얼마나 지나면 현자의 돌의 비의 에 도달할 수 있습니까?"

"그건 사람마다 다르지요. 개인차가 엄청나게 납니다. 뛰어난 경 우에는 약 20년 정도 걸립니다. 그러나 대부분 30년 이상 걸립니 다."

"30년씩이나요?"

   연금술사의 탄생

"그러나 형씨는 훨씬 더 빨리 배울 것 같은데요. 어쩐지 느낌이 그렇습니다. 뛰어난 천품을 가진 것 같아요. 촌장님을 뵈었더니 이미 불의 비법을 거의 완벽에 가깝게 구사할 줄 안다고 하시더이다. 나는 20년 걸려서 겨우 불의 비법을 익혔는데……."

두룬이 놀라서 눈을 동그랗게 떴다.

"20년이라고요? 아니, 대체 몇 살에 수련을 시작했는데요? 실례지만 나이가……."

길달이 푸훗, 하고 웃음을 터뜨렸다.

"몇 살이나 먹었을 것 같습니까?"

"글쎄요, 한 스물다섯 살 정도?"

"마흔세 살입니다."

두룬은 놀라서 벌린 입을 다물지 못했다. 길달이 웃으며 말했다.

"형씨는 보통 사람보다 두 배 빨리 성장하고 두 배 빨리 배우겠지만, 저는 보통 사람보다 두 배 느리게 성장하고 두 배 느리게 배운답니다. 이 자리까지 올 수 있었던 건 순전히 무지막지한 노력 덕택이었습니다."

두룬은 어쩐지 이 사나이가 좋아질 것 같다는 생각이 들었다. 길고 검은 얼굴 뒤에 엄청난 진지함이 숨겨져 있는 것 같았다. 두룬이 조심스럽게 다시 말문을 열었다.

"세속의 나이 같은 게 무슨 상관이겠습니까? 저는 형씨가 제 친형처럼 느껴집니다. 어쩐지 믿을 수 있고, 기댈 수 있을 것 같은……. 제게는 친구가 한 사람도 없었습니다. 제 태생이 독특해서 사람들이 다가오질 않았지요. 제 친구가 되어 주시겠습니까?"

길달이 활짝 웃었다.

"그러지요. 처음 본 순간부터 저도 형씨가 왠지 마음에 들었습니다. 두 배 빠른 자와 두 배 느린 자, 잘 어울리는 조합 같은데요."

두룬이 하하 웃으면서 손을 내밀었다.

"자, 그럼 우리 이제부터 친구가 되는 거야. 친구니까 당연히 말을 놓아야겠지?"

"당연하지."

길달이 두룬의 손을 잡고 기분 좋게 흔들었다. 두룬이 웃으며 말했다.

"어제 도착했는데, 이곳에 몇 달쯤 있었던 기분이야. 알고 싶은 게 무척 많아. 앞으로 날 좀 도와주겠나?"

"하하, 보아하니, 도움은 내가 받아야 할 듯한데……. 아무튼, 뭐든 물어보라고."

두룬이 주머니에서 황금 표식을 꺼내더니 골똘하게 들여다보며 물었다.

"이 기이한 형상은 무엇을 말하는 거지? 아무리 들여다보아도 무슨 뜻인지 모르겠어."

"서두르지 말게. 은 공방으로 올라가면 가르쳐 주겠네."

"그럼 성의 장식이 모두 흰색, 검은색, 빨간색으로 이루어져 있는 건? 바닥이 흰 돌과 검은 돌로 이루어져 있는 건? 촌장님이 계신 방에 있던 신비한 상징들은?”

“그것도 전부 배우게 되네.”

“자넨 연금술사인가? 현자의 돌의 비의는 깨쳤나?”

길달의 표정이 갑자기 어두워졌다.

“연금술사이기는 하네. 연금의 비밀은 깨쳤으니까. 그러나 현자의 돌의 비의는 깨치지 못했어. 두두리가 되지는 못한 것이지. 촌장께서 나를 붙잡고 오래 애쓰시다가 포기하셨네. 내게 천품이 모자란다고 하셨네. 연금술 최고의 단계는 천품이 없으면 도달할 수 없다네. 노력만으로는 안 된다네. 물론, 내가 도달한 단계도 만만한 단계는 아니네만.”

“그랬군. 나도 포기하게 될까? 하지만 난 무리할 생각은 없네. 할 수 있는 데까지만 할 거야. 운명이 내가 어디까지 갈 수 있는지 가르쳐 줄 테지.”

“그러나 내가 잘하는 건 따로 있네.”

“뭔가? 궁금해지는군.”

“때가 되면 알게 될 걸세. 자, 이제 그만 작업복으로 갈아입고 내려가세. 수련을 시작해야지.”

길달이 웃으면서 자리에서 일어났다.

두룬은 그날부터 쇠부리 기술을 배우기 시작했다. 그러나 배우고 말고 할 것도 없었다. 가장 중요한 기술이 불을 다루는 기술이었는데, 그것에 관한 한 두룬은 이미 완벽에 가까운 비법을 터득했기 때문이다. 남아 있는 문제는 불의 온도와 세기를 단계별로 조절하는 일이었다. 두룬은 곧 그 기술을 혼자 터득했다. 두룬의 내면에 존재하는 불의 근원에서 아예 불의 온도를 조절해서 끄집어내는 방법을 알아낸 것이다. 수련생들은 두룬을 놀라운 눈으로 지켜보았다. 두룬은 곧 공방 안에서 제일 인기 있는 수련생이 되었다. 힘이 장사여서 무거운 쇠부리나 쇠망치들을 옮기는 일을 도맡아서 했다. 풀무질을 잘못해서 불이 꺼지기라도 하면, 당장 손에서 불을 꺼내어 문제를 해결했다. 게다가 한 번도 꾀를 부리지 않았다.

"타고났군, 타고났어."

갈반 감독이 두룬을 보며 중얼거렸다.

두룬은 편자를 만드는 것을 일주일 만에 해치웠다. 보통 다른 수련생들은 한 달은 걸려야 배우는 일이었다. 가장 어려운 것은 둥근 모양으로 쇠를 구부리는 것이 아니라, 쇠의 두께를 일정하게 만드는 것이었는데, 두룬은 시뻘겋게 달아오른 쇠를 맨손으로 만지작거려서 두께를 가늠했다. 게다가 뭘 어떻게 배합했는지, 두룬이 만든 편자는 단단한 데다가 아주 가벼웠다.

"물건이 하나 들어왔군."

수련생들은 흥분을 감추지 못했다. 갈반 감독은 자기가 가르친

 연금술사의 탄생

수련생 중에서 가장 뛰어나다고 칭찬을 아끼지 않았다.

갈반은 촌장에게 물었다.

"무시무시합니다. 저런 놈은 처음 봤습니다. 대체 어디서 주워 오셨습니까?"

촌장은 빙긋이 웃으며 대답했다.

"주워 오긴. 제 발로 걸어 들어왔지. 그 애가 뛰어난 데는 다 이유가 있네. 그러나 과연 마지막 단계까지 갈지는 두고 봐야겠지."

두룬이 완벽한 편자를 만든 날, 사람들은 흰구름을 데리고 왔다. 두룬은 흰구름을 보자마자 달려가서 얼싸안았다. 흰구름은 사람들에게 들키지 않으려고 아주 조그만 소리로 말했다.

"주인님, 제법이네요. 잘하고 계신 것 같네요."

두룬도 아주 작은 목소리로 흰구름의 귀에 대고 속삭였다.

"역대 최고의 수련생이란다, 에헴."

"오만을 경계하라. 잘난 척하기 시작하면 그날로 땡이우."

"명심하고 있음."

사람들은 빙 둘러서서 두룬이 흰구름의 낡은 편자를 떼어 내고 새 편자를 박는 광경을 지켜보았다. 촌장도 길달과 함께 그 자리에 있었다. 두룬은 마치 봄바람이 나무 잎사귀들을 만지듯이 부드럽게 일을 해치웠다. 두룬의 손에 들린 망치는 쇠망치가 아니라 솜망치 같았다. 사람들은 두룬의 부드러운 손놀림을 감탄하며 바라보았다. 마치 물질이 자진해서 두룬에게 협력하고 있는 것 같았다. 촌장도 감탄을 숨기지 않았다. 촌장은 속으로 생각했다.

'이 아이는 사물을 죽어 있는 것으로 이해하는 것이 아니라 살아 있는 것으로 이해하고 있다. 이 아이는 물질과 대화하는 법을 알고 있어. 그것이야말로 뛰어난 연금술사의 최고의 덕목이지. 귀한 재목을 얻었구나.'

두룬은 엄청난 속도로 배워 나갔다. 한 달 뒤에는 최고의 검과 방패를 만드는 데 성공했다. 두룬이 만든 무기는 다른 이들이 만든 무기와 전혀 달랐다. 가볍고 단단할 뿐 아니라, 아주 날카로웠다. 그 칼날은 닿는 모든 것을 베었다. 두룬은 자신이 만든 검에 '달빛'이라는 이름을 붙였다. 두룬은 아름다운 칼집을 만들어 그 안에 달빛을 집어넣었다. 칼집에는 홍옥, 녹옥, 황옥 등으로 장식한 아름다운 꽃무늬를 새겨 넣었다. 그리고 그 꽃무늬를 버드나무 잎사귀 문양으로 둘러쌌다. 두룬이 칼집을 만드는 모습을 지켜보던 갈반은 의아스럽다는 듯이 물었다.

"칼집에 꽃무늬와 버드나무라니, 영 조화가 맞지 않는 것 같은데……. 용이라든가 호랑이 같은 용맹스러운 것들을 새겨 넣는 것이 낫지 않을까?"

두룬이 웃으며 대답했다.

"저는 이 무기를 영영 쓰지 않게 되면 좋겠어요. 그리고 어쩔 수 없어서 쓰게 되더라도 제가 섬기는 유화 어머니가 이 칼에 다친

사람의 상처를 돌보아 주셨으면 좋겠어요. 겨우내 죽어 있던 나무
가 다시 꽃을 피우듯이 말이에요.”

갈반은 속으로 생각했다.

‘뛰어난 친구이기는 한데, 무사는 못 되겠구나. 남자가 무사가
못 되면 세상에서 출세하긴 힘들지.’

두룬이 만든 검과 방패를 살펴본 촌장은 놀라워하며 말했다.

“단 한 달 만에 이 정도로 완벽한 검을 만들다니, 참으로 놀랍
구나. 그러나 자만하지 마라. 자만은 영혼의 독이다. 그 독이 영혼
을 물들이는 순간, 너는 타락의 길로 들어서게 된다.”

“예, 스승님, 명심하고 또 명심하겠습니다.”

촌장은 그 자리에서 두룬을 은 공방 수련생으로 승격시켰다.

10

내면의 사과 한 알

두룬이 은 공방 수련에 들어가는 날 아침 일찍 길달이 두룬을 찾아왔다. 길달은 산책이나 하자면서 숲길로 두룬을 이끌었다.

"엄청나게 잘하고 있다는 소문이 자자하더군. 축하하네. 부럽기도 하고. 좀 더 솔직하게 말하면 질투도 나고. 어떻게 그렇게 빨리 배울 수 있나?"

"질투는 무슨……. 하기는 나도 놀라고 있는 중일세. 모르겠어. 내 안에 숨어 있던 어떤 소질이 활짝 피어나는 것 같아. 그저 나는 어머니께서 가르쳐 주신 대로 하고 있는 것뿐이네."

"어머니께서?"

"응. 우리 어머니는 유화 어머니 신을 모시는 신녀라네. 능력이 뛰어난 분이지."

"그랬군. 자네는 어머니의 천품을 물려받은 것 같군."

"그런지도 모르지. 어머니는 내게 여러 가지를 가르쳐 주셨네. 불의 비법도 어머니가 아니었으면 익히지 못했을 거야. 아마 지금쯤 불에 타서 없어져 버렸을지도 모르지."

"그랬군. 자네는 운이 좋은 사람이군."

"운이 좋다고? 글쎄, 나는 내가 누구인지도 모르네. 내가 놀라운 능력을 가지고 있다 한들 내가 누군지도 모른다면 그게 다 무슨 소용인가?"

"자네가 누군지 모른다는 게 무슨 말인가?"

두룬은 멈추어 서서 땅바닥을 내려다보았다. 깊은 생각에 잠겨 있는 듯 꼼짝도 하지 않았다. 길달은 두룬의 팔을 붙잡고 숲길 가장자리에 놓여 있는 넓적한 바위로 데리고 가서 그 위에 앉혔다. 두룬이 입을 열었다.

"내게는 아버지가 없네."

"아버지가 없다니?"

"아버지는 살아 계셨을 때 어머니를 깊이 사랑하셨다고 하네. 그러나 어머니는 신녀이기 때문에 인간과는 사랑을 할 수 없었다네. 그런데 돌아가신 아버지가 영혼이 되어 어머니를 찾아오셨다고 하네. 나는 그렇게 해서 세상에 태어났다네. 자네는 이런 일을 이해할 수 있나?”

“이해하네.”

“나는 인간도 아니고 신도 아니야. 그게 뭘 의미하는지 이해한다고?”

“이해하지. 너무나 잘 이해하지. 나 역시 자네와 비슷한 처지니까. 내 경우는 더 고약하지.”

두룬은 길달의 출생의 비밀을 눈치챘다는 말을 하지 않았다. 길달이 말을 이었다.

“나는 짐승과 인간 사이에서 태어났네. 쇠 공방 지하에 있던 반인반수들을 보았는가? 그들이 내 동족이라네. 나는 변신술을 알고 있기 때문에 지금 인간의 모습을 하고 있는 거라네. 나의 본색은 여우일세.”

“자네가 여우든 사람이든 내게는 조금도 중요하지 않아. 나는 집에 있을 때 숲에서 늘 짐승들과 놀았다네. 나는 그들의 말을 이해하지. 그들도 내 말을 이해하고. 그들은 인간보다 더 순수하지. 추악한 건 오히려 인간 쪽인지도 몰라.”

“그런데 불행인지 다행인지 모르겠지만, 내 경우는 다른 반인반수들과는 조금 다르네. 내 어머니는 원래 인간이었는데, 나를 잉태한 뒤에 마법에 걸려서 여우가 되셨거든. 그래서 나는 사람의 자질을 많이 가지고 있는 거지. 물론 무지막지하게 노력해야 타고난 처지를 극복할 수 있지만……”

     연금술사의 탄생

"그럼 우린 반쪼가리 인간들이라는 공통점을 가지고 있군."

"아니지. 자네는 강화된 인간이고, 나는 약화된 인간이지. 자네는 위쪽으로 늘어난 존재고, 나는 아래쪽으로 늘어난 존재지."

"인간 세상에서 자리를 찾기 힘들다는 점에서는 마찬가지지."

"그 말이 맞는 것 같기도 하군."

두 사람은 공감에 가득 찬 시선을 주고받았다. 두룬은 마음이 뿌듯했다. 이렇게 좋은 친구를 얻게 될 것이라고 생각해 본 적은 없었다. 죽을 때까지 혼자 외롭게 살아야 할 줄 알았기 때문이다. 길달이 말을 이었다.

"자, 이제 은 공방 수련생으로 승격했으니 그때 자네가 던진 질문에 답해 주겠네. 그 표식을 꺼내어 보게."

두룬이 표식을 꺼냈다.

"이건 연금술의 이상(理想)을 도형으로 표현해 놓은 걸세. 일종의 연성문(鍊成紋)이지."

"연성문이란 게 뭔가?"

"연금술 과정을 도형으로 추상화한 것을 말하네. 연성문을 만드는 방법도 앞으로 배우게 되네. 좋은 연금술사가 되려면 좋은 연성문을 만들 줄 알아야 한다네. 자, 여기를 보게. 한가운데에 둥근 원이 있고, 그 안에 남자와 여자의 형상이 있지? 이것은 음과 양으로 분리되기 전에 혼합되어 있는 원물질(原物質)을 나타낸네. 혼돈 상태에 있는 물질이지. 그다음에 그 원을 사각형이 둘러싸고 있지? 그 사각형은 인위적 조작을 가해서 원물질로부터 추출해 낸 4원소, 즉, 물, 불, 공기, 흙을 말하네. 그 사각형을 다시 큰 삼각형이 감싸고 있지? 그것은 연금술 조작에 참여하는 인간의 삼원리, 즉 육체, 정신, 영혼을 의미한다네. 그 삼원리는 다시 거대한 원에 감싸여 있는데, 이 원은 이 모든 일이 궁극적으로 통합되어야 하는 거대한 우주를 상징하는 거야. 연금술의 기본은 소우주의 움직임을 대우주의 움직임에 일치시키는 걸세. '위에 있는 것은 아래에 있는 것과 같고, 아래에 있는 것은 위에 있는 것과 같다.' 그것이 가장 간단하게 표현된 연금술 원리라고 할 수 있어. 좀 더 쉽게 말하면, 대우주에서 일어나는 일을 인간의 개입으로 소우주에서 일어나게 만드는 거라네."

"무슨 말인지 알 것 같아. 사로국에서는 도사들이 호리병박을 들고 다닌다네. 그 호리병박도 같은 의미를 가진 것 아닐까? 호리병박은 작은 원과 큰 원이 합쳐진 형태를 하고 있지. 작은 원은 소우주를, 큰 원은 대우주를 상징하는 것 같은데. 그래서 도사들은 자신들이 진정한 지혜의 소유자라는 걸 그 상징물로 알리는 것 아닐까?"

길달의 얼굴에 감탄의 표정이 떠올랐다.

"자네 정말 대단한 친구군. 영리한 사람은 하나를 가르쳐 주면 열을 안다더니, 자네가 바로 그런 사람이군. 정말 뛰어난 연금술사가 되겠네그려."

 연금술사의 탄생

두룬이 얼굴을 붉혔다. 그러나 두룬도 그 말이 싫지 않은 눈치였다.

"그럼 그 빨강, 하양, 깜장의 조화는 무엇인가? 바닥에 흰 돌과 검은 돌이 교차되어 있는 것은 무슨 의미인가?"

"하하, 성급하기는. 자, 천천히 하자고. 하나씩 배워 가면 되네. 자, 언제까지 여기서 이러고 있을 수는 없지. 얼른 공방으로 올라가게."

두룬은 작업장 2층에 있는 은 공방으로 올라갔다. 은 공방은 쇠 공방과 분위기가 전혀 달랐다. 사방이 흰색이었다. 20여 명 정도 되는 수련생들도 흰옷을 입고 있었다. 시끄럽고 왁자지껄한 쇠 공방과는 달리 조용하고 차분하게 가라앉은 분위기였다. 한가운데에 각자가 사용할 수 있는 책상이 놓여 있고, 사방으로 돌아가면서 무엇인지 알 수 없는 기묘한 모양의 실험 도구들이 잔뜩 놓여 있었다. 한쪽 구석에는 거대한 화덕이 있었는데, 흰 대리석에 푸른색 꽃무늬로 화려하게 장식되어 있었다. 두룬이 은 공방 문을 열고 어리둥절한 표정으로 서 있자, 점잖게 생긴 한 중년 사내가 다가왔다. 두루마기 위에 아름다운 은 목걸이를 걸고 있는 것으로 보아 공방의 책임자인 듯했다. 사내가 두룬에게 말했다.

"아, 자네가 두룬이라는 청년인 모양이군. 엄청나게 빨리 배우고 있다고 소문이 자자하더군. 자, 이리로 오게."

사내가 낮은 소리로 손뼉을 치자, 각자 작업에 열중하고 있던 수련생들이 고개를 들었다.

"새로 들어온 은 공방 수련생을 소개하겠다. 두룬이라는 청년이다. 쇠 공방 훈련을 단 한 달 만에 해치운 무서운 실력의 소유자다. 앞으로 잘 도와주도록 해라. 쇠 공방에서 보여 준 실력이면 여러분이 두룬을 돕기보다는 두룬에게 도움을 받게 될 것 같기는 하다만……."

두룬은 고개를 숙여 인사했다. 그리고 눈을 들어 올리는 순간, 두룬의 눈은 자신을 빤히 바라보고 있는 장난스러운 눈길과 부딪쳤다. 잠깐 동안이었지만, 두룬은 고개를 들어 올리던 몸짓을 멈추었다. 어? 뭐지? 그 순간, 무엇인가 빨간 사과 같은 것이 깊은 곳에서 툭 하는 소리를 내며 떨어졌다. 그리고 내면의 긴 계단을 따라 굴러 내려가기 시작했다. 일 초, 이 초……. 그러나 두룬에게는 영원처럼 느껴지는 긴 시간 동안 사과는 한없이 그 계단을 굴러 내려갔다. 찰방하고 사과 떨어지는 소리가 나고, 그 메아리가 두룬의 내면에 오래, 아주 오래 울렸다. 이게 뭐지? 두룬은 어리둥절해하며 고개를 들었다. 그리고 장난스러운 눈길의 주인공을 바라보았다. 명랑해 보이는 사랑스러운 소녀였다. 소녀는 계속 두룬을 장난스러운 눈길로 바라보았다. 두룬과 눈길이 부딪치자, 손가락을 나풀나풀 흔들었다.

두룬은 눈길을 어디다 두어야 할지 몰라서 당황했다. 그런데 다

 연금술사의 탄생

행히 공방 책임자가 두룬을 불렀다.

"자, 잠깐 내 방으로 가지."

사방에 책이며 실험 도구들이 널려 있었다. 책임자가 가운데 놓여 있는 작은 탁자와 의자를 가리키며 앉으라고 말했다.

"방이 어지러워서 미안하군. 요새 뭐 급히 연구하는 것이 있어서……."

"괜찮습니다."

"우선 은 공방 수련생으로 승급한 것을 축하하네. 쇠 공방에서는 놀랍도록 빨리 배웠다고 들었네. 은 공방은 쇠 공방만큼 쉽지는 않을 걸세. 이곳에서는 은을 만들어 내는 것을 배우게 되네. 연금술 과정에서 백화(白化)라고 부르는 단계일세. 쇠 공방에서 흑화(黑化)에 대해서는 배웠을 것으로 아네. 그러나 야금술인 쇠부리 기술의 흑화 과정과 연금술의 흑화 과정은 엄청나게 다르다네. 연금술의 흑화 과정은 음의 원리에 속한 여성 금속과 양의 원리에 속한 남성 금속을 결합해 원초적인 혼돈의 상태를 인위적으로 조작해 내는 것을 말하지. 그리고 그 과정에서 자네의 영혼 안에서 금속에게 일어나는 변화와 똑같은 변화가 일어나야만 하네. 쇠 공방에서처럼 단순히 물리적인 방식으로 원물질인 쇠를 변화시키는 것이 아닐세. 자네는 흑화 과정부터 배우게 될 거야. 어때? 무슨 말인지 알아듣겠나?"

"예, 어렴풋이……."

"좋아, 그럼 시작하세. 은 공방 수련은 많은 부분이 연구로 이루어져 있네. 이 층 복도 끝으로 가면 그곳에 도서관이 있네. 책은 얼마든지 빌려 볼 수 있으니 신청하도록 하게."

두룬은 책임자의 방을 물러 나와 수련생들의 방으로 돌아갔다. 아까 두룬에게 손을 흔들어 보였던 장난꾸러기 소녀가 다시 두룬을 보고 활짝 웃었다. 이상한 소녀였다. 아름다웠지만, 뭔가 단순하질 않았다. 두룬에게 아름다움의 원형은 복숭아꽃이었다. 그런데 저 장난꾸러기 소녀는 복숭아꽃에게 없는 무엇인가를 가지고 있었다. 두룬은 한참 만에야 그것이 무엇인지 알아내었다. 맞다. 천진함과 자유로움. 어머니 복숭아꽃이 신성한 임무에 짓눌려 마음껏 펼쳐 보지 못한 천진함과 자유로움이었다. 거기에다 그 소녀에게서는 공부에서 생겨난 어떤 지적인 힘 같은 것이 느껴졌다.

두룬은 그날 하루를 어떻게 보냈는지 모를 정도로 얼이 빠져 있었다. 머리가 온통 소녀와 눈이 마주쳤을 때, 가슴속에서 툭 하는 소리를 내며 떨어지던 사과 열매 같은 것에 쏠려 있었다. 두룬은 하루 종일 몸뚱이 전체가 심장이 된 것처럼 느꼈다. 심장은 온몸에서 쿵쾅쿵쾅 뛰어 댔다. 두룬은 하루 종일 무엇을 듣는지, 무엇을 보는지 알 수 없었다. 이게 뭐지? 두룬은 생전 처음 느끼는 감정에 당황해서 어쩔 줄 몰랐다. 일과가 끝나자마자, 두룬은 길달을 찾아갔다. 길달은 활짝 웃으며 두룬을 맞아 주었다.

"어이, 어서 오시게. 그런데 얼굴이 왜 그래? 어디 아픈가?"

   연금술사의 탄생

“응, 많이…….”

길달이 걱정스러운 표정으로 두룬을 부축해서 자리에 앉혔다.

“어디가 아파서 그래? 너무 무리한 거 아닌가?”

“아니, 오늘 하루 종일 아무것도 못 했어.”

“너무 긴장한 건가? 그럴 필요 없어. 천천히 하게. 자네만 한 재주를 가진 수련생도 없을 텐데…….”

“아니, 그게 아니라…….”

“이 친구 참 답답하군. 무슨 얘긴지 털어놓으라고.”

“아까 은 공방에서 인사할 때 어떤 소녀하고 눈이 마주쳤는데……. 그런데 그때 몸속에서 무슨 빨간 사과 같은 게 하나 툭 떨어졌어. 그리고 한없이 계단을 굴러 내려갔지. 한참 만에야 사과가 물속에 찰방하는 소리를 내며 떨어졌는데, 그다음부터 온몸이 심장이 된 것처럼 펑펑 뛰어 대. 하루 종일 정신이 하나도 없었어.”

두룬의 말을 듣는 길달의 얼굴에서 웃음이 번져 나오기 시작하더니, 두룬이 말을 끝내자 큰 소리로 하하하하 한참을 웃었다. 두룬이 멍한 표정으로 바라보자, 두룬의 어깨를 두들기며 또 웃어 댔다. 두룬의 표정이 점점 더 일그러졌다.

“두룬, 이 순진한 친구야. 자네는 사랑에 빠진 거야.”

“사랑? 그런데 왜 마음속에서 사과가 떨어지지?”

“사과는 아주 먼 옛날부터 사랑의 상징이었다네. 그것이 자네의 마음속에서 어떤 깊은 울림을 불러낸 거야. 사람들은 사랑하면서 존재의 아주 먼 곳에 이르지. 깊고 먼 곳."

"깊고 먼 곳? 어머니가 그러셨다네. 진정으로 사랑해야만 지혜에 이른다고. 나는 그 사랑은 남녀 간의 사랑과는 다른 것이라고 생각했는데……."

"다르지 않아. 자네 어머니께서는 남녀 간의 사랑을 지나서 가는 더 큰 사랑을 이르신 것이겠지. 그러나 남녀 간의 사랑이라고 해서 큰 사랑의 차원과 다른 것은 아니네. 난 또 무슨 큰일이라도 난 줄 알았네."

"나에겐 큰일인 거 같은데……. 자네도 사랑을 해 본 적이 있나?"

"있지. 지독하게 사랑한 적이 있었네. 죽을 만큼 아팠지. 그러나 지금은 다 옛일이야. 그건 그렇고, 그 행운의 아가씨는 누군가?"

"작은 노루처럼 생겼어. 날씬하고 조그매. 그런데 무지 똘똘해 보여. 당차고 겁도 없어 보이고."

"아, 아니로구나. 귀여운 아이지. 여간내기가 아냐. 촌장님 따님이라네."

"촌장님의 딸?"

"그래. 촌장님과 아라 부인의 외동딸이지. 아라 부인은 아니가 어렸을 때 돌아가셨네. 아라 부인도 실력 있는 연금술사였다네. 어느 해 가을에 알 수 없는 병에 걸리셨지. 촌장님께서 약을 구해 보려고 애썼지만 구하지 못하셨네. 아니는 아주 어린 시절부터 촌

     연금술사의 탄생

장님 곁에서 배워서 실력이 대단하다네. 자네의 강력한 경쟁자가 될 거야. 그 친구 실력도 만만치 않아."

"나에겐 아버지가 없는데, 아니에겐 어머니가 없구나."

두룬은 잠시 생각에 빠졌다가, 순진한 얼굴로 물었다.

"그런데 사랑에 빠지면 누구나 다 이렇게 아픈가?"

"글쎄, 뭐 사람에 따라 다르겠지. 자네는 타고난 천성 때문에 더 예민하게 느끼는 것 같네. 그러나 어쨌든 축하할 일이야. 진심으로 축하하네."

"무엇이 그리 축하할 일인가?"

"연금술에서는 단지 물질의 변형만이 아니라, 그 물질과 똑같은 변형이 인간 내부에서 일어나는 것을 목표로 삼는다네. 연금술의 최종 목표인 현자의 돌은 단순히 금을 만들어 내는 매체가 아니라, 인간 존재 변환의 매체이기도 하네. 그런데 인간 내면 원리의 특성 때문에, 하나의 마음의 요소는 그 상반된 요소를 찾기 마련인데, 사랑하는 사람이 있을 경우, 그 요소를 찾아내는 게 훨씬 쉬워지지. 바깥에 실제로 존재하는 참고할 만한 지수가 있으니까 말이야. 그래서 성공한 남자 연금술사들 중에는 사랑하는 여성과 작업한 경우가 많다네. 그들은 그 여성들을 '영혼의 누이'라고 불렀어. 자네에게도 이제 '영혼의 누이'가 생긴 걸세."

"영혼의 누이'라……. 무척 아름다운 말이군. 하지만 아니가 거절하면 어쩌지?"

“거절당해도 상관없네. 사랑은 저 혼자서도 길을 잘 찾는다네.
하하하.”

아닌 게 아니라, 아니를 사랑하게 되면서 두룬은 내면적으로
부쩍 성장했다. 아니는 장난스러운 눈길을 계속 두룬에게 던졌다.
두룬은 처음에는 그저 어쩔 줄 모르고 덤벙대기만 했지만, 점차
평온을 찾았다. 그리고 어느 날 오후, 일과가 끝난 다음 용기를 내
어 아니에게 다가갔다.

“아니, 그렇죠? 당신 이름이 아니죠?”

“응, 맞아. 넌 두룬이지?”

아니는 방싯 웃으며 대답했다. 마치 서투른 사냥꾼 앞에 서서
사냥꾼을 놀려 먹는 날렵한 노루 같았다. 언제든지 너 정도는 따
돌리고 도망칠 수 있어, 하는 듯이. 두룬은 아니가 다짜고짜 반말
로 대답하자 또 당황해서 어쩔 줄 몰랐다. 아니가 다시 말했다.

“존댓말은 무슨……. 비슷비슷한 나이인 것 같은데……. 하기는
아버지한테 들으니까 내가 누나라고 해도 되겠더라. 넌 덩치만 크
지 아기라고 하던데.”

“그건 내가 워낙 빨리 자라서…….”

“상관없어. 그거야 뭐, 자연이 알아서 할 일이니까.”

“저기, 그러니까…… 당신을 처음 본 순간…….”

“알아, 이 바보야. 너만 그랬겠니?”

 연금술사의 탄생

아니는 두룬을 잡아끌고 숲길로 갔다. 아니는 두룬의 얼굴을 빤히 들여다보며 말했다.

"나도 그랬어. 너를 보자마자 내 짝인 걸 알았다고. 너와 나를 이어 놓은 운명이 뭔지는 모르겠어. 네 태생이 특별하다는 말도 아버지에게 들었어. 하지만 상관없어. 나는 끌리는 대로 자유롭게 움직여. 난 사람들이 만들어 놓은 개념의 울타리 같은 거에 관심 없어. 난 내가 되고 싶은 내가 될 거야. 연금술 공부도 그래서 시작한 거고."

"당신이……"

아니가 발을 쾅쾅 구르면서 소리쳤다.

"아, 참, 말 놓으라니까! 답답하기는……"

두룬은 얼굴이 빨개진 채 어쩔 줄 모르고 서 있었다. 아니는 두룬의 턱 밑으로 얼굴을 가져다 대고는 다시 방긋 웃더니 두룬의 뺨에 얼른 입을 맞추었다. 그러고는 나비처럼 팔랑팔랑 가 버렸다. 두룬은 해가 질 때까지 숲 속에 서 있었다.

11

영혼의 누이

아니와 두룬은 서로 경쟁하면서 공부를 해 나갔다. 두 사람의 사랑이 자라는 만큼 그들의 연금술 수련도 발전했다. 두룬은 곧 금 공방으로 진급했고, 금 공방 수련을 시작한 지 1년 만에 현자의 돌 공방으로 진급했다. 아니는 조금 늦었지만, 곧 뒤따라왔다. 두 사람은 서로 끌어 주고 밀어 준 덕택에 다른 수련생들보다 훨씬 수련 진도가 빨랐던 것이다. 현자의 돌 공방은 서부루 촌장이 맡아서 지도했다. 두룬이 현자의 돌 공방 수련생으로 진급했을 때 현자의 돌 공방 수련생은 달랑 두룬 한 사람뿐이었다. 길달이 최근 5년 동안 현자의 돌 공방에서 수련한 마지막 수련생이었다. 두룬은 5년 만에 배출된 진급생이었다.

현자의 돌 공방은 붉은색으로 칠해져 있었다. 두룬은 금빛으로 빛나는 금 공방을 거쳐 오면서, 금빛과 붉은빛이 모두 연금술의 최종 단계인 적화(赤化) 단계를 상징한다는 것을 알게 되었다. 그래서 성의 장식이 온통 연금술의 흑화, 백화, 적화 단계를 상징하는 검은색, 흰색, 붉은색으로 되어 있다는 것도 자연스럽게 알게 되었다. 두룬을 맞이한 첫날, 촌장은 진지한 표정으로 말했다.

"두룬아, 이제 너는 연금술 마지막 과정에 와 있다. 이 단계를 통과하면, 너는 세상에 무서울 것이 없게 된다. 그러나 네 영혼이 네가 가지게 될 기술의 수준에 맞게 성장해 있지 않으면 너는 파멸하게 된다. 네가 다루는 물질에 던져지는 모든 고통이 네 영혼의 고통이며, 그 물질이 겪는 모든 변모가 네 영혼의 변모이며, 죽었다가 다시 살아날 그 물질이 바로 네 영혼의 죽음과 부활이다. 이 신비를 깨닫겠느냐?"

"예, 스승님. 그동안 여러 공방을 거치면서 여러 차례 그것을 체험하였습니다."

"또한 연금의 비밀은 우주의 통합에 있다는 것을 명심해야 한다. 우주는 그 자체로 아름답거나 추한 것이 아니다. 그것은 아주 오랜 옛날부터 다만 거기에 있을 뿐이다. 그러나 인간은 우주의 작은 귀퉁이를 지지대로 삼아 생을 영위하지. 따라서 인간은 두 원리 사이에 찢겨 있는 존재가 될 수밖에 없다. 그들은 태어나고 죽는다. 그들은 아름답기도 하지만 지극히 추하기도 하다. 그들은 물질과 정신 사이에 찢겨 있다. 그러나 연금술은 태초의 통합을 추구한다. 연금술은 인간이 인간의 조건을 극복하는 것은 육체를 버리고 정신만 택한다고 얻을 수 있는 것이 아니라고 믿는다. 따라서 연금술은 낮과 밤을, 어둠과 빛을, 육체와 정신을, 대우주와 소우주를 통합한다. 무슨 뜻인지 알겠느냐?"

"예, 스승님. 그래서 성의 바닥은 흰색과 검은색으로 이루어져 있고, 기둥에는 두 마리 용이 얽혀 있고, 또한 계단은 빙글빙글 돌아가는 나선으로 되어 있는 것입니다. 물질의 조건을 거쳐서 낮게 휘돌아 순수 영으로 나아가는 과정을 나타내기 위함입니다."

"오냐, 잘 배웠구나. 이제 남은 과정에도 정진하여라."

아니는 조금 더 시간이 지난 뒤, 현자의 돌 공방으로 진급했다. 현자의 돌 공방에는 은 공방이나 금 공방과는 달리 연금술 실험 도구가 많지 않았다. 더군다나 교육 과정도 대부분 물질을 다루는 것이 아니라, 인간 내면의 신비를 이해하는 것으로 이루어져 있었고, 하루의 절반을 명상에 할애했다.

현자의 돌 공방에서 두룬과 함께 수련을 받을 때, 아니는 신비한 꿈을 많이 꾸었다. 수련에 진전이 없어 고통스러울 때면, 두룬이 나타나 무엇인가를 암시해 주곤 했다. 두룬에게 그 이야기를 하자, 두룬은 밝게 웃으며 말했다.

 연금술사의 탄생

“나도 그래. 나도 자주 네 꿈을 꾸곤 해. 꿈속에서 네가 길을 찾아 주기도 하고, 또 이런저런 것들을 가르쳐 주기도 해.”

“이상하네. 너하고 나하고 꿈속에서 만나는 건가.”

“아마 그럴지도 몰라. 길달에게 말했더니 재미있는 얘기를 하데.”

“어떤 얘기? 뭐라고 그랬는데?”

두룬의 눈빛이 갑자기 꿈꾸는 듯이 변했다. 아니는 두룬의 눈빛이 그렇게 변할 때마다 가슴이 쿵쾅대며 뛰었다. 이 사람은 어디에서 이런 아름다운 눈빛을 가져온 것일까? 아니는 그런 두룬의 눈빛을 무척 사랑했다. 두룬이 그런 눈빛으로 가만히 웃을 때면, 눈가에 아주 미세한 주름이 잡혔다. 아니는 그 주름 속에 퐁당 빠져 죽었으면 좋겠다고 생각했다.

“길달은 아니 네가 내 영혼의 누이래.”

“영혼의 누이?”

“응. 뛰어난 연금술사들에게는 모두 영혼의 누이가 있대. 영혼은 불완전하기 때문에 혼자서는 길을 잘 찾지 못한대. 그런데 영혼의 누이가 영혼 깊은 곳에서 길을 알려 주는 역할을 한다는 거야. 깊이 사랑하면 영혼 깊은 곳에서 그 누이와 하나가 되는 거지. 그래서 영혼의 누이를 가진 연금술사들은 보통 연금술사들이 쉽게 이르지 못하는 비밀에 이를 수 있다는 거야.”

“그럼 두룬 너는 내 영혼의 오라비인 거야? 쳇, 우린 동갑이잖

아."

"결국 연금술이란 최고의 영혼에 이르는 비법을 깨치는 거지. 물질인 금을 만드는 것은 부차적인 문제야. 내가 도달하고자 하는 최고의 영혼을 아니 네가 내 안에서 보여 주고 있는 거야."

"그럼 결국 그건 내가 아니라 네 내면의 상상의 존재일 거야. 나는 모습만 빌려 주는 거지. 혹시 너는 나를 사랑하는 것이 아니라 네 내면의 그 여자를 사랑하는 건 아닐까?"

두룬은 마치 집어삼킬 듯한 눈빛으로 아니를 바라보았다. 그 눈빛은 꿈꾸는 듯한 눈빛과는 달리 아니의 마음을 정신없이 휘저어 놓고는 했다. 그럴 때, 두룬은 딴사람처럼 보였다. 마치 치밀어 올라오는 짐승의 비명을 누르고 있는 것 같은 강렬한 눈빛. 아니는 그 눈길을 감당할 수 없어서 급히 눈길을 돌렸다. 두룬이 다시 부드러운 눈길로 말했다.

"이 바보야, 누구나 다 자신의 내면에 있는 존재를 사랑하는 거야. 정말로 깊은 사랑은 자기 자신을 사랑하는 거야. 그런데 그때 사랑의 대상인 자기 자신은 현실 속의 자신이 아니라, 자신보다 더 큰 어떤 존재인 거지. 아니 너는 나에게 그 내면의 큰 자신에게 이르게 해 주는 통로 같은 역할을 하는 거야. 나는 나도 너에게 그런 통로 역할을 하기를 바라. 한 존재가 깊이 사랑할 때 우주를 깨닫게 되는 것은 그 때문이야. 나는 네 어깨 너머로 우주를 들여다보는 거라고. 하지만 내가 현실 속의 너를 사랑한다는 사실에는 조금도 변함이 없어. 나는 너를 거쳐서 더 큰 나에게 가는 거야. 나는 널 원해. 너에 대한 내 욕망은 내가 우주를 이해하는 구체적인 지수 같은 거야. 연금술의 비의도 똑같아. 연금술은 물질을 거쳐서 물질 밖으로 나가지. 물질로부터 영혼을 끌어내는 것, 그게 연금술이야.”

아니는 두룬이 하는 말들을 깊이 사랑했다. 두룬이 그런 말을 할 때마다, 아니는 요술 주머니 같은 것에 그 말들을 몽땅 담아 두었으면 좋겠다고 생각했다. 그 아름다운 말들이 허공으로 흩어져 버리는 것이 아까웠다.

“아버지도 늘 그런 말씀을 하시지.”

“사랑도 같아. 사랑도 현실의 육체 안에서 우주의 비의를 끌어내는 거지.”

두룬은 아니를 끌어당겨 오래 입맞춤을 했다. 아니는 눈을 감았다.

‘그래, 내 사랑도 같아. 내 사랑도 이 사람을 거쳐서 깊은 나에게, 우주에게로 가. 이 사람과 입맞춤을 할 때, 나는 그걸 분명하게 깨달아. 사랑의 신비는 사랑 안에 머물러 있지 않아. 그건 움직이며 팽창해. 사랑하는 나는 사랑하지 않는 나보다 얼마나 크고 아름다운지, 이 사람을 만질 때 나는 그런 느낌을 받아. 내가 만지는 대상은 이 사람의 육체 안에 머물러 있는 그 무엇이 아니라고. 나는 무엇인가 변하지 않는 영원한 것, 육체라는 물질 너머에 있

는 그 무엇을 만지고 있는 것이라고.'

아니의 감은 눈 속으로 눈부시게 빛나는 금빛 가루들이 떨어져 내렸다.

현자의 돌 공방 수련을 시작한 지 얼마 되지 않았을 때, 아니는 신비한 꿈을 꾸었다. 그 꿈은 무척 선명해서 오랫동안 생생하게 남아 있었다. 아니는 꿈속에서 물속 깊은 곳으로 뛰어들었다. 그 일이 아주 자연스러워서, 조금도 무섭거나 두렵지 않았다. 아니는 물 아래 깊은 곳으로 계속해서 내려갔다. 아래로 내려갈수록 물은 어두워지는 것이 아니라 밝아졌다.

'이상하네. 물속이 점점 더 환해져.'

꿈속에서 아니는 생각했다. 저 멀리 물 밑바닥에서 무엇인가 환한 빛을 내는 것이 보였다. 아니는 그곳을 향해 빠르게 헤엄쳐 내려갔다. 무엇인가 빛을 내고 있었다. 아니는 그것을 움켜쥐었다. 그것은 진주 반지였는데, 커다란 진주알 두 개가 나란히 박혀 있었다. 아니의 마음이 밝은 확신으로 가득 찼다. 아니는 자신이 현자의 돌을 만들어 낼 것을 알았다.

아니가 서부루에게 꿈 이야기를 하자, 서부루는 말없이 빙긋이 웃었다. 아니가 물었다.

"무슨 뜻인가요?"

"이미 네가 알고 있지 않으냐."

"그런데 왜 진주알이 두 개였을까요?"

"그것은 연금술의 비의가 정신과 물질 그 어느 하나에 관계된 것이 아니라, 그 양자의 조화에 관계된 것이기 때문이지. 연금술은 상반되는 원리들의 조화가 불러내는 신비이다."

"그런데 이상해요. 두룬과 저는 때로 똑같은 꿈을 꾸기도 해요. 우리가 서로 꿈속에서 소통하는 걸까요?"

"당연하지. 진실로 사랑하는 사람들은 눈에 보이지 않아도 서로 이어져 있지. 그건 별로 신비한 일도 아니란다. 너희 두 사람이야 수련이 깊으니 더더욱 그렇지 않겠니? 꿈은 모든 인간이 가지고 있는 큰 능력을 보여 주는 것이다."

서부루는 두 수련생에게 특히 꿈에 집중하라고 가르쳤다.

"꿈은 그저 황당한 환상에 불과한 것이 아니다. 물론 아무 의미도 없는 개꿈이라는 것도 있지만 말이다. 보통 사람들에게 꿈은 그저 욕망의 쓰레기통 같은 것이지. 현실 속에서 이루지 못한 것을 대리 충족시키거나, 아니면, 마음의 쓰레기통 밑바닥에 억눌려 있던 것들이 밤의 힘을 빌려 잠시 나대거나……. 그러나 어떤 이들에게 꿈은 진실로 지혜의 신전 같은 것이다. 우리의 낮의 지식이 깨달을 수 없는 것을 꿈의 지식은 알고 있다. 그것은 인간이 오래전에 잃어버린 지혜의 근원에 닿아 있다. 따라서 어떤 이들에게 꿈은 우주의 계시와 같은 것이다."

아니가 작은 목소리로 물었다.

“제 꿈도 그럴까요?”

“어떨 거라고 생각하느냐?”

“잘 모르겠어요. 어떨 때는 아주 신비한 무엇을 가르쳐 주는 것 같기도 하지만, 어떨 때는 아주 너절한 쓰레기 더미처럼 느껴지기도 해요.”

“그 두 가지가 다른 것이 아니라 하나이다.”

“그 두 가지가 하나라고요?”

“그래. 너는 인간이 어떤 존재라고 생각하느냐?”

“아름답고 추한 존재지요.”

“그렇다. 인간은 아름답지만 또한 말할 수 없이 추한 존재이기도 하다. 꿈은 그런 인간의 모습을 그대로 반영하지. 연금술은 존재의 바탕이 처참함이라는 것을 인정하고 이해하는 것에서 출발하는 것이다. 똥덩어리를 가지고도 연금할 수 있어야 진정한 연금술사이다. 꿈은 그렇게 양쪽에 걸쳐 있는 존재의 비밀을 보여 주는 것이다. 이해하겠느냐?”

“지금은 막연해요. 절반쯤은 알 것 같기도 하지만, 언젠가 정말로 이해할 수 있는 날이 오겠지요. 지금 생각해 보면, 그 꿈이 그런 의미였던 것 같기도 해요.”

두룬이 호기심으로 눈을 반짝이며 물었다.

“어떤 꿈이었는데?”

“한동안 은 공방에서 원물질 만드는 것을 배울 때 매일처럼 비슷한 꿈을 꾸었어.”

그렇게 말하고 아니는 잠깐 숨을 들이쉬었다. 꿈을 떠올리는 것이 힘든 것 같은 표정이었다.

“그때, 매일처럼 어떤 전쟁터의 꿈을 꾸었어. 사람들이 전부 죽어서 진흙 더미에 처박혀 있어. 수천 명, 수만 명, 아니, 수십만 명인 것 같아. 시체 썩는 냄새가 진동을 해서 견딜 수가 없어. 영광에 가득 찬 남자들이 화려한 마차를 타고 전장을 질주해. 그들은 시체 더미를 마구 짓밟고 지나가. 그들의 표정은 너무나 오만해. 나는 그 남자들이 미워서 미칠 것 같아. 미움이 내 몸을 활활 태우는 것 같아. 나는 전장 한복판에 서 있어. 그런데 나는 굉장히 늙은 할머니 모습을 하고 있어. 세상만큼 늙은 여자인 것 같아. 나도 온몸이 진흙투성이야. 완전히 거지꼴이야. 내 가슴이 슬픔으로 터질 것만 같아. 그리고 나는 시체 더미를 뒤지고 돌아다녀. 내 마음속 어디에선가 내가 찾는 것은 내 아들이라고 말해. 통곡이 밀려와. 나는 통곡하면서 시체 더미를 뒤지고 돌아다녀.”

서부루가 깊은 눈빛으로 아니를 바라보며 말했다.

“내 딸아, 네가 어미의 마음에 이르렀구나. 그 꿈은 삶의 근간이 처참함이라는 것을 알려 주는 것이다. 모든 물질을 혼돈으로 돌려보내야 얻어지는 원물질에 대한 공부가 너의 영혼을 깊은 혼돈으로 끌고 내려간 것이다. 존재하는 모든 것에 대한 지극한 자비심이 너의 영혼 안에 잠들어 있던 여신의 아픔을 일깨워 준 것이다.

연금술에서는 그 마음을 세계혼(世界魂)이라고 부른다. 세계혼은 잠자는 물질도 일으켜 세운다."

두룬은 아니를 감탄에 가득 찬 시선으로 바라보며 생각했다.

'아니는 보면 볼수록 놀라워. 저렇게 젊고 아름답고 발랄한데 속에는 깊은 아픔을 이해하는 세상만큼 늙은 할머니가 있구나.'

아니가 서부루에게 물었다.

"그런데 화려한 마차를 타고 지나갔던 그 사람들은 누구인가요?"

"그들은 세상의 왕들이다. 세상을 자기 마음대로 쥐락펴락하는 권력자들이지."

"그런데 저는 왜 그들이 그렇게 미웠던 걸까요?"

서부루의 눈빛이 다시 깊어졌다. 서부루는 꽤 오래 침묵을 지킨 뒤에 입을 열었다.

"그건 네가 가야 할 길이 세상을 호령하는 자들과 반대 방향의 길이기 때문이지. 때로는 그들과 목숨을 걸고 싸워야 한다. 쉽지 않은 일이다. 그들의 박해를 이겨 낼 수 있어야 한다."

"그들에 대한 증오가 저를 괴롭혔어요. 그 증오가 저를 집어삼키는 것 같았어요."

"증오로는 세상의 악을 이겨 낼 수 없다. 그 감정을 뛰어넘어야 한다. 정당한 분노는 힘이 되지만, 증오는 독과 같다. 증오로는 그들을 이길 수 없다. 그 점을 명심해야 한다."

12

마지막 수련

현자의 돌 공방에서의 수련은 긴장의 연속이었다. 서부루는 거의 아무것도 가르쳐 주지 않았다. 몇 가지 귀띔을 해 주고, 어떤 어떤 책들을 읽어라, 하고 일러 주는 것이 전부였다. 서부루는 여러 차례 말했다.

"은 공방과 금 공방에서의 작업과는 달리, 현자의 돌의 비법은 물질적인 것이 아니어서, 배워서 익히는 것이 아니다. 지금까지는 배움의 길을 따라왔다면, 이제부터는 깨우침의 길을 따라가야 한다. 하나부터 열까지 전부 스스로 터득해야만 한다."

두룬과 아니는 온갖 책들을 뒤지며, 실험에 실험을 거듭해야 했다. 유리로 만들어진 시험관을 수도 없이 깨 먹었고, 용광로도 몇 번씩이나 터져서 손을 봐야만 했다. 부드럽고 아름다운 두 젊은이의 손은 나무 막대기처럼 딱딱하게 변했다. 하나부터 열까지 전부 두 사람이 직접 해내지 않으면 안 되었다. 서부루는 다다라 마을의 하인들이 일절 두 사람을 돕지 못하도록 엄격하게 금지했다. 필요한 실험 재료를 구하기, 실험 도구들을 마련하고 세척하기, 용광로에 땔 땔감 구하기, 풀무질하기 등 어느 것 하나 다른 사람의 손을 빌리지 못하게 했다. 두 사람은 재료를 구하기 위해 깊은 산 속과 골짜기를 뒤지고 다녀야 했고, 때로는 두꺼비며 뱀 같은 것들을 잡아다가 직접 독을 채취해야 했다.

한 숟가락의 합금을 얻기 위해서 무수한 돌과 광석을 캐고 부수고 용광로에 넣고 제련하는 일을 반복해야 했다. 연금술에서는 불의 조절이 가장 큰 문제였기 때문에, 용광로에 불을 지핀 다음에는 반드시 하루 종일 지켜봐야 했다. 두 사람은 번갈아 가며 불 곁에서 밤을 새웠다. 불 곁에서 졸음을 견디지 못해 잠깐 졸다가, 실험을 완전히 망친 적도 한두 번이 아니었다. 땔감도 아무것이나 써서는 안 되었다. 반드시 일정한 나이가 지난 나무를 겨울에 잘라 두었다가 일정 기간 이상 말려서 쓰지 않으면 안 되었다. 어느 추운 겨울날, 땔감을 마련하던 아니가 고통을 하소연하자, 서부루는 단칼에 잘라 말했다.

"스스로 노동하는 것을 배우지 않으면, 진짜 연금술사라고 할 수 없다. 물질과 부딪치면서 물질의 성질을 배우고, 그것으로부터 언어를 끌어내는 것을 배워야 하기 때문이다. 물질과 싸우고 뒹굴면서, 그것들이 하는 말을 들어야 한다. 순수 추상이란 거짓이거나 사기이다. 언어는 물질 안에 있다. 나중에 물질이 속삭이는 소리를 듣게 되면, 그때 진정한 비의에 이르게 되는 것이다. 그런데 일하지 않고, 어떻게 물질의 물성을 배우겠느냐? 노동하지 않으면, 지혜는 없다.”

아니뿐 아니라 두룬에게도 수련은 힘겨웠다. 두룬은 길달에게 힘들다고 솔직히 털어놓았다.

“이해를 못 하겠어. 왜 이렇게 힘들게 만드시는지. 오히려 은 공방이나 금 공방에서는 하인들의 시중을 받도록 내버려 두시더니, 현자의 돌 공방에서는 하나부터 열까지 수련생이 직접 하라고 하신다네. 난 수련의 수준이 높아지면 손이 좀 더 자유로워질 줄 알았는데 그 반대야.”

길달이 물었다.

“힘든가? 하긴 자네 손을 보니 묻지 않아도 알겠네만⋯⋯.”

두룬이 손을 비비며 말했다.

“응, 힘들어. 해낼 수 있을지 모르겠어. 몸이 먼저 아우성을 치고 있으니까.”

“그래, 힘든 일이지.”

“자네도 육체노동이 힘들어서 마지막에 포기한 건가?”

"그건 아냐. 나야 몸 쓰는 건 잘하지. 내겐 결정적인 것이 모자랐어. 그런데 자네에게도 이 일이 힘든가?"

"생각보다 훨씬 더."

두룬은 길달의 얼굴에 어떤 기묘한 표정이 떠오르는 것을 보았다. 비웃음 같기도 하고, 어떤 심술궂은 안도감같이 보이기도 했다. 아주 잠깐이었지만, 두룬의 가슴속에서 날카로운 금속성 소리가 울렸다.

서부루는 아무 말 없이 두 젊은이가 온갖 시행착오를 거치는 것을 지켜보았다. 그러나 이따금 수수께끼 같은 알쏭달쏭한 말을 해 주었다. 그 말들은 예언 같기도 했지만, 대부분은 아름다운 시처럼 들렸다.

안에는 세 개의 원이 있고
바깥에는 네 개의 원이 있다
네모난 상자 안에
그것을 담아야 한다
손은 둔하고
영혼은 미련한데
이 일을 어찌 감당할꼬
오, 세계의 석양이 다가오는구나

　그렇게 말할 때, 서부루의 음성은 말소리라기보다는 부드러운 음악에 가까웠다. 마치 여러 사람이 한 사람의 몸 안에서 말하는 듯한 음성. 한 사람의 음성 뒤에서 또 다른 음성이 들리는 듯, 그 음성은 복잡하면서도 미묘했다. 두룬과 아니는 감탄에 가득 찬 마음으로 그 음성을 들었다. 때로 서부루는 훨씬 더 장중하고 격렬한 어조로 말하기도 했다.

　　뱀들의 세상이구나

　　멋대로 혀를 날름대며 진실을 농단하고

　　거짓을 참이라 칭하며

　　탐욕을 참된 가치라고 우기는구나

　　순결한 땅을 무기로 파헤치고

　　사람들의 가슴에 독초를 뿌리고

　　사방에 매캐한 독을 뿜어 댄다

　　사람들의 눈은 안개에 가리워져 있고

　　이리 떼가 짖어 대는 소리를 달콤한 노래로 알아듣는다

　　그러나 한 어진 사람이 큰 새를 타고

　　사자와 함께 올 것이다

　　그가 손으로 땅 위에 둥근 동그라미를 그리리라

　　그리하면 독의 안개가 걷히고

　　뱀의 혀는 힘을 잃고

사람들의 가슴에 진실에 대한

열망이 돌아올 것이다

그것은 금처럼 빛날 것이다

이렇게 말할 때, 서부루의 목소리는 번개처럼 밝고 이슬처럼 투명했다. 두룬과 아니는 그 수수께끼 같기도 하고 예언 같기도 한 말이 무엇을 의미하는지 알지 못했다. 그러나 그 목소리의 힘은 고스란히 두 젊은이의 마음속 깊이 스며들었다. 그것은 의미 이전에 진실함의 힘으로 두 젊은이의 영혼의 방을 웅웅 떨게 만들었다.

두룬과 아니는 수련에 성실하게 매달렸다. 둘은 이따금 어떤 결과를 얻어 내기도 했다. 그러나 힘겹게 얻은 성과물은 그다음 날에는 변질되어 버리거나, 형태가 일그러져 버리거나, 마치 검은 진흙처럼 끈적끈적 용해되어 부패해 버렸다. 현자의 돌의 성공 여부는 첫째 안정적이어서 어떤 금속에든지 동일한 비율로 작용해야 하며, 둘째 빻아서 사영 가루 입자로 만들 수 있어야 하며, 셋째 특별히 제조한 연금술 용액에 용해시킬 수 있어야 했다. 현자의 돌을 만드는 것은 금과 은의 연성과는 질적으로 다른 작업이었다. 두룬과 아니가 만들어 낸 현자의 돌은 그 세 조건 어느 것도 충족시키지 못했다.

그렇게 오랜 세월이 흘러갔다. 두룬과 아니는 조금씩 지쳐 갔다. 그러다 수련에 들어간 지 3년째 되던 해 여름, 두 젊은이는 의미 있는 결과에 도달했다. 두룬과 아니가 제조해 낸 현자의 돌은 어느 정도 안정적으로 모든 금속들에 동일하게 작용했다. 두룬과 아니는 환호성을 질렀다. 둘은 그것을 가지고 일정량의 금을 연성해 낼 수 있었다. 그리고 연성한 금을 가지고 서부루가 일하고 있는 황금의 방으로 달려갔다. 서부루는 금을 살펴보더니, 수염을 쓰다듬으면서 음, 하고 낮은 소리를 냈다. 그러더니 금을 거칠게 구석에 던져 버렸다.

두룬과 아니는 서부루가 왜 그러는지 몰라서 멍하니 서 있었다. 서부루가 말했다.

"이게 금이라고 생각하느냐?"

두룬이 힘겨운 노력의 결과를 모욕하는 듯한 서부루의 태도에 화가 나서 퉁명스럽게 대답했다.

"보시면 알잖습니까? 저희가 힘겹게 연성해 낸 것입니다."

"그래서 내가 던져 버린 금이 아까우냐?"

"그렇습니다."

"그럼, 주워 가려무나."

두룬은 시뻘게진 얼굴로 구석에 던져진 금덩이를 주워 들었다. 그러고는 휙 하니 황금의 방을 나갔다. 아니가 종종대며 뒤따라 나왔다.

며칠 뒤에 두룬과 아니는 서부루가 왜 그런 반응을 보였는지

     연금술사의 탄생

이해하게 되었다. 두 사람이 금이라고 생각했던 금속은 점점 색깔이 변하더니, 시퍼렇게 녹이 슬어 버렸던 것이다. 그뿐만 아니라 고약한 냄새마저 풍겼다. 두룬과 아니가 실망해서 허탈한 표정을 짓고 있자, 서부루가 엄한 목소리로 말했다.

"금이라고 모두 금인 줄 알았더냐? 물질이 저 혼자 참에 이르는 것을 보았느냐? 죽지 않으면 다시 태어날 수 없다. 무덤 맨 밑바닥에 왕관이 있다. 몇 번이고 죽지 않으면 무덤 밑바닥의 왕관을 찾을 수 없다. 재 안으로 들어가라. 찢기고, 불과 함께 타고, 썩고, 무너져야 한다."

두룬과 아니는 시간이 지나감에 따라 서부루가 무엇을 가르치려 했던 것인지 깨달아 갔다. 결정적인 것은 물질의 문제가 아니었다. 해답은 연금 수련 초기부터 귀에 못이 박히도록 들었던 가르침이었다. 그러나 두룬과 아니는 가르침을 진실로 체험하지는 못했던 것이다. 두 사람이 알고 있었던 것은 이론에 불과했다. 서부루는 진정한 연금의 지혜는 육체의 진정한 죽음을 살아서 체험하는 것에서부터 시작된다는 것을 가르치려 했던 것이다. 물질에 가해지는 조작은 영혼에도 똑같이 가해져야 했다. 물질이 썩으면 두룬과 아니의 영혼도 썩어야 했다. 물질이 산으로 부식되면, 두룬과 아니의 영혼도 부식되어 고통을 겪어야 했다. 두룬과 아니가 재료를 섞고 실험하는 시험관 그 자체가 두 사람의 영혼의 상태와 완전히 일치하지 않으면 안 되었던 것이다. 둘은 조금씩 힘겹게 그 가르침의 실체에 접근해 갔다.

어느 날 저녁, 서부루는 두룬과 아니를 황금의 방으로 불러 아주 기묘한 책을 한 권 보여 주었다. 책에는 글씨가 하나도 없고, 이상한 부호와 그림들로 가득 차 있었다.

"받아라, 〈침묵의 서〉라는 책이다."

서부루가 책을 전해 주면서 말했다. 그러고는 한 달의 말미를 줄 테니 그 책을 모두 해석하라고 말했다.

그날부터 두룬과 아니는 도서관에 처박혔다. 두 사람은 산더미 같은 책 속에서 의미를 찾아내려고 애썼다. 그러나 일부는 의미를 찾아낼 수 있었지만, 어떤 것은 아무리 책을 뒤져도 의미를 알 수 없었다. 서부루가 준 한 달의 말미가 다 찼다. 마지막 날, 두 사람은 절망에 빠졌다. 두룬이 말했다.

"여기까지인가. 더 이상은 갈 수 없는 걸까? 이제 어떻게 해야 하지?"

아니가 코를 박고 들여다보던 책에서 눈을 들며 말했다. 눈이 붉게 충혈되어 있었다.

"수백 년 동안 내려온 연금술 서적을 전부 뒤졌어. 그래도 알 수가 없어. 두룬, 너는 다른 사람들보다 더 뛰어나잖아. 네가 알 수 없다면, 나는 말할 필요도 없는 거지."

창밖으로 해가 뉘엿뉘엿 지고 있었다. 방 안에서 어둑어둑한 어

 연금술사의 탄생

둠이 너울너울 날갯짓을 하기 시작했다. 그날도 온종일 책과 씨름하느라고 두 사람은 호롱불을 밝힐 생각도 하지 못했다. 사방에 펼쳐진 책들에 그려진 온갖 부호와 그림들이 마치 유령처럼 방 안을 돌아다니고 있는 것처럼 느껴졌다. 어둑한 방 안에 무엇인지 알 수 없는 기묘한 정적이 감돌았다. 아니가 창가로 다가가 문을 열었다. 봄 냄새가 싸하니 흘러들어 왔다. 아니가 어둑한 창가를 등지고 서서 말했다.

"책에서 찾으라는 것이 아닌 것 같아. 아버지는 우리가 일부러 책 속에서 헤매도록 내버려 두신 것 같아. 솔직하게 말씀드리는 수밖에 없는 것 같아."

"그래야겠지. 하지만 정말 자존심이 상하는군. 난 내가 제법 뛰어나다고 생각하고 있었거든."

다음 날 서부루는 두 젊은이를 황금의 방으로 불렀다. 서부루의 얼굴 표정은 평소보다 더 엄격해 보였다.

"어떠냐? 답을 찾아내었느냐?"

두룬과 아니는 아무 대답도 하지 못했다. 어색한 침묵이 오랫동안 방 안을 맴돌았다. 먼저 침묵을 깬 것은 아니였다.

"동서고금의 모든 연금술 책을 뒤졌지만, 답을 얻지 못했어요."

서부루는 무슨 뜻인지 알 듯 말 듯 한 미소를 지었다. 아니가 따지듯이 물었다.

"책에는 답이 없었어요. 아버지는 그것을 알면서도 우리에게 아무 말씀도 안 하신 거지요? 한 달씩이나 헤매도록 내버려 두셨어요.”

서부루가 빙긋이 웃으며 말했다.

“책에 왜 답이 없겠느냐? 책에 답이 있다. 다만 답의 전부가 아닐 뿐이지. 책은 길의 방향을 일러 준다. 마지막 답은 언제나 각자의 영혼이 찾아내는 것이다. 그 길은 방황의 경험 없이는 얻어지지 않는다. 내가 너희가 책을 뒤지도록 내버려 둔 것은 그러한 이유 때문이다. 책이 전부는 아니라 할지라도, 길을 찾는 출발은 되는 법이다. 방황은 길을 만든다. 그걸 이해하지 못한다면 공부할 자격이 없는 것이지.”

두룬이 조심스럽게 입을 열었다.

“진정한 책은 아직 쓰이지 않은 책이겠지요.”

“그렇다. 역시 두룬은 사물을 이해하는 시각이 남다르구나.”

아니가 조금 심술궂은 목소리로 말했다.

“두룬의 천품은 보통 사람들과 다르잖아요. 남들이 열 개를 공부하는 동안 두룬은 백 개를 깨쳐요. 나 같은 보통 사람은…….”

서부루가 아니의 말을 잘랐다.

“아니야, 두룬은 우리보다 지혜의 정수를 훨씬 더 깊이 그리고 자연스럽게 이해하고 있지. 그건 사실이다. 그러나 우리 같은 보통 인간이라고 해서 지혜에 이르지 못하는 것은 아니다. 아니야, 너는 인간의 진정한 재능이 무엇이라고 생각하느냐?”

 연금술사의 탄생

"모르겠어요. 때로는 저 자신도 대단한 재능을 지니고 있다고 생각되다가도, 때로는 참으로 비루하다는 생각을 떨칠 수 없으니까요. 두룬 곁에 있으면 더더욱 저의 불완전함이 두드러지게 느껴져요."

"아니야, 나는 인간의 진정한 재능이란 갈망의 깊이라고 생각한다. 진정으로 순결하게 지혜를 갈망하는 것. 그것이 진정한 재능이다. 아니야, 너는 지혜를 갈망하는 자이냐? 진정으로 갈망하느냐? 허영심이나 세속적인 욕망 때문이 아니라, 진실로 우주가 명하는 너 자신이 되기 위해 갈망하느냐?"

아니는 조금도 망설이지 않고 대답했다.

"예, 아버지. 그건 분명해요. 제 안의 누군가가 진정으로 순결하게 지혜를 원해요. 그것만은 자신 있게 말씀드릴 수 있어요."

"그러면 되었다. 갈망의 순수함이 진정한 재능이다. 너는 진실로 재능이 있는 자이다. 그것을 믿어야 한다. 너 역시 두룬만큼 지혜에 다가갈 능력이 있는 자이다."

어느 날, 두룬과 아니는 시험관 안에서 이상한 현상이 나타나는 것을 목격했다. 분명치는 않지만, 나뭇가지 모양 비슷한 것이 나타났던 것이다. 두룬과 아니는 그것이 어떤 의미 있는 징조일지도 모른다고 생각했다. 그동안 시험관 안에 여러 가지 기기묘묘한 형태들이 나타났지만, 어떤 분명한 형태라고 보기에는 무리가 있는 것들이었다. 그리고 대부분은 동물의 모양이었다. 식물의 모양이 나타난 것은 이번이 처음이었다. 그런데 그사이에 나타났던 형태들은 며칠 지나지 않아, 그 형태가 뭉그러져 버렸다.

그러나 이번에는 무엇인가 조금 달랐다. 시간이 지날수록 형태가 뭉그러지지 않고 더 분명해지는 것 같았기 때문이다. 두룬과 아니는 흥분이 되었지만, 그런 마음 상태로는 또다시 실험을 망치게 된다는 것을 잘 알았으므로, 애써 마음의 평정을 유지하면서 며칠 더 불을 땠다. 그러자, 사흘째 되는 날, 그 형태는 눈부신 하얀 나무 모양으로 뚜렷하게 변했다. 겨울에 깊은 숲 속에서 반짝이는 눈을 이고 있는 나뭇가지처럼 보였다. 두룬과 아니는 서부루에게 그 사실을 알렸다. 서부루는 시험관을 들여다보더니, 아무 말도 하지 않았다. 그러나 두룬과 아니는 서부루의 눈에 기쁨의 표정이 나타난 것을 분명히 보았다.

　　　연금술사의 탄생

13

현자의 돌

서부루는 시험관 안에 하얀 나무가 나타난 것이 징조라고 말했다. 이제 현자의 돌에 한 걸음 더 가까워졌다고 했다. 서부루는 두 명의 젊은 두두리 후보자에게 이제 현자의 돌을 얻는 마지막 훈련이 시작된다는 것을 예고했다. 서부루는 두 젊은이를 '태양의 집'이라고 부르는 곳으로 데리고 갈 것이라고 했다. 그곳은 두두리 후보자의 최종 교육이 이루어지는 매우 특별한 장소였는데, 다다라 마을에서 태어나고 자란 아니조차도 그런 곳이 있다는 것을 몰랐을 정도로 비밀스러운 곳이었다. 서부루는 두 사람에게 짐은 아무것도 가져갈 필요가 없다고 말한 다음, 신마를 타고 길을 떠났다. 태양의 집은 다다라 마을 공방에서도 꽤 멀리 떨어진 깊은 산속에 있다고 했다.

서부루는 두 젊은이를 어떤 산으로 데리고 갔다. 깊은 숲이 이어졌다. 길을 가면서 서부루가 말했다.

"마침 계절이 잘 맞아떨어졌구나. 연금술의 모든 훈련은 우주의 운행과 발을 맞추어야 한다. 곧 춘분이 다가온다. 춘분은 태양의 기운이 강해지기 시작하는 절기이지. 그때가 두두리의 마지막 수련에 가장 잘 맞는 시기이다. 이 의식만 통과하면, 너희들은 두두리가 되는 것이다. 두두리가 되면, 태양이 정점에 올라가는 하짓날 두두리 신비 의식을 치르게 된다. 그것이 마지막 입문 의식이다."

계속해서 올라가자, 숲은 사라지고 가파른 암벽이 눈앞을 막아섰다. 아직 잔설이 군데군데 남아 있어서, 햇살을 받은 바위가 아름답게 반짝였다. 서부루가 두룬과 아니를 돌아보며 말했다.

"여기서부터는 날아가야 한다. 걸어서 갈 수 없는 곳이다. 태양의 집은 속세 사람들이 접근하지 못하도록 깊은 산속 높은 곳에 지어져 있다. 거룩한 곳이니 마음을 정갈히 하고 따라오너라."

그들은 신마를 타고 산을 넘었다. 얼마 동안 날아가자, 구름과 안개에 덮여 있는 까마득히 높은 꼭대기가 나타났다. 잠깐 바람이 불어 구름과 안개가 사라지자, 찬란하게 빛나는 집 한 채가 보였다. 두룬과 아니는 감탄하며 그 집을 바라보았다. 두룬이 말

 연금술사의 탄생

했다.

"사로국에서 처음 왔을 때, 저는 다다라 마을의 집들이 아름다워서 크게 놀랐어요. 그런데 이 집에 비하면 그 집들도 아무것도 아니군요."

"그렇지. 세상에서 가장 아름다운 집일 거다. 따라오너라."

일행은 서서히 아래로 내려갔다. 바위 꼭대기에 서 있는 집은 온통 수정으로 지어졌다. 그 집은 마치 허공에 매달려 있는 것처럼 보였다. 사방으로 찬란한 빛을 내뿜고 있었는데, 마치 금방이라도 사라져 버릴 것처럼 투명했다. 일행은 조심스럽게 집을 향해 다가갔다. 그런데 집이 가까이 다가오자, 어디서 불어오는지 알 수 없는 바람이 갑자기 세차게 불어오기 시작했다. 바람은 마치 일행을 다 날려 버릴 것처럼 세차게 불었다. 아니가 비틀거리며 소리쳤다.

"걸을 수가 없어요. 바람에 날아갈 것만 같아요."

서부루가 아니를 붙잡아 부축하며 말했다.

"이 바람은 이곳에 아무나 접근하지 못하도록 불어오는 것이다. 자격이 있는 자만이 이 집 안으로 들어갈 수 있기 때문이다."

서부루가 옷깃에서 무엇인가를 꺼냈다. 금으로 만든 조그만 나뭇가지 같은 줄기에 은종이 달렸다. 서부루는 경건하게 합장하더니, 그 나뭇가지를 흔들었다. 그러자 은종이 차랑차랑하는 소리를 냈다. 마치 얼음 줄기로 유리그릇을 두드리는 것처럼 맑고 청아한 소리가 들렸다.

서부루는 종을 흔들면서 주문을 외웠다. 두룬과 아니는 그 주문을 알아들을 수 없었다. 은 공방과 금 공방에서 수많은 마법의 주문을 배웠지만, 서부루가 외우는 주문은 그 주문들과 완전히 달랐다. 자음이라고는 거의 없이 모음만으로 이루어진 듯한 주문은 마치 물 흐르는 소리 같기도 하고, 바람 소리 같기도 했다. 서부루의 목에서 열두어 명의 사람들이 한꺼번에 말하는 것 같은 이상하고도 아름다운 소리가 들렸다. 혼자서 합창을 하고 있는 것처럼, 소리 뒤에 다른 소리가 있고, 그 소리 뒤에 또 다른 소리가 있었다. 그렇게 주문을 외우는 서부루의 얼굴은 두 젊은이가 알고 있는 평소의 인자한 얼굴이 아니었다. 서부루의 얼굴에 빛나는 광채와 무서운 암흑이 동시에 나타났다. 권위와 힘으로 가득 찬 얼굴이었다. 서부루가 주문을 외우는 소리가 산골짜기 너머로 웅웅 울리며 메아리쳤다. 그 소리에, 골짜기에 남아 있던 잔설들이 와르르 부서져 내렸다.

바람이 서서히 잦아들었다. 다시 평소의 부드러운 얼굴로 돌아온 서부루가 두 젊은이에게 말했다.

"자, 이제 되었다. 들어가자."

수정으로 만들어진 문을 밀고 안으로 들어서자, 신비한 향기가 풍겨 나왔다. 사방에 빛이 흘러넘쳤다. 마치 세상의 빛이란 빛은 모두 모아 놓은 것처럼 찬란한 빛이었다. 그런데도 눈이 부시지 않았다. 집은 아름다운 유리 상자 같았다. 사방이 수정으로 이루어

 연금술사의 탄생

져 바깥이 모두 보였다. 밑을 내려다보니, 골짜기가 까마득히 보였다. 사방에서 비쳐 든 태양 빛은 수정으로 만들어진 벽과 바닥에 반사되어 순금처럼 빛났다. 너무나 비현실적이어서 금방이라도 하늘로 날아 올라가 버릴 것만 같은 이상한 집이었다.

아니는 눈물을 흘렸다. 아니는 아름다운 것을 보면 잘 울었다. 두룬이 '눈물 항아리'라고 놀려 대자, 아니는 말했다.

"이건 눈물이 아니야. 이건 말을 넘어선 말이라고. 참을 수 없이 깊이 이해하기 때문에 말이 떠오르기 전에 몸이 먼저 알아들어 버리는 거야. 눈물은 말보다 앞서 가. 섬세한 너도 남자라 그런지 눈물은 잘 이해하지 못하는구나."

복도를 지나자, 넓은 방이 나타났다. 서부루가 앞장서서 역시 수정으로 된 문을 밀었다. 두룬과 아니는 눈앞에 나타난 아름다운 광경에 놀라서 벌어진 입을 다물지 못했다. 두 사람은 거의 동시에 비명 소리 비슷한 감탄사를 내뱉었다.

"아! 어떻게 저런……."

방 한가운데에 아름다운 황금 잔 하나가 눈부신 빛을 내며 허공에 매달려 있었다. 황금 잔의 두 손잡이가 금 사슬에 매달려 있었는데, 놀랍게도 그 끝이 어디에 걸려 있는지 알 수 없었다. 금 사슬의 끝 부분이 허공으로 사라져 버리고 없었던 것이다.

아니가 황금 잔을 만져 보려고 손을 뻗었다.

"안 돼!"

서부루가 소리치며 아니를 거칠게 뒤로 잡아당겼다. 아니가 놀란 표정으로 바라보자, 서부루가 말했다.

"만지면 안 된다. 자격이 없는 자가 만지면 잔에 손이 붙어 버린다."

"정말 아름다워요. 그런데 어디 매달려 있는 거예요? 금 사슬의 끝이 지워져 보이지 않아요."

"그 신비의 의미를 알아내는 것도 마지막 수련의 과제 중 하나이다. 황금 잔에 대해서는 수련을 끝내면 저절로 알게 될 것이다. 자, 이제 의식을 시작하자."

서부루는 마지막 의식은 기간이 정해져 있지 않다고 말했다. 수련생이 포기하지만 않으면, 깨달음에 이를 때까지 계속된다고 했다. 의식이 진행되는 동안에는 아무것도 먹지도 마시지도 말아야 하며, 한마디 말도 해서는 안 되며, 잠을 자서도 안 된다고 했다. 그 집에서는 먹을 필요도 마실 필요도 없다고 말했다. 그뿐만 아니라, 몸과 영혼이 집 사방에서 뿜어져 나오는 기운으로 가득 차므로, 잠을 잘 필요조차 없다고 했다.

"낮에는 사방에서 쏟아져 들어오는 햇빛이, 밤에는 달빛이 너희에게 먹을 것과 마실 것을 채워 줄 것이다. 먹지 않아도 배고프지 않고, 마시지 않아도 목마르지 않을 것이다. 온전한 침묵과 완전한 고독과 평온 속에서 우주의 비의를 들여다보아야 한다. 그것

    연금술사의 탄생

이 곧 현자의 돌을 얻는 길이다. 지금까지는 두 사람이 같이 수련을 받았지만, 이제부터는 각자 따로 수련을 받아야 한다. 너희 둘의 사랑이 아무리 깊다고 해도, 궁극적인 깨달음은 결국 각자의 몫이기 때문이다."

서부루는 두 사람에게 황금 잔 아래에 무릎을 꿇고 앉으라고 이른 다음, 축복을 내려 주었다. 그러고는 두 젊은이를 각기 다른 방으로 들여보냈다. 두룬과 아니는 가슴을 조여 오는 두려움과 기대감을 동시에 느꼈다.

두룬은 수정 방 한가운데에 정좌하고 앉았다. 아무 장식도 없고 가구도 없는 텅 빈 방이었다. 사방으로 찬란한 빛이 쏟아져 들어왔다. 모든 현실이 완전히 증발되어 버린 듯한 허공의 집 안의 허공의 방 안. 닫혀 있으면서도 사방을 향해 열려 있는 집. 무릎 아래로 세상 전체가 내려다보였다. 두룬은 처음엔 어지럽고 무섭다는 느낌이 들었다. 마치 허공에 둥둥 떠 있는 것 같았기 때문이다. 어지럽고, 메슥거리기도 했다. 그러나 서부루가 일러 주는 대로 깊이 호흡을 하고 마음을 가다듬자, 어느덧 마음에 평온이 찾아왔다. 온전한 평온과 침묵, 완전한 고독. 서부루가 앉아 있는 두룬을 내려다보며 일렀다.

"이곳에서 너는 우주의 아이로 새로 태어나는 것이다. 태양이 너의 아비이며, 달이 너의 어미이다. 너는 이곳에서 태양의 보살핌을 받고 달의 사랑을 받을 것이다. 배도 고프지 않고 목도 마르지 않을 것이다. 우주가 너를 새로이 낳아 줄 것이니, 이 방에서 너 자신을 새로이 찾아 세상으로 나가는 것이다. 조용히 너 자신 안으로 침잠하여라. 그곳에 네가 알아야 할 모든 것이 있다. 다른 곳에서 지혜를 구하지 마라. 우주의 아들로 새로이 태어날 너는 이미 모든 것을 알고 있다. 번잡한 열망과 고뇌를 버려라. 완전히 무로 돌아가 다시 태어나야 한다. 그 깊은 곳으로의 여행 중에 너는 우주의 언어를 배우게 될 것이다. 네가 두두리에 합당한 자라면, 그 언어를 깨치게 될 것이다. 정진하여라.”

두룬은 서서히 망아의 상태로 들어갔다. 그리고 내면의 어떤 빛나는 지점으로 접근해 들어갔다. 시간은 천천히 아주 천천히 흘렀다. 그러나 시간이 흐른다든가, 흐르지 않는다든가 하고 말하는 것은 그 방 안에서는 아무 의미도 없는 이야기였다. 모든 것은 있기도 하고 없기도 했기 때문이다.

두룬의 눈앞에 처음에는 온갖 잡다한 형상들이 다 나타났다. 두룬이 세상에서 본 모든 광경이 떠올랐다. 그다음에는 어떤 초자연적인 형상들이 나타났다. 악마처럼 보이는 것도 있고, 천사처럼 보이는 것도 있었다. 그 두 가지 형상들이 오랫동안 싸움을 했다. 그런 다음에는 아니의 모습이 나타나 두룬을 어딘가 아주 아름다운 곳으로 데리고 갔다. 쪽빛 둥근 지붕이 있고, 그 아래에 수

     연금술사의 탄생

많은 첨탑과 장식이 달린 아름다운 종탑이 있었다. 종이 댕댕 울리자, 종탑 안에 어머니와 유화 어머니 신이 나란히 나타났다. 두 여인이 두룬에게 손짓을 했다. 그러자 종이 점점 더 큰 소리로 댕댕 울렸다. 그리고 수많은 말이, 무수한 말이 두룬의 귀에 쟁쟁 울렸다. 말들이 허공에 흩어지면서 어떤 무수한 형상으로 변했다. 그런 다음에는 추상적인 형태가 되었다. 그것들이 서로 달라붙기도 하고 떨어지기도 하면서, 여러 가지 문자 같은 모양을 만들어 냈다. 그다음에는 아무것도 보이지 않았다. 하얀 공백이 아주 오랫동안 계속되었다.

그러다 어느 순간, 하얀 허공이 빛으로 가득 찼다. 그리고 가지 열두 개가 달린 눈부신 하얀 나무가 되었다. 그 하얀 나무 가지가지마다 둥근 금방울이 달려 있는 것이 보였다. 금방울들이 아름다운 음악을 연주했다. 두룬의 영혼은 음악을 들으며 지극한 행복을 체험했다. 그러고 난 다음, 금방울들의 음악이 멈추고, 하얀 나뭇가지가 빙빙 돌아가기 시작했다. 하얀 나뭇가지의 가지가 하나씩 떨어지기 시작했다. 나뭇가지가 다 떨어지자, 나뭇가지는 회전을 멈추었다. 그리고 한가운데에 눈부신 원이 하나 나타났다. 그것은 검은색 같기도 하고, 흰색 같기도 하고, 붉은색 같기도 하고, 황금색 같기도 했다. 그리고 아주 잠깐, 원은 태양의 집에 들어올 때 보았던 황금 잔의 모습을 보여 주었다. 아주 잠깐이었지만, 두룬은 황금 잔을 분명히 보았다. 그리고 원은 빙빙 돌면서 멀리,

까마득히 멀리 사라졌다. 이제 두룬의 눈앞에는 완전한 무, 눈부시고 투명한 완전한 무만이 펼쳐져 있었다. 두룬이 눈을 떴다.

눈을 뜨니, 눈앞에 서부루가 서 있었다. 서부루가 물었다.

"보았느냐?"

"예, 스승님, 잠깐 동안이었지만, 황금 잔이 분명히 눈앞에 나타났습니다."

"그러면 이제 황금 잔의 신비를 말해 보아라."

두룬이 말을 시작했다. 그런데 신비하게도 말이 두룬을 앞서 갔다. 두룬이 말하기 전에 말이 먼저 말했다.

"그것은, 모든 형태의 정수이며, 모든 언어의 정수입니다. 그것은 연금의 이상입니다. 그것은 존재하는 모든 것이 불가피하게 취해야 하는 형태를 상징합니다. 그러나 그 형태는 결국 형태가 아닌 것을 담는 그릇에 불과합니다. 그것이 끝이 보이지 않는 금 사슬에 매여 허공에 매달려 있는 것은 그 때문입니다. 연금의 신비는 형태를 만드는 데 있는 것이 아니라, 형태를 부수는 데 있습니다. 그러나 연금은 형태의 불가피함을 부정하지 않습니다. 그것은 다함이되 다함을 벗어나며, 다함을 벗어나되, 다함으로 돌아옵니다."

서부루가 활짝 웃으며, 두룬의 어깨를 탁탁 두들겼다.

"되었다. 잘했구나, 내 아들아."

서부루가 두룬을 '아들'이라고 부른 것은 그때가 처음이었다. 두

 연금술사의 탄생

룬은 자신이 자랑스러웠다. 서부루가 〈침묵의 서〉를 내밀었다.

"이제 이 책을 읽을 수 있겠느냐?"

"예, 스승님."

두룬은 신비한 〈침묵의 서〉를 그 자리에서 줄줄 읽어 내려갔다. 서부루의 얼굴에 환한 웃음이 번졌다. 그길로 두룬은 서부루를 따라 다다라 마을로 내려왔다. 그리고 그 뒤부터 두룬이 만든 현자의 돌은 완전한 순금을 제조해 낼 수 있게 되었다. 서부루가 두룬에게 말했다.

"이제 알겠느냐? 네 영혼이 진정한 중심에 이르고 나서야, 현자의 돌이 완성되는 이치를 말이다. 즉, 현자의 돌은 네 영혼의 상태였던 것이다. 네 온전한 영혼의 상태가 투사되지 않으면, 현자의 돌은 고정되지 않는다. 그리고 온전한 영혼의 상태란 만물의 말을 알아듣는 언어의 획득을 이끌어 내는 것이다."

두룬은 자신이 보름 동안 명상했다는 것을 알았다. 아니는 한 달 열흘이 걸려 신비에 다다랐다. 한 달 열흘 동안 물 한 모금 마시지 않은 아니는 약간 핼쑥해지기는 했지만, 거의 평소와 다름없어 보였다. 두 사람은 기뻐서 오래 꼭 끌어안았다. 서부루는 그러는 두 사람을 흐뭇하게 바라보았다.

그 뒤로 서부루는 두 사람에게 음악을 가르치기 시작했다. 음악이 가장 아름다운 우주의 언어이기 때문이라고 말했다. 음악에 있어서만은 아니가 두룬보다 훨씬 진도가 빨랐다. 아니는 자신이 음악에 매우 특별한 재능이 있다는 것을 발견했다. 아니가 칠현금을 타면서 부르는 노랫소리가 얼마나 아름다운지 그 소리를 들으면 모든 고통이 사라지는 듯한 느낌이 들었다. 아니는 뒤처진 두룬에게 악기 다루는 법을 가르쳐 주었다. 두룬과 아니는 칠현금을 켜며 함께 노래를 불렀다.

어느 날 두 젊은이의 연주를 듣던 서부루가 말했다.

"두 사람의 음악을 듣고 있으니 천국이 따로 없구나. 그렇다. 현자의 돌의 신비는 바로 음악의 신비와 같은 것이다. 현자의 돌은 세계의 신비를 꿰뚫어 그것을 하나의 결정체 안에 축적해 넣고, 그것을 어느 순간에라도 재생시키는 것이다. 그것은 음악의 신비와 같다. 음악은 언어를 넘어선 언어, 신비한 신들의 언어지. 그것은 지혜의 정수와 같다. 따라서 현자의 돌은 음악이 생성되는 신비와 똑같은 원리에 의해 생성되는 것이다."

두 사람은 서로에 대한 지극한 사랑으로 완벽한 음악의 언어를 창조해 나갔다. 바깥은 찬란한 봄이었다. 두 사람이 음악을 공부하는 동안, 계절은 봄의 절정을 지나 여름을 향해 다가가고 있었다.

하짓날이 다가오자, 다다라 마을은 축제 분위기에 휩싸였다. 10년 만에 생긴 경사였다. 5년 전에 현자의 돌 공방에 진급했던 길달은 도중에 포기해 버리고 말았다. 촌장은 그 일을 무척 아쉬워했다. 따라서 아니와 두룬이 나란히 현자의 돌을 만들어 내는 데

 연금술사의 탄생

성공하자, 더할 나위 없이 기뻐했다. 다다라 마을은 새로이 탄생한 두두리 현자들의 비의 전수 의식을 준비하는 일로 바빴다. 의식 집전일은 태양이 가장 높은 곳에 오는 하짓날로 결정되었다. 그날 비의 전수 의식이 집전되는 것이 전통이었기 때문이다.

두룬과 아니는 사흘간 금식한 다음, 하지 전날 밤에 깨끗하게 목욕하고 밤을 하얗게 새웠다. 신성한 의식에 참여하기 위해서는 정신이 깨어 있어야 했기 때문이다. 다음 날 새벽에 두 사람은 검은 옷을 입고 제의 장소에 나타났다. 제관이 두 사람의 귀 아래에 황소의 피를 발라 주었다. 사악한 영들의 속삭임으로부터 지켜 주기 위해서였다. 이 제의가 이루어지는 동안 두 명의 새로운 두두리는 일곱 개의 천체를 지나 다시 땅으로 귀환하게 되는데, 그 과정에서 엄청난 심리적 기운을 낭비하게 되기 때문에 가능한 한 외부의 침입을 막아 줄 필요가 있었다.

제장(祭場)에는 눈부시게 하얀 차일이 쳐져 있고, 좌우에 커다란 북들이 줄지어 있었다. 큰 북들은 대장장이의 망치 소리를 모방하면서, 동시에 잠들어 있는 신들의 힘을 일깨우기 위한 것이었다. 차일 앞쪽으로 두 개의 제의방(祭儀房)이 있었다. 새 두두리 두 사람은 그 안에 들어가 길고 긴 내면 여행을 하게 된다. 제의방 가장자리에는 악마의 침입으로부터 방을 보호하기 위한 둥근 마술 원이 그려져 있고 그 위에 횃불 막대가 촘촘하게 꽂혀 있었다. 두 사람은 각기 따로 제의를 받게 된다.

"두두리 만세!"

두 사람이 제장에 나타나자, 사람들이 환호성을 질렀다. 고수들이 동시에 북을 두두두둥 울렸다. 그 소리가 사람들의 가슴으로 뚫고 들어가 그들의 영혼을 세차게 흔들었다. 촌장 서부루가 두 사람에게 축복을 내렸다. 그 뒤 두 사람은 각기 제의방으로 들어갔다.

방 안은 아무 빛도 없이 캄캄했다. 두룬은 조용히 눈을 감고 평온하게 앉아 있었다. 그러나 긴장이 되는 것은 어쩔 수 없었다. 두룬은 복숭아꽃과 유화 어머니 신에게 빌었다.

'두 어머니의 사랑에 걸맞은 자가 되게 해 주십시오.'

갑자기 어디선가 푸드덕하는 날갯짓 소리가 들렸다. 커다란 까마귀였다. 까마귀가 갑자기 두룬의 어깨를 움켜쥐더니 하늘로 날아올랐다. 발밑에 달이 보였다. 까마귀는 두룬을 달 표면에 내던지고는 날아가 버렸다. 두룬은 어리둥절한 표정으로 사방을 둘러보았다. 자세히 보니 허공 한복판에 문처럼 생긴 것이 나타나 있었다. 두룬은 그 문을 향해 걸어가 조심스럽게 밀어 보았다. 그러자 갑자기 긴 동굴이 나타나고, 동굴 벽에서 뿌얀 안개가 솟아 나왔다. 두룬은 자신이 수성의 영역에 들어왔다는 것을 알았다.

조심스럽게 앞으로 나아가자, 동굴 벽에 '너는 이제 숨은 주인이다'라는 글자가 나타났다. 두룬은 그 글자를 보고 나지막하게 되뇌었다.

연금술사의 탄생

"나는 나의 숨은 주인."

그러자 갑자기 동굴이 어딘가로 사라지고 문이 열렸다. 엷은 분홍색 꽃잎들이 쏟아져 들어왔다. 두룬은 '금성이구나.'라고 생각했다. 아주 이상한 별이었다. 바닥에는 희디흰 모래가 한없이 깔려 있고, 하늘은 아주 낮았다. 부드러운 바람이 끊임없이 불어와 두룬의 이마를 쓰다듬었다. 그 바람은 어느새 아름다운 여자들의 머리카락으로 변했다. 그 여자들이 긴 머리카락으로 두룬을 쓰다듬으며 유혹적인 노래를 불렀다. 여자들 중에 복숭아꽃의 모습과 아니의 모습도 보였다. 두룬이 고개를 세게 흔들며 말했다.

"아냐, 너희는 허깨비야."

그러자 여자들이 사라지고 '무사'라는 글자가 하늘에 크게 나타났다. 두룬이 그 글자를 향해 걸어가자, 찬란한 빛이 쏟아져 들어왔다. 두룬은 태양의 영역에 들어왔다는 것을 알았다. 그리고 이곳에서 자신의 힘에 대한 과신과 오만과 싸워야 한다는 것도 알았다.

두룬이 나지막한 소리로 말했다.

"나는 나 자신과 싸우는 무사."

그러자 얼굴이 보이지 않는 누군가의 손이 불쑥 나타났다. 그 손에는 왕관이 들려 있었다. 그 손이 두룬에게 왕관을 내밀며 아첨하는 듯한 감미로운 목소리로 말했다.

"당신은 사자입니다. 당신은 세상의 왕입니다. 그러니 이것을 머리에 쓰십시오.”

누군가 감미롭고 아첨하는 목소리로 왕관을 내밀며 말했다. 두
룬은 그 왕관을 손으로 쳐서 떨어뜨렸다. 그리고 큰 소리로 외쳤다.

“내가 원하는 것은 세속의 권력이 아니다.”

태양 빛이 꺼졌다. 그다음 두룬은 붉은빛이 도는 별의 영역에
들어와 있는 자신을 발견했다. 화성이었다. 불그레한 빛이 두룬에
게 유혹하는 소리로 속삭였다.

“너는 최고야. 원한다면 너는 세상을 다 가질 수 있어.”

두룬은 소리치며 마구 뛰었다.

“나는 달리는 자, 나는 멈추지 않는 자, 나는 세계의 영광을 넘
어 멀리 달려가는 자.”

두룬의 외침 소리가 두룬의 내면에 윙윙 울림을 가져왔다. 그리
고 마음이 진정되었다. 그러자 사방이 가파른 절벽으로 둘러싸인
검은 계곡으로 변했다. 두룬은 그곳이 목성이라는 것을 알아보았
다. 계곡을 조금 걸어가자 무시무시한 남자들의 목소리가 들리더
니 시퍼런 칼을 든 남자들이 쫓아와 두룬의 몸을 토막토막 잘랐
다. 토막 난 두룬의 몸뚱이들은 피를 줄줄 흘리며 눈앞에 보이는
노란색 별을 향해 꿈틀꿈틀 앞으로 기어갔다. 그곳은 토성이었다.
토성에 이르자 복숭아꽃이 손에 버드나무 가지를 들고 나타나 울
면서 토막 난 두룬의 몸뚱이들을 버드나무 가지로 쓰다듬었다.
두룬의 몸이 다시 붙었다. 복숭아꽃이 두룬에게 숨결을 불어넣

　　연금술사의 탄생

어 주었다. 두룬이 다시 살아서 일어섰다. 그러자 하늘에서 흰 손들이 내려오더니, 두룬의 머리를 쓰다듬어 주었다. 그러고는 수정 망치로 수정 못 두 개를 두룬의 머리 양쪽에 땅땅 박아 주고는 사라졌다. 수정 못은 마치 해면에 물이 스며들어 가듯이 두룬의 머릿속으로 스르르 스며들어 갔다. 조금도 아프지 않았다. 그런 다음, 어떤 음성이 두룬에게 말했다.

"장하다. 끝까지 잘 이겨 내었구나, 우주의 아이여."

어디선가 희디흰 손이 나타나더니, 두룬의 손에 무엇인가를 들려 주었다. 나지막이 부는 바람 소리가 오래 들리고, 청아한 음악 소리도 들렸다. 두룬의 몸은 감미롭게 허공을 날아 내려왔다. 이윽고 두룬은 발이 다시 땅에 닿는 것을 느꼈다.

두룬은 벅찬 가슴을 누르며 밖으로 나왔다. 어느새 두룬의 옷은 흰빛으로 변해 있었고, 두룬의 손에는 황금 지팡이가 들려 있었다.

"두두리 만세!"

사람들이 감격에 겨운 목소리로 외쳤다. 잠시 서 있었더니, 다른 제의방에서 역시 흰빛 옷을 입고 황금 지팡이를 든 아니가 나왔다. 상기된 표정이었지만, 눈빛은 확고했다. 두 사람은 나란히 손을 잡고 서부루 앞으로 나아갔다. 서부루가 손짓을 하자, 두 명의 고수가 두 사람 앞에 북을 내려놓았다. 두 사람은 황금 지팡이로 북을 힘차게 내리쳤다.

둥, 두둥, 둥, 두두둥, 둥, 두두두둥, 둥, 두두두두둥.

북은 힘차게 울렸다. 사람들은 그 소리에 환호성을 질렀다. 길달은 관중들 사이에서 두 눈에 눈물을 그렁그렁 담고 두룬을 바라보았다.

3부

피와
눈

14

귀향

두두리 비의 전수 의식을 마치고 나서 두룬은 몇 달간 더 다다
라 마을에 머물렀다. 그리고 가을이 깊어진 어느 날, 서부루를 찾
아갔다.

"스승님, 이제 그만 고향으로 돌아갈까 합니다. 어머니를 떠난
지 5년이나 되었습니다."

서부루는 미소 띤 얼굴로 두룬을 바라보았지만, 아쉬움이 가득
했다. 속으로 은근히 장차 아니와 혼인시켜 다다라 마을 차기 촌
장으로 만들 생각을 하고 있었기 때문이다.

"그래, 5년씩이나 어머니를 뵙지 못했으니 걱정이 많을 것이다.

가서 어머니에게 인사를 드리고 잠시 봉양하고 다시 오면 안 되겠느냐? 너를 잃고 싶지 않아서 그런다.”

“저도 다다라 마을을 떠나기 싫습니다. 이곳은 정말 평화롭고 아름답습니다. 그러나 어머니를 버릴 수는 없습니다.”

서부루 촌장은 마지못해 두룬이 떠나는 것을 받아들였다. 두룬이 떠나겠다고 하자, 아니는 아니답지 않게 눈물을 뚝뚝 흘렸다. 두룬은 아니를 꼭 안고 말했다.

“다시 올게. 우린 젊잖아. 미래가 다 우리 거라고. 같이 가자고 하고 싶지만, 사로국은 이곳보다 훨씬 복잡한 곳이야. 게다가 너에게는 새로운 두두리로서 촌장님을 보필해야 할 의무도 있고…….”

“바보야, 네가 떠나는 게 무서워서 그러는 게 아냐. 너는 인간이 아니라 영웅이잖아. 그러니 너와의 만남은 언제 어떻게 깨질지 알 수 없어. 너하고 나 사이에 미래라는 건 없단 말이야. 네가 옆에 있을 때도 난 네가 시간의 어느 틈새로 사라져 버릴지 몰라서 늘 불안했어. 그런데…….”

“아니, 난 돌아와. 우리 아버지는 돌아가신 다음에도 어머니를 찾아오셨잖아. 내 사랑이 아버지의 사랑만 못한 것 같아? 어머니와 아버지를 이어 주었던 인연의 끈보다도 더 확실한 끈으로 우리는 이어져 있잖아. 연금술의 도반이라는 끈.”

두룬이 마을을 떠난다는 결정을 내렸다는 것을 알고 길달이

 연금술사의 탄생

두룬을 찾아왔다.

"비의 의식 때 자네를 보고 정말 자랑스러웠네. 솔직히 말하네만 질투의 감정 같은 건 없었네. 내 힘으로 도달할 수 없는 경지라면 승복하고 경탄하는 수밖에. 정말 멋지게 해냈어. 남들이 수십년 걸리는 일을 단 5년 만에. 그런데 다다라 마을을 떠나기로 했다면서?"

"응. 집을 떠난 지도 5년이 넘었네."

"그럼 사로국으로 돌아가나?"

"그렇지. 신원시로 돌아가네. 내 그리운 어머니 곁으로."

길달은 무엇을 생각하는지 잠시 팔짱을 끼고 가만히 있다가, 무겁게 입을 열었다.

"그동안 죽 자네를 지켜보았네. 그리고 나는 자네를 섬기기로 결정했네. 친구가 아니라 주군으로서 말이야. 자네는 그만큼 뛰어난 존재일세. 어떤가? 자네와 동행하고 싶은데……. 여기엔 내가 할 일이 별로 없네. 수련에 더 이상 진전도 없고. 또 촌장님을 보좌하는 일은 이제 새로운 두두리 아니가 하면 될 것이고. 그리고 자네는 영적 능력은 타의 추종을 불허하지만 몸을 써야 하는 무술 능력은 나만 못하지. 난 자네가 걱정되네. 능력 있는 연금술사는 어디에서나 공격의 대상이 되거든. 연금술을 돈벌이에 이용하려는 인간들에게 납치당하고, 비밀을 털어놓으라고 고문당하기도 하고. 곁에서 자네를 지켜 주고 싶어. 어떤가?"

두룬은 예상치 않은 제안에 당황한 눈치였다.

"어떻게 그런 생각을……. 사로국은 모든 것이 이곳과 달라. 훨씬 더 원시적인 사회일세."

"사로국으로 가는 것이 아니고, 자네가 있는 곳으로 가는 거지."

"자네의 우정에 말문이 막히네. 그러나……."

"자네와 함께하고 싶네. 그뿐일세."

"그렇다면, 제발 주군으로 섬기겠다는 말은 빼게."

"그러지. 또 한 가지 부탁이 있네. 내가 데리고 있는 여우 인간들이 몇 명 있네. 그들과 동행해도 될까? 아주 착한 놈들이야. 내 말이면 껌벅 죽거든."

"그야 뭐 어렵겠나. 그렇게 하시게. 그런데 돌아가는 길이 너무 멀어서……."

"신마들이 있는데 무슨 걱정인가."

두룬과 길달 그리고 네 명의 여우 인간은 다다라 마을 사람들의 성대한 배웅을 받으며 길을 떠났다. 그들은 쉬지 않고 달리고 날아서 사로국에 도착했다. 집이 가까워지자, 두룬의 가슴이 두근두근 뛰었다.

'사랑하는 어머니, 아들이 왔어요. 이제 두룬은 옛날의 두룬이 아니랍니다. 이제 두룬은 최고의 연금술사랍니다. 어머니에게 제가 배운 모든 것을 얼른 보여 드리고 싶어요.'

그러나 흰구름이 땅으로 내려가고 있는데도, 신원시의 모습도, 탱자나무 길도, 그리운 집도 보이지 않았다. 그 대신 거대한 불교 사찰이 눈에 들어왔다. 두룬은 불안한 마음에 흰구름을 재촉하여 얼른 땅에 내려서서 집을 향해 달렸다. 어찌 된 일인지 집은 완전히 폐가가 되어 있었다. 마당의 풀은 허리만큼 자라나 있고, 기와지붕이며 담벼락에는 온통 이끼가 끼어 있었다. 대들보도 내려앉기 직전이었다.

"어머니, 어머니!"

두룬은 소리치며 미친 듯이 집 안팎을 뛰어 돌아다녔다. 그러나 복숭아꽃의 그림자조차 보이지 않았다. 흰구름은 그러는 두룬의 모습을 안타까운 듯 바라보며 불안하게 푸르르, 푸르르 콧김을 내뿜었다. 곧 길달과 반인반수들이 다가왔다.

길달이 넋이 빠져서 주저앉은 두룬에게 다가왔다.

"이곳이 자네 집인가? 어찌 된 일인가?"

"모르겠어. 내가 떠난 뒤 무슨 일이 있었던 모양이네."

"혹시 어머니께서 사원으로 거처를 옮기신 것은 아닌가? 저기 숲 입구 쪽에 거대한 사원이 보이던데……."

"그건 우리 어머니의 사원이 아니라 부처를 모시는 불교 사찰일세. 유화 어머니 신의 신녀이신 어머니께서 그곳에 계실 리가 없어."

"그래도 그쪽으로 한번 가 보세."

일행은 신원사 쪽으로 말을 달렸다. 불교 사찰은 예전에 그곳에 있었던 소박한 신원시와는 비교도 되지 않게 규모가 거대했다. 두룬은 대문으로 보이는 곳으로 급히 말을 달렸다. 마침 불공을 드리려는 듯 몇 사람이 신원사로 다가오고 있었다. 그들은 두룬 일행을 보고는 놀라서 도망치려고 했다. 두룬이 말에서 내려 그들을 향해 다가갔다.

"놀라지 마시오. 나는 두룬이오. 신녀 복숭아꽃의 아들이오. 나를 알아보시겠지요?"

무리 중 한 사람이 고개를 갸우뚱하며 두룬을 바라보더니, '아, 알겠다!'라는 표정을 지었다.

"두룬 님이 맞구먼요. 5년 전에 멀리 떠나셨다고 들었는데. 그때까지만 해도 소년의 모습이 남아 있더니, 이젠 헌헌장부가 되셨구려."

두룬이 그 사람에게 다가가 물었다.

"혹시 우리 어머님 소식을 아시오?"

"모르지요. 신원시가 파괴된 뒤에도 몇 달간 집에 계신 것을 보았다는 사람들이 있던데 어느 날 자취를 감추어 버리셨거든요. 복숭아꽃 님이 어디로 가셨는지는 아무도 모릅니다."

"신원시는 누가 왜 부순 겁니까?"

"내막이야 저희 같은 무지렁이가 알 턱이 있나요? 다만 도엽이라는 젊은 귀족이 어느 날 장정들을 이끌고 들이닥쳐서 깨끗하게

     연금술사의 탄생

부수어 버렸다는 것밖에 모르지요."

두룬의 눈에서 순간 불꽃이 번쩍 튀었다.

"혹시 그자가 어머니를 해한 것은 아니오?"

"글쎄요, 설마 그렇게까지야……. 신녀님이 무슨 잘못을 했다
고……."

"알았소. 고맙소이다."

두룬은 말없이 신원사의 현판을 쳐다보았다. 그리고 신원의 원
(原)이 원(元)으로 바뀌어 있는 것을 알아보았다. 두룬의 얼굴에
쓸쓸한 표정이 떠올랐다.

'이제는 신비한 근원이 더는 중요하지 않은 시대라는 뜻인가. 으
뜸과 버금을 나누어 으뜸에 속한 것에게만 의미를 부여하는 시대
가 되었다는 말인가. 신들조차 으뜸과 버금이 있으니 으뜸인 신만
을 섬기라는 뜻인가.'

두룬은 일행과 함께 심거를 향해 갔다. 어린 시절에 자주 와서
놀던 곳이었다. 심거의 물은 여전히 깊고 푸르고 상상할 수 없는
드센 물살로 힘차게 콸콸 흐르고 있었다. 두룬은 말없이 심거를
들여다보았다. 한참 물을 내려다보던 두룬이 길달을 향해 말했다.

"도업이라는 자에게 가 보겠네. 그자가 이 모든 일을 주도한 자
라고 하니 말일세."

"나도 같이 가세."

"아니, 그럴 필요 없네. 공연히 적대감을 조장하고 싶지 않아."

“알겠네. 만일 그자가 자네의 어머니를 해하기라도 했다면 가만
히 있지 않겠네. 그러나 상황이 어떨지 모르니 무장을 하고 가는
것이 좋겠네.”

“다다라 마을에서 어지간한 무술은 다 익혔는데, 무엇이 두렵
겠나.”

“아니야, 그래도 조심하는 것이 좋겠어.”

두룬은 짐 보따리 속에 넣어 두었던 검과 방패를 꺼냈다. 그리고
검을 허리에 차고 손에 방패를 든 뒤, 휘파람을 불었다. 흰구름이
얼른 곁으로 다가왔다. 두룬은 말에 올라탄 뒤, 일행에게 말했다.

“다녀오겠네. 그동안 폐가가 되기는 했으나, 내 집에 가 있게. 달
리 갈 곳도 없고 하니……”

“그러겠네. 서둘러 다녀오시게.”

“자, 흰구름아, 가자.”

두룬은 길고 검은 머리를 휘날리며 말을 달렸다. 마음속에서
불안과 공포가 출렁였다.

“흰구름아, 말해 보렴. 우리 어머니에게 무슨 일이 있었는지 모
르겠니?”

“모르겠어요. 눈앞에 검은 물체만 왔다 갔다 하고 분명하게 잡
히지 않아요.”

“돌아가신 걸까?”

“그런 것 같지는 않아요. 그런데 불길한 예감이 드는 건 사실이

　　　연금술사의 탄생

에요.”

한참을 달리자 눈앞에 시장통이 나타났다. 사람들은 두룬을 보자마자 크게 놀라는 눈치였다. 그들 중에는 가끔 반가운 눈빛을 보내오는 사람들도 있었으나, 대개는 쉬쉬하면서 옆에 있는 사람들과 속삭였다.

“아니, 5년 전에 자취를 감추었던 신녀의 아들 두룬 아니야? 돌아온 모양이군그래.”

“옛날의 두룬이 아니군. 옆에 찬 검을 좀 봐. 임금님 검이 안 부럽겠는데.”

“여전히 아름답군그래. 전보다 훨씬 의젓해지고.”

“어미가 행방불명된 건 알고 있을까?”

“그런 것 같은데……. 눈빛이 전과 달리 사나워 보이지 않아?”

두룬이 시장통 한가운데로 들어서자 모두들 길옆으로 몸을 비켰다. 그러나 사람들은 두려워하면서도 못내 호기심을 누르지 못하는 듯, 멀리 도망치지는 않았다. 두룬이 큰 소리로 외쳤다.

“누구 도엽 나리의 집을 아는 사람 없소? 알려 주는 사람에게는 후사하겠소.”

사람들 사이에서 도토리처럼 생긴 똘똘해 보이는 사내아이 하나가 앞으로 톡 튀어나오더니, 앳된 목소리로 소리쳤다.

“제가 알아요. 따라오세요.”

사람들은 좋은 건수를 놓쳤다는 듯 아쉬운 표정을 지으며 돌아섰다. 도토리처럼 생긴 소년은 앞장서서 달렸다. 몸놀림이 제법 날렵했다. 소년은 두룬과 말을 끌고 이 골목 저 골목을 누비며 잽싸게 달렸다. 두룬이 소년에게 물었다.

"녀석, 제법 날렵하구나. 이름이 뭐냐?"

"사람들이 도토리라고 해요. 도토리처럼 동글동글하대요. 헤헤."

그러면서 빡빡 깎은 제 맨머리를 손으로 싹싹 문질렀다. 두룬이 빙그레 웃었다. 도토리는 어떤 큰 집 앞에 가서 멈추어 섰다. 화려하기 이를 데 없는 집이었다. 집주인의 위세가 한눈에 보이는 듯했다. 도토리가 말했다.

"여기예요."

"옜다, 수고했다."

두룬은 도토리에게 무엇인가를 던져 주었다. 도토리는 그것을 받아 들고는 눈이 휘둥그레졌다. 어른 엄지손톱만 한 금덩이였기 때문이다. 도토리는 태어나서 그렇게 큰 금덩어리를 본 적이 없었다. 도토리는 꾸벅 절을 하고는 냅다 달려 사라졌다. 마치 금을 다시 내어놓으라고 할까 봐 겁이 난다는 듯이.

두룬은 대문 앞으로 다가가 소리쳤다.

"보시오, 누구 없소?"

잠시 뒤에 하인으로 보이는 사람이 빠끔히 문을 반쯤 열고 밖을 내다보았다.

     연금술사의 탄생

“누구슈?”

“나는 유화 신녀의 아들 두룬이라고 하오. 이 댁 주인장을 뵈러 왔소이다.”

하인은 방문객의 정체를 알자 흠칫 놀라는 눈치였다.

“여기 잠시 기다리고 계시오. 내가 마님께 여쭙고 오겠소.”

잠시 뒤에 하인이 다시 나타나 문을 열어 주었다. 두룬은 말을 탄 채 마당으로 들어섰다. 하인이 앞장서서 두룬을 안내했다. 대문을 몇 개씩이나 지나자 떡 벌어진 화려한 건물이 나타났다. 대청마루에 야심만만한 표정의 붉은 얼굴을 가진 덩치 큰 사내가 버티고 서 있었다.

두룬은 말을 탄 채 그 사내에게 가볍게 목례를 한 다음 물었다.

“당신이 도업 나리시오?”

“그렇다. 건방진 놈, 감히 여기가 어디라고 말을 탄 채 쳐들어오는 거냐?”

“내가 여기 머물 일은 없기 때문이오. 당신에게 특별히 예를 표해야 할 이유도 없고.”

“네가 도둑의 집에 왔느냐? 어딜 검을 차고 방패를 들고 와 행패를 부리는 거냐?”

“도둑인지 아닌지는 이제부터 알아볼 생각이오. 사람들 말이 당신이 신원시를 부수었다 하더이다. 맞소?”

“그렇다. 음란한 마녀가 섬기는 귀신의 집을 부수었기로 무엇이 잘못되었다는 거냐?"

"음란한 마녀? 내 어머니가?"

"그렇다. 네 어미가 마룬왕에게 꼬리를 쳐서 너를 배지 않았더냐? 사람들은 네가 마룬왕 귀신의 소생이라 하더라만, 나는 믿지 않는다. 틀림없이 생전의 마룬왕과 사통을 해 놓고는 말을 지어 퍼뜨린 거야."

"내 아버지는 영혼의 모습으로 어머니와 사랑하셨소. 그것이 진실이오. 스스로의 안에서 신비를 생성시킬 능력이 없는 자들이 신비를 믿지 못하지요. 영혼이 비루한 자들만이 세상일이 자기의 비루한 영혼처럼 뻔하게 돌아간다고 생각하지요. 그러나 당신의 비루한 영혼에게 신비에 관한 설교를 할 생각은 없소이다. 단도직입적으로 묻겠소. 왜 신원시를 파괴한 거요?"

"그곳이 음란의 본거지이기 때문이다. 마룬왕도 그 음란의 죄로 병을 얻어 죽었다. 게다가 마하왕이 신원시 파괴를 직접 명하셨다. 나는 왕명을 수행한 것뿐이다."

"백성들은 당신들 귀족들이 내 아버지의 개혁 정책을 좌절시키기 위해 독살했다고 하던데?"

도업의 붉은 얼굴이 더욱더 시뻘겋게 달아올랐다. 너무나 뻘게진 나머지 시커멓게 보일 지경이었다.

"누가 그따위 헛소리를 하는 거냐? 네 이놈, 네가 감히 나를 협박하는 거냐?"

     연금술사의 탄생

"아, 아, 흥분하지 마시오. 그 얘기라면 나중에 찬찬히 따질 기회가 있겠지. 지금은 어머니의 행방을 알기 위해 온 것이오. 내 어머니는 어디에 계시오? 혹시 당신이 해한 것은 아니오? 아니면 어디에 가두어 두었소?"

"나는 모른다. 그따위 무당 년이 살든 죽든 나는 관심이 없다. 어미를 봉양했어야 하는 것은 네놈이 아니더냐? 어디 가서 놈팡이 짓을 하다가 돌아와서 제 어미를 내놓으라 마라 행패냐, 행패가! 네놈이 저지른 불효를 나더러 어쩌라는 말이냐?"

'불효'라는 말을 듣자, 두룬의 얼굴이 슬픔으로 가득 찼다.

'어머니가 이런 고난을 겪고 계셨는데도 아무것도 모르고 있었으니……'

두룬은 조금 가라앉은 목소리로 다시 물었다.

"정녕 내 어머니의 행방을 모르시오?"

"모른다고 하지 않았느냐. 귓구멍에 말뚝을 박았느냐?"

"알겠소."

두룬은 힘없이 발길을 돌렸다. 두룬은 고개를 푹 숙인 채 말을 몰았다. 흰구름도 기운이 없는지 터벅터벅 걸음을 옮겼다. 그렇게 두룬과 흰구름은 한참을 걸어갔다. 그러다가 갑자기 무슨 생각이 났는지, 두룬이 고삐를 잡아당겨 흰구름을 세웠다.

"아까 무슨 검은 물체를 보았다고 하지 않았어?"

"예, 주인님."

"혹시 나무처럼 생기진 않았더냐?"

"그러고 보니 그런 것 같기도 하군요."

"어머니가 어디 계신지 알 것 같구나. 자, 달리자. 일단 집으로 가자."

두룬은 흰구름을 재촉했다. 흰구름은 전속력으로 달려 두룬의 집에 도착했다. 길달은 문간에 나와 서 있다가 먼발치에서 두룬이 오는 것을 보고 달려 나갔다.

"그래, 뭣 좀 알아냈나?"

"아니, 도업이라는 자에게선 아무것도 알아내지 못했어. 그런데 가만히 생각해 보니 어머니가 어디 계신지 알 것 같아. 흰구름이 검은 그림자 같은 걸 보았다는 거야. 그런데 나무 모양이었다네. 검은 나무가 서 있는 동굴로 가 보세. 전에 내가 어머니를 모시고 불의 비법을 익혔던 곳일세. 어쩐지 그곳에 계실 것 같다는 생각이 들어."

"그곳이 어딘가?"

"신원림 깊은 곳에 숨겨져 있는 여우 굴일세."

"그럼 얼른 떠나세."

일행은 서둘러 신원사 뒤쪽에 있는 신원림을 향해 달려갔다. 신원사가 들어서면서 숲이 상당히 훼손되었지만, 여전히 신원림은 넓고 깊었다. 숲이 깊어서 속도를 내기가 힘들었다. 두룬은 힘들지 않게 동굴 입구를 찾아냈다. 가시덤불을 걷어 내자 한 사람이 겨

   연금술사의 탄생

우 들어갈 수 있을까 말까 한 좁은 통로가 나타났다. 길달이 걱정스럽다는 듯이 물었다.

"입구가 좁군. 이 입구 밖에는 없나?"

"동굴 위쪽에 구멍이 있기는 한데 아주 높은 곳에 있어."

"뭐가 문젠가? 나나 자네나 날 수 있는데."

"안에 뭐가 있을지 알 수 없잖은가. 공중에 떠 있을 때 느닷없이 공격해 오면 어쩌나."

"딴은 그렇군. 그럼 우리는 이 구멍으로 들어간다고 하고, 말들은 어쩌지?"

"안에 들어가 안전을 확인하고 나서 동굴 구멍으로 내려오게 하면 되지."

"말이 여섯 필이나 되는데?"

"안쪽은 굉장히 넓다네."

"그거 다행이로군."

일행은 고개를 숙이고 좁은 통로로 걸어 들어갔다. 그리고 넓고 기괴한 동굴에 도착했다. 해가 지고 있어서 사방이 어두컴컴하고, 벼락 맞은 검은 나무는 더욱 을씨년스럽게 보였다.

"어머니, 어머니."

두룬은 복숭아꽃을 부르면서 조심스럽게 앞으로 나아갔다. 저 멀리 넓은 바위 위에 꼼짝도 하지 않고 앉아 있던 검은 형체가 움찔하고 움직이는 것이 보였다.

"어머니, 어머니세요?"

두룬이 묻자, 희미한 목소리가 검은 형체로부터 새어 나왔다.

"두룬, 내 아가, 두룬, 네가 왔니?"

두룬은 정신없이 마치 구르듯이 검은 형체를 향해 달려가 왈칵 껴안았다. 그러나 복숭아꽃을 껴안은 두룬은 흠칫 놀랐다. 복숭아꽃이 뼈만 남은 막대기 같았기 때문이다. 두룬이 길달에게 소리를 질렀다.

"불을 좀 켜 봐. 어두워서 아무것도 안 보여."

길달이 손에서 불을 끄집어냈다. 여우 인간들이 급히 나뭇가지들을 주워 모아 화톳불을 만들었다. 사방이 밝아지자, 복숭아꽃의 얼굴이 드러났다. 너무나 참혹한 모습이었다. 움푹 팬 눈, 장작개비처럼 마른 팔다리, 너덜너덜해진 옷. 거의 살아 있는 시체 같았다. 예전의 아름다운 모습은 어디로 갔는지 찾아볼 수 없었다. 두룬은 말문이 막혀 멍하니 복숭아꽃을 바라보았다. 길달은 차마 바라보기가 민망해 눈길을 돌렸다. 그때 동굴 위쪽의 뻥 뚫린 구멍으로 말들이 날아 내려왔다. 흰구름이 맨 먼저 내려왔다. 흰구름은 자기가 섬기던 여주인의 비참한 모습을 보고는 눈물을 줄줄 흘렸다.

"신녀님……, 이게 대체 어떻게 된……."

두룬이 격한 음성으로 말했다.

"누가 어머니에게 이렇게 몹쓸 짓을 한 건가요? 대체 어떤 놈들

 연금술사의 탄생

이……."

"아무도 내게 몹쓸 짓을 하지 않았다. 신원시가 무너지고 유화 어머니께서 떠나신 뒤, 내가 그저 세상을 떠난 것뿐이다."

"왜 그러셨어요? 신원시가 무너졌어도 어머니는 사람들과 사실 수 있었잖아요. 사람들 병도 고쳐 주고 점도 쳐 주고……."

"두룬아, 그건 신녀가 할 일이 아니다. 네 어미는 잡신을 섬기는 무당이 아니라, 하늘의 점지를 받은 신녀다. 유화 어머니께서 떠나신 뒤 내가 할 일은 이 세상에 없었다. 나는 다만 너를 다시 만나기 위해 오늘까지 목숨을 이어 온 것뿐이다."

"이제 제가 어머니를 잘 모실게요. 5년 동안 저는 최고의 연금술사인 두두리 칭호를 땄어요. 이제 어머니를 잘 모실게요. 부든 명예든 어머니가 원하시는 것은 뭐든지 가질 수 있어요. 현자의 돌로 만든 황금 지팡이가 제게 있어요. 이것으로 치면서 주문을 외우면, 원하는 것은 뭐든지 얻을 수 있어요."

복숭아꽃은 희미하게 웃었다. 두룬은 그 웃음이 무엇을 의미하는지 정확히 알 수 없었다. 해가 지평선으로 넘어가자, 굴의 작은 입구를 통해 굴의 주인인 여우들이 들어왔다. 사냥을 마치고 돌아온 것이다. 입에 토끼, 너구리 같은 사냥감을 물고 있었다. 그들 뒤로 시커먼 그림자들이 따라 들어왔다. 여우들은 길달 일행을 보자 이를 드러내며 으르렁댔다. 두룬이 여우들 앞을 막아서며 말했다.

"자, 자, 친구들, 이들은 적이 아냐. 내 친구들이야. 그런데······
너희들이 그사이 어머니를 돌보아 드린 모양이구나. 고맙다. 그런
데······ 여우들과 함께 오신 검은 그림자들이여, 당신들은 누구십
니까?"

그중 가장 큰 그림자 하나가 너울너울 일어섰다. 동굴 안이 그
림자의 목소리로 무겁게 웅웅 울렸다.

"두룬, 나를 몰라보겠느냐? 우리는 유화 어머니를 보좌하던 신
들이다. 유화 어머니는 하늘로 돌아가셨지만, 우리는 땅에 그대로
남았다."

거기까지 말하고 난 뒤, 그림자는 원통해서 못 견디겠다는 듯
가슴팍을 퉁퉁 두들겼다. 동굴 벽에 비친 그림자가 더욱 기괴한
모습으로 너울거렸다. 그림자가 말을 이었다.

"유화 어머니께서는 자비로우셔서 자신을 버린 사람들을 용서
하시고, 훗날 사람들이 당신을 다시 찾을 때 돌아오시겠다고 하셨
지만, 우리는 그럴 수 없었다. 우리는 땅에 남아서 신원시를 부수
고 우리의 거룩한 신전을 욕보인 자들에게 복수할 것이다. 반드시
그들을 응징하고 말 것이다."

복숭아꽃이 힘없이 손을 휘저었다. 그러고는 다 꺼져 가는 소리
로 말했다.

"지웅 님, 안 됩니다. 그리하시면 안 됩니다. 유화 어머니께서 힘
이 없으셔서 신원시를 부순 자들을 벌하지 않으신 것이 아닙니다.

 연금술사의 탄생

당신의 때가 다 되었다고 판단하신 것이지요. 사람들의 영혼이 깊어지면 당신을 다시 찾을 거라고 하셨습니다."

두룬은 그러는 복숭아꽃을 안타깝게 바라보았다.

'세상의 권력자들로부터 그토록 모욕을 당하면서도 그들을 증오하지 않을 수 있는 저 큰 사랑은 어디에서 나오는 것일까.'

두룬은 황금 지팡이를 두들겨서 먹을 것과 마실 것을 푸짐하게 마련했다. 일행은 즐겁게 먹고 마셨다. 그들은 두룬이 마련한 좋은 술을 진탕 퍼마시고 모두 여기저기 픽픽 쓰러져 잠들었다. 두룬과 복숭아꽃만이 깨어 있었다. 두룬이 복숭아꽃을 품에 안고 말했다.

"어머니, 이제 동굴 밖으로 나가 살아요. 제가 어머니를 모실게요. 저는 이제 옛날의 두룬이 아녜요. 엄청난 능력이 생겼다고요."

복숭아꽃은 두룬의 손을 풀고 똑바로 앉아 조용히 말했다.

"내가 그동안 목숨 줄을 잡고 버틴 것은 오로지 너를 다시 만나기 위해서였다. 너에게 반드시 해 주지 않으면 안 되는 말이 있었기 때문이다."

복숭아꽃은 그렇게 말하고 나서 숨이 가쁜지 잠깐 말을 끊고 숨을 몰아쉬었다. 조금 뒤에 복숭아꽃은 말을 이었다.

"증오는 증오를 이기지 못한다. 알겠느냐? 증오를 이기는 것은 사랑뿐이다."

두룬이 복숭아꽃에게 바짝 다가앉으며 말했다.

"어머니, 어떻게 그렇게 큰 사랑을 지닐 수 있나요? 전 당장이라도 달려가 어머니를 이 지경으로 만든 놈들을 다 죽여 버리고 싶어요."

"두룬아, 어미가 왜 이 동굴로 몸을 피했다고 생각하느냐? 어미인들 그들이 밉지 않았을까? 어미는 어미 자신이 두려웠다. 그들 곁에서 살다 보면, 내가 내 힘을 사용하여 그들을 저주하게 될까 봐 두려웠다. 어미가 가진 힘을 그들의 불행을 위해 쓰게 될까 봐 두려웠다는 말이다. 그것은 유화 어머니의 뜻이 아니다. 그리고 내가 그리했다면, 나라 전체가 혼란에 빠졌을 것이다. 두룬아, 잘 들어라. 이제 네가 돌아왔으니, 나라 전체가 네 문제로 시끄러울 것이다. 귀족들은 너를 제거하려고 할 것이다. 네가 왕의 피를 물려받았기 때문이다. 그들은 네가 그들의 길에 방해가 된다고 생각한단다. 네가 이제 능력을 가지게 되었으니 더더욱 경계와 미움의 대상이 될 것이다. 그러나 너의 사촌인 마하왕은 너를 달리 대할 것이다. 마하왕이 너에게 손을 내밀거든 그 손을 잡아 드려라. 그것이 너도 살고 사로국 전체가 사는 길이다."

"그러나 도업의 말에 따르면, 신원시를 파괴하라고 명한 것은 마하왕이었답니다. 그런 사람과 어찌 손을 잡습니까? 게다가 마하왕은 신원시 자리에다가 거대한 불교 사찰을 지었는데요. 제가 지닌 불의 힘이면 당장이라도 신원사를 잿더미로 만들 수 있습니

　　　　연금술사의 탄생

다."

　"아서라, 그리하지 마라. 신원시가 파괴된 것은 비통한 일이지만, 사찰을 지은 것 자체를 비난할 수는 없다. 사로국 사람들이 그들의 종교로 불교를 선택했으니까. 네 아버지의 영혼이 지상에 머무시는 동안, 나에게 부처님의 가르침을 자세히 설명해 주셨다. 언제나 종교 자체가 문제가 아니라, 그것을 앞세워 권력을 추구하는 자들이 문제인 것이다. 너는 불교 자체와 싸울 필요는 없다. 그것을 방패 삼아 사욕을 채우고 억압을 행하는 자들과 싸워야 하는 것이지."

　"잘 알겠습니다. 어머니의 깊은 마음을 헤아리겠습니다."

　"장하다, 내 아들. 어미의 원수를 갚을 생각은 하지 마라. 복수는 어미에게는 오히려 모욕이다. 미움이 미움을 이기는 법은 없다. 미움은 더 큰 미움을 낳을 뿐이다. 또 한 가지, 네가 지니게 된 능력을 결코 너 자신을 위해 써서는 안 된다. 그것을 잊어버리는 날, 너는 반드시 저주를 받게 될 것이다. 어미는 네가 능력을 통제하고, 너 자신의 능력과 맞서 싸우는 방법을 배우게 하려고 너를 다다라 마을로 보냈다. 하늘로부터 받은 신비한 능력을 이기적인 이유로 사용하는 자는 반드시 세상에 파멸을 가져오게 된다."

　"예, 어머니. 서부루 촌장님께서도 누누이 그 말씀을 해 주셨습니다."

　"되었다. 이제 어미는 지상에서 해야 할 일을 다 한 것 같구나.

이제 내게는 불의 길을 지나 어머니의 깊은 근원으로 돌아가는
일만 남은 것 같다."

　복숭아꽃은 말을 마치고 자리에 누워 잠이 들었다. 두룬도 그
옆에 누워 잠이 들었다.

　새벽녘에 두룬은 복숭아꽃이 화르르 떨어지고 그 사이로 흰 새
가 날아가는 꿈을 꾸었다. 흰 새는 날아가다 말고 두룬을 뒤돌아
보았다. 그리고 공중에서 몇 번 날갯짓을 하더니, 바람에 흩날리
는 복숭아꽃 사이로 사라져 버렸다. 두룬은 화들짝 놀라 잠에서
깨어났다.

　"복숭아꽃, 흰 새."

　두룬은 잠이 덜 깬 얼굴로 중얼거리다가, 갑자기 무엇엔가 생각
이 미쳤는지, 복숭아꽃에게 다가갔다. 복숭아꽃은 차갑게 식어 있
었다.

　"어머니, 어머니!"

　두룬이 놀라서 겁에 질린 음성으로 복숭아꽃을 크게 불러 보
았지만, 복숭아꽃은 꼼짝도 하지 않았다. 두룬이 통곡하기 시작
했다.

　두룬의 통곡 소리에 일행이 모두 잠에서 깨어났다. 그리고 사태
를 파악했다. 숨을 거둔 복숭아꽃의 얼굴은 예전의 아름다운 모
습으로 돌아와 있었다. 두룬이 흐느껴 울면서 말했다.

　　　　연금술사의 탄생

"불의 길을 지나 어머니의 깊은 근원으로 돌아가는 일만 남았다고 하셨어. 그게 마지막 말씀이었네. 나는 어머니께서 무슨 추상적인 얘기를 하시는 걸로 알았는데, 그게 유언이었어. 아, 나라는 놈은 얼마나 미련한가. 음식과 술을 만들기 전에 약을 만들었어야 하는 건데…… 오, 어머니, 어머니, 이 불효를 어찌합니까."

길달이 다가와 두룬의 어깨에 손을 올려놓으며 말했다.

"너무 자책하지 마시게. 어머니께선 이승에 대한 미련을 버리신 거야."

"내 아름다운 어머니, 내 어머니 복숭아꽃, 큰 지혜와 큰 아름다움이 세상을 떠났구나."

두룬은 가슴을 쥐어뜯으며 울었다. 모두들 두룬을 망연히 바라보았다. 한참 뒤에 정신을 차린 두룬은 벼락 맞은 나무 옆에 있는 샘물로 복숭아꽃의 몸을 깨끗이 씻기고, 황금 지팡이로 아름다운 옷을 만들어 복숭아꽃의 시신에게 입혔다. 그러고 난 다음, 복숭아꽃의 시신을 흰구름 위에 올려놓은 뒤, 동굴 구멍을 통해 밖으로 날아올랐다. 다른 일행도 말을 타고 하늘로 날아올랐다. 그들은 신원림을 지나 신원림 옆에 있는 신원봉으로 날아갔다. 그곳에서 돌을 쌓아 제단을 만들고 장작을 구해다가 그 위에 잘 쌓은 뒤, 복숭아꽃의 시신을 화장했다. 그날 사로국 사람들은 하늘을 나는 여러 마리의 신마를, 그리고 신원봉 꼭대기에서 피어오르는 불길과 연기를 보았다. 재를 담은 항아리를 든 두룬과 일행은 심거를 향해 갔다. 두룬은 복숭아꽃의 재를 심거에 뿌리며 말했다.

"어머니, 근원이신 물로 돌아가소서. 깊이깊이 가라앉으소서. 이제 신들의 근원으로 돌아가소서."

복숭아꽃을 태운 재는 차가운 가을바람에 흩날려 날아올라 두룬의 머리 주위에 잠시 머물렀다. 마치 마지막으로 두룬의 머리를 쓰다듬어 주고 싶어 하는 것처럼 보였다. 그러다가 재는 조용히 심거의 깊고 푸른 물속으로 가라앉았다. 물살은 평소보다 더 큰 소리를 내며 더 세게 흐르는 것 같았다. 두룬은 울지 않았다. 두룬의 표정은 텅 비어 있었다.

사로국 안에는 두룬이 막강한 두두리가 되어 돌아왔으며, 여우굴에 은거하고 있던 복숭아꽃을 찾아냈고, 두룬을 다시 만난 다음 날 복숭아꽃은 꽃이 지듯이 죽었으며, 두룬이 복숭아꽃의 시신을 화장한 뒤 그 재를 심거에 뿌렸다는 소문이 빠르게 퍼졌다. 도업은 각간 거등을 찾아가 당장 귀족 회의를 열어야 한다고 말했다. 귀족들은 급히 모였다.

도업이 상기된 표정으로 말했다.

"이번에는 정말 이대로 넘어가서는 안 됩니다. 놈을 반드시 처치해야 합니다. 놈이 저를 찾아왔었습니다. 보통 건방진 게 아니더군요. 칼까지 차고 와서 저를 협박하더이다. 대놓고 자기 힘을 과시하겠다는 수작이지요. 우리가 제 아비를 독살했다는 말까지 하더

     연금술사의 탄생

이다. 게다가 시커먼 거인 하나와 머리가 여우인 괴물들 몇과 함께 다닌다 하더이다. 당장 왕을 찾아가 놈의 목을 베라고 해야 합니다. 살려 두면 두고두고 우리에게 위협이 될 것이오."

거등이 심각한 표정으로 말했다.

"나도 두룬이 우리에게 위협이 될 것이라고 생각하오. 소문을 듣자 하니, 놈이 두두리가 되었다고 하오. 두두리라면 가무란 이사금 시대부터 엄청난 술법을 가진 존재로 알려져 있는 최고의 술사요. 우리가 상대하기에는 버거울지도 모릅니다. 또 혼자가 아니고 무리까지 이끌고 왔다 하니……. 게다가 어미가 비참하게 죽은 마당이니 독이 오를 대로 올라 있을 것이오. 일단 왕을 찾아가 놈을 처치할 것을 주청한 뒤, 여의치 않을 시에는 다른 방도를 강구하기로 합시다."

모인 귀족 가운데 승로가 자신 없는 표정으로 나섰다.

"그런데 무슨 명목으로 목을 친다는 말이오? 딱히 잘못을 저지른 바도 없는데……."

도업이 벌컥 화를 냈다.

"이렇게 물러 터져 가지고서야, 원. 핑계는 만들면 되는 거요. 잘못이 없으면 만들어 내면 되는 거고. 일단 마녀의 아들이라는 것만으로도 여론을 조작하는 건 일도 아니오."

승로가 다시 말했다.

"그러나 백성이……."

“백성은 우리가 주무르는 대로 한다니까요. 그 병신 머저리들을
왜 그리 신경 쓰시오? 말 안 듣는 놈은 잡아다 쥐도 새도 모르게
죽여 버리면 그만이고.”

거등이 미간을 찡그렸으나, 거등도 두룬에게 겁이 나 있었기 때
문에 도업을 나무랄 엄두를 내지 못했다.

거등과 귀족들은 그날로 궁에 들어가 알현을 청했다. 거등이
맨 먼저 입을 열었다.

“폐하, 두룬이 두두리가 되어 돌아왔다고 합니다. 두두리는 고
래로 막강한 힘을 보유한 최고의 술사로 알려져 왔습니다. 두룬을
그대로 두시면 화근이 됩니다. 당장 두룬을 잡아들여 목을 치십
시오. 두룬을 살려 두시면 왕자님도 위태로워지십니다.”

귀족들이 저마다 와글와글 떠들어 댔다.

“그러하옵니다. 마녀의 아들을 살려 두시면 왕권이 위태로워질
것입니다.”

“게다가 무리까지 거느리고 왔다 하니 그들이 반역을 꾀할까
두렵사옵니다.”

마하왕은 잠시 생각에 잠겼다.

‘귀족들의 말이 완전히 틀린 것은 아니다. 두룬이 위협이 될 수
도 있다. 그러나 귀족들이 두룬을 두려워하는 것을 보면, 역으로
두룬을 이용하여 귀족들을 장악할 수도 있을 것이다. 두룬이 왕

위를 요구할 생각이 없다면, 오히려 두룬의 능력을 왕권을 강화하는 데 이용할 수도 있지 않을까. 왕권은 아직도 불안한 형편이다. 아직도 귀족들의 목소리가 너무 세고, 귀족들은 왕을 쥐락펴락할 생각을 포기하지 않고 있다. 두룬을 내 편으로 끌어들일 수만 있다면, 두룬의 능력을 앞세워 귀족들을 꼼짝 못하게 할 수도 있다.'

왕은 잠시 침묵을 지키다가 위엄 있는 목소리로 입을 열었다.

"경들의 근심은 충분히 알아들었소. 이 일은 나에게 맡겨 주시오. 내가 알아서 하리다."

거등이 말했다.

"두룬의 목을 베겠다는 말씀으로 알아들어도 되올지……."

왕이 버럭 역정을 내며 말했다.

"참으로 무엄하오. 짐이 알아서 하겠다지 않소. 무슨 말이 그리 많소. 경들은 대체 왕을 무엇으로 아는 거요?"

귀족들은 왕의 태도가 매우 모호하다고 생각했지만, 더 밀어붙일 경우 역효과가 날 수도 있다는 생각에 그냥 물러 나왔다. 거등은 상황을 지켜보면서 도업을 시켜 다시 왕비를 부추겨 봐야겠다고 생각했다.

귀족들이 떠난 뒤, 왕은 친위대장 길지를 불러 두룬을 찾아 데려오라고 일렀다. 길지가 대답했다.

"하오나, 두룬과 그 무리가 지금 어디에 있는지는 아무도 모릅니다. 오늘 아침 일찍 산꼭대기로 날아가는 신마 여러 필을 보았다는 사람들이 있기는 하옵니다만……. 신원봉에서 불을 지펴 누군가의 시신을 화장했는데 아마도 행방불명된 신녀의 시신인 듯합니다. 심거에 두룬이 재를 뿌리는 것을 본 사람이 여럿 있다고 합니다."

"무슨 수를 쓰든 두룬 무리의 은신처를 알아내어라. 은신처를 알아내는 자에게는 상을 두둑하게 주겠다고 하라."

"예, 폐하."

길지는 시장통으로 가서 두룬의 은신처를 아는 사람들을 수소문하기 시작했다. 오후 내내 발품을 팔고 돌아다녔지만, 알고 있는 사람은 아무도 없었다. 거의 포기하고 돌아가려는데, 누군가 아래쪽에서 길지의 옷소매를 잡아당기는 것이 느껴졌다. 내려다보니 웬 까까머리 소년이었다.

"아저씨, 궁에서 오셨어요?"

"오냐."

"두룬 아저씨가 있는 곳을 찾으시는 거 같던데, 맞아요?"

"그렇다. 그런데 쪼그만 놈이 어른들 일에 무슨 참견이냐?"

"제가 그곳을 알거든요."

"그래? 그곳이 어디냐?"

"공짜로 알아내시려고요?"

"사례는 두둑이 하마."

     연금술사의 탄생

“얼마큼요?”

“엽전 열닷 냥.”

“애개? 적어도 이 정도는 주셔야지.”

그렇게 말하면서 도토리는 허리춤에서 금덩이를 꺼내 보여 주었다. 길지가 놀란 표정으로 물었다.

“이건 어디서 났느냐?”

“두룬 아저씨가 줬지요.”

“오호, 놀랍구나.”

길지는 속으로 두두리들은 마음대로 금을 만들어 낸다던데 그게 사실인 모양이라고 생각했다. 금덩이를 보니 두룬의 은신처를 알고 있다는 도토리의 말이 거짓은 아닌 듯했다.

“알았다. 그만한 금을 주마. 그런데 어떻게 알게 되었느냐?”

“어저께 두룬 아저씨를 도업 나리 집으로 모셔다 드렸는데요, 그때 이 금을 주셨거든요. 그 아저씨가 너무 신기해서 몰래 숨어서 뒤쫓아 갔지요. 제가 이래 봬도 무지 빠르거든요. 도토리처럼 때구루루 굴러가거든요.”

“그런데?”

“두룬 아저씨는 어떤 여우 굴로 들어가셨어요. 그런데 거기 숨어서요, 저는 이 세상에서 제일 신기한 걸 구경했어요. 두룬 아저씨가 황금 지팡이를 들고 주문을 외우면서 탁, 하고 치니까 온갖 것이 쏟아져 나왔어요. 술도 나오고 맛있는 음식도 나오고…….

그뿐인 줄 아세요? 두룬 아저씨랑 같이 있는 키 큰 아저씨는 손에서 불도 맘대로 끄집어내더라고요. 아휴, 놀라라."

길지는 믿기지 않는 표정으로 말했다.

"그게 정말이냐?"

"그럼요. 이 금덩어리를 보세요. 이딴 거 만드는 거는 두룬 아저씨랑 그 아저씨 친구들에게는 아무것도 아니라니까요."

"자, 그곳으로 가 보자."

"그런데요, 조심하셔야 돼요. 몸이 없는 시커먼 그림자 귀신하고 또 머리가 여우인 괴물들도 있었어요."

그 말을 듣자, 길지는 겁이 더럭 났다. 그러나 먼저 확인한 뒤에 왕에게 보고를 올려야 했다. 공연히 아이가 꾸며 낸 일에 휘말려서 있지도 않은 일을 보고하면 큰 벌을 받을 게 뻔했다. 길지는 아이를 안아 올려 말에 태우며 말했다.

"가 보자."

복숭아꽃의 장례식을 마친 두룬 일행은 여우 굴로 돌아갔다. 두룬은 한참 동안 말없이 동굴 한쪽 구석에 웅크리고 누워 있었다. 그리고 죽은 사람처럼 깊고 깊은 잠을 잤다. 두룬은 저녁 햇살이 동굴 벽을 한 바퀴 휘돌아 비추고 사라진 다음에야 잠에서 깨어났다. 두룬은 멍하니 동굴 벽을 바라보고 있다가 자리에서 일어나더니, 짐 속에서 칠현금을 꺼내어 음악을 연주하며 노래를 부르기 시작했다.

내 어머니 복숭아꽃
꽃처럼 저물어 깊은 물로 돌아가셨네
큰 어머니인 물, 깊고 고요한 물
만물을 품고 계신 신성한 근원으로
이승에서는 다시 못 만나 뵐 터이니
내 가슴이 찢어져 쓰라리구나

내 가슴은 부서진 모래처럼 메마르고
얼어붙은 계곡처럼 비통하다

어이할꼬? 내가 금의 지혜를 가지고도
사랑하는 어머니를 지키지 못하였으니
내가 불의 힘을 가지고도
식어 가는 어머니 가슴을 데워 드리지 못하였으니

다시는 그처럼 큰 아름다움도
그처럼 큰 사랑도 만나지 못하리라

내가 힘 안에서 힘을 잃었구나
내가 지혜 안에서 지혜를 잃었구나

노래를 부르는 두룬의 눈에서 눈물이 하염없이 쏟아졌다. 노래
는 슬프고 아름다웠다. 둘러서 있던 길달도, 여우 인간들도, 신마
들도 울었다. 검은 그림자 신들도 몸을 뒤치며 슬픔을 표현했다.
여우들도 배를 바닥에 깔고 드러누워 나지막하게 으르렁댔다. 그
런데 느닷없이 동굴 입구 쪽에서 숨죽인 흐느낌 소리가 들려왔다.
두룬 일행은 놀라서 모두 입구 쪽을 바라보았다. 웬 까까머리 꼬
맹이와 남자 하나가 서서 울고 있었다.

"웬 놈들이냐?"

길달이 검을 빼어 들고 그들을 향해 달려가려고 했다. 두룬이
길달을 제지했다. 두룬은 도토리를 알아보고 자리에서 일어나 입
구로 다가갔다.

"너, 도토리 아니냐? 여길 어떻게 알았니? 그리고 이 사람은 누
구냐?"

도토리가 길지 뒤로 얼른 몸을 숨겼다. 친위대장 길지가 땅바닥
에 넙죽 엎드렸다.

"살려 주십시오. 죽을죄를 지었습니다. 저는 마하왕 폐하의 친
위대장 길지입니다."

"마하왕의 친위대장?"

"예, 오늘 폐하께서 두룬랑의 거처를 무슨 수를 쓰든 알아 오라
고 하시기에 시장통에 나가 수소문하던 중에 이 아이를 만났습니
다. 이 녀석 말이 랑을 몰래 따라왔다 하기에 혹시 거짓을 고하는

것이 아닌가 확인하기 위해 따라왔다가 랑의 노래를 듣고 그만 저도 모르게 눈물이 나서……."

두룬이 허리를 구부려 도토리와 눈을 맞추며 말했다.

"맹랑한 놈이로다. 나를 따라왔더란 말이냐? 그 먼 길을? 뛰어서?"

도토리가 겁이 사라졌는지 방긋 웃으며 대답했다.

"해해, 뛰는 건 자신 있어요. 때굴때굴 도토리처럼 굴러서……."

두룬이 길지에게 말했다.

"일어서시오. 마하왕께서 내 거처를 알아 오라 하셨다고 말하셨소?"

"예, 그렇습니다."

"무슨 연유로?"

"소인은 그것은 모릅니다."

"알겠소. 가서 왕께 전하시오. 부르시면 언제든 궁으로 가겠다고."

"잘 알겠습니다."

길지는 십 년 감수했다는 표정으로 동굴을 나갔다. 길달이 걱정스러운 표정으로 두룬에게 말했다.

"괜찮겠는가? 무슨 음모가 진행 중일지도 모르는데……."

"걱정 말게. 어머니께서 돌아가시기 전에 해 주신 말씀이 있네. 혜안을 가지신 분이었으니, 무엇인가 앞일을 내다보신 것이겠지."

“자네를 부르는 것인지 아니면 자객을 보내려는 것인지 어찌 아
는가?”

“자네와 내가 인간 세상의 자객을 무서워할 정도로 신통찮은
존재인가? 걱정 말게.”

15

두두리 도깨비

친위대장 길지는 도토리를 태우고 전속력으로 말을 달렸다. 중간에 도토리를 내려 주고는 다시 전속력으로 달려서 궁으로 돌아갔다. 이미 상당히 늦은 시간이었으나, 왕의 특명을 받은 터이므로 당장 마하왕을 찾아가 아뢰었다.

"폐하, 알아냈습니다."

왕이 반색하며 물었다.

"두룬의 은신처를 알아내었다고?"

"예."

"어디더냐?"

"신원림 깊은 곳에 있는 어떤 여우 굴이었습니다."

"여우 굴?"

"예. 들어가는 입구는 좁은데, 안으로 들어가니 아주 넓고 신비한 동굴이 있었습니다. 두룬랑께서는 어머니를 잃은 슬픔을 노래로 만들어 부르고 계셨는데 어찌나 아름답고 신비하던지……."

"노래를 부르더냐?"

"예, 사로국에서는 보지 못한 악기에 맞추어 노래를 부르셨습니다."

"오호, 그 애가 알려진 것보다도 재주가 더 많은 것이로구나."

"그 노래가 예사 노래가 아니었습니다. 듣는 사람의 심장을 다 녹여 버리는 노래였습니다. 너무나 슬픈 노래여서 저도 모르게 울다가 그만 들켰습니다. 그저 장소만 알아보고 오려던 것이……."

"그래서?"

"폐하께서 부르시면 언제라도 오겠다고 하셨습니다."

"오냐, 알았다. 그만 물러가거라."

길지는 물러갈 생각을 하지 않고 꾸물대고 있었다.

"뭣하는 거냐? 그만 물러가라 하지 않았더냐?"

"두룬랑의 은신처를 제게 알려 준 꼬마의 말에 따르면, 두룬랑은 황금 지팡이를 가지고 못 만들어 내는 것이 없다고 하십니다. 게다가 같이 다니는 무리 중 한 사람이 손에서 마음대로 불을 끄집어내는 것도 보았다고 합니다. 수하가 그런 재주를 가지고 있다

면, 두룬랑은 더 말할 나위도 없겠지요. 진작에 불의 비법을 익히
셨다는 소문도 있고……. 랑은 정체를 알 수 없는 시커먼 그림자
들과 또 머리가 여우인 반인반수들하고 같이 계셨습니다. 게다가
사람을 호리는 노래까지 부르는 것을 보면……. 소인은 아무래도
불길하옵니다.”

“알겠다. 깊이 생각해 보겠다.”

마하왕은 생각에 잠겨 방 안을 이리저리 거닐었다. 두룬을 끌어
들이겠다는 것이 과연 현명한 생각일까 고민했다. 두룬은 인간도
아니고 신도 아니다. 이른바 영윤이다. 그런 존재들이 왕왕 사악하
다고 알려져 있는 것을 왕은 잘 알고 있었다. 더군다나 두룬은 마
룬왕의 소생으로 세간에 알려져 있다. 두룬을 끌어들이는 것은
사자 새끼를 끌어들이는 일인지도 모른다. 그러나 생각할수록 마
하왕은 두룬의 재주가 탐이 났다. 소문으로 들리는 재주가 어느
정도까지 사실인지는 알 수 없지만, 어쨌든 적어도 보통 인간 이상
의 재주를 가진 것만은 틀림없는 것 같았다. 그런 뛰어난 재사를
곁에 둘 수만 있다면, 왕실이 보다 튼튼해질 수 있을 것이다.

왕은 밤새 이 생각 저 생각 하느라 잠을 이루지 못했다. 이렇게
생각하면 귀족들의 말이 맞는 것 같고, 저렇게 생각하면 귀족들
이 자기를 함정에 몰아넣는다는 생각이 들기도 했다. 왕은 일단
모험을 해 보기로 결정했다.

‘만나 보고 결정하자. 그 아이가 조화를 부릴 것에 대비하여 덕

이 높은 승려 하나를 대동하고, 접견실에 용맹한 군사들을 배치해 놓고 만나 보도록 하자. 참람한 짓을 하면, 그 자리에서 잡아 목을 베어 버리리라. 그래, 그렇게 하자.'

사흘 정도 뒤에 왕은 길지를 다시 불렀다.

"두룬을 다시 찾아가거라. 가서 내일 오후에 궁으로 오라고 하여라. 그리고 오는 길에 신원사에 들러 주지 스님이신 원덕 스님께 내일 오전 중으로 입궁하시라고 전하여라."

"예, 분부대로 시행하겠습니다."

다음 날 아침 일찍 원덕이 왕을 찾아왔다. 왕이 원덕을 가까이 불러 말했다.

"두룬에 대해 들어 보셨소?"

"예, 당연하지요. 사로국이 요즘 온통 두룬의 얘기로 시끌벅적한걸요."

"그 아이를 본 적이 있소?"

"어린 시절에 한 번 먼발치에서 본 적이 있습니다. 눈에 띄게 아름다운 아이더군요."

"성정이 어떠한 것 같더이까? 대사께서는 덕이 높으시니 잘 알 것 아니오?"

"뛰어난 천품을 가진 아이처럼 보였습니다. 그러나 그 천품이 어떠한 성질의 것인지 소승으로서는 간파하기 힘듭니다. 그 어미

     연금술사의 탄생

가 신녀이고 또 아비는 죽은 마룬왕의 영혼이라 하니 소승의 지혜가 미치지 못하는 영역에 속한 아이가 아니겠습니까? 혹여 가까이 얼굴과 얼굴을 마주하고 본다면, 제가 그 심중을 들여다볼 수 있을지도 모르겠습니다만……"

"실은 오늘 그 아이를 궁으로 불렀습니다. 소문에 따르면 신출 귀몰하는 재주가 있다 하니, 내 옆에 있으면서 요상한 조화를 부리지 못하도록 막아 주시고, 또한 그 아이가 어떤 성정의 소유자인지 나에게 말해 주시오."

"부처님의 법력을 빌려 그리하도록 하겠습니다."

왕은 원덕에게 잠시 기다리라고 한 뒤, 친위대장 길지를 불러 접견실 장막 뒤에 정예 부대를 배치하라고 일렀다. 그렇게 하고 나서 왕은 초조하게 두룬이 찾아오기를 기다렸다. 정오가 조금 지난 시각에 시종이 들어와 두룬의 도착을 알렸다. 왕은 원덕에게 다짐을 하듯 고개를 한 번 끄덕여 보이고는 시종에게 말했다.

"들라 하라."

늦은 가을 햇살을 받으며 늘씬한 젊은이가 모습을 나타냈다. 두룬의 얼굴은 맑고 아름다웠다. 복숭아꽃을 떠나보낸 지 얼마 되지 않아서인지 얼굴에는 슬픔의 그늘이 드리워져 있었다. 왕은 두룬의 얼굴을 보는 순간, 귀족들이 말했던 모든 이야기가 거짓일지도 모른다는 생각이 들었다. 두룬의 얼굴 어디에도 사특한 마녀와 귀신의 소생인 괴물, 사악한 술사 같은 구석은 없었다. 그러나 왕은 긴장을 풀지 않았다. 외형의 아름다움이 때로 얼마나 기만적인지 알고 있었기 때문이다. 두룬은 유연한 몸짓으로 왕에게 깍듯이 예를 표했다. 왕이 두룬에게 말했다.

"네가 두룬이냐?"

"예."

"얼마 전에 어머니를 여의었다면서?"

"예."

"장례는 잘 치러 드렸느냐?"

"예. 유언에 따라 화장한 뒤, 신원사 옆의 심거에 유해를 뿌렸습니다."

두룬의 목소리가 가늘게 떨렸다.

"내가 오늘 너를 부른 것은 사로국 안에 너를 둘러싼 온갖 해괴한 소문들이 돌아다니고 있어서, 과연 어떤 인물이기에 이토록 시끄러운가 한번 알아보기 위해서이다. 너는 네가 누구라고 생각하느냐?"

두룬은 예상외의 질문에 잠시 당황했다. 그러나 조금 뒤에 두룬은 차분한 어조로 대답했다.

"지혜를 구하는 자입니다."

왕과 원덕이 놀란 눈으로 서로 마주 보았다. 왕이 물었다.

"지혜를 구하는 자라?"

"예."

"너는 왕의 아들이 아니냐?"

"아닙니다. 저는 생전의 마룬왕이 아니라 돌아가신 마룬왕의 아들입니다. 마룬왕께서 이미 이승의 인연을 모두 끊으신 뒤, 이승의 인연과는 다른 인연을 어머니와 맺으시어 저를 잉태하셨기 때문에, 저는 왕의 아들이 아닙니다."

"하면 왕권에는 관심이 없다?"

"전혀 없습니다."

"왕은 세상에서 가장 으뜸가는 자이다. 세상 사람이면 누구나 다 왕의 자리를 부러워한다. 물론 출가한 스님들의 경우는 다르지. 그런데 너는 불도를 닦는 사문(沙門)도 아니지 않으냐? 네가 왕권에 관심이 없다는 말을 곧이들을 사람이 얼마나 될까?"

"외람되오나, 저는 왕권보다 더 높은 권력을 꿈꾸는 자입니다. 왕권 정도로는 제 야심이 충족되지 않습니다."

왕과 원덕은 다시 한 번 더 얼굴을 마주 보았다. 원덕이 매우 흥미롭다는 듯이 물었다.

"왕권보다 더 높은 권력이라 함은?"

"대우주의 신성한 지혜를 말합니다. 저는 세속의 권력에는 아무 관심이 없습니다. 제 야심은 대우주의 지혜에 온전히 통합되는 것입니다. 지혜를 구하는 일만이 저를 충족시킵니다. 대사님은 왕의 자리가 부러우십니까?"

원덕이 난감하다는 듯, 헛기침을 음, 음, 하고 내뱉었다. 두룬이 말을 이었다.

"저는 다다라 마을에서 두두리 연금술 비의에 입문했습니다. 그 입문 과정에서 입문자는 일곱 개의 별을 통과해야 하는데, 가장 어려운 과정이 태양을 통과하는 것이었습니다. 태양에서 입문자는 자신의 힘과 영광이라는 시험에 던져집니다. 그곳에서는 달콤한 목소리가 '당신은 사자입니다.'라고 말하며 금으로 된 왕관을 내밉니다. 입문자는 왕관을 손으로 쳐서 떨어뜨려야 합니다. 만일 왕관을 받아 쓰면 입문에 실패하게 됩니다. 지혜를 세속의 권력에 굴종시킨 것이니까요. 저는 왕관을 떨어뜨리고 앞으로 앞으로 달렸습니다. 그것은 세속의 권력과 영광을 지나 더 높은 단계로 나아가는 것을 의미합니다. 제 영혼은 이미 너무나 건방져져서 왕의 자리 정도로는 만족할 수 없습니다."

왕은 감탄의 눈길로 두룬을 바라보며 생각했다.

'허어, 맹랑한 놈이로다. 사자 새끼는 사자 새끼로군. 그러나 전혀 위험하지 않은 사자 새끼로다.'

왕이 말했다.

"지금은 네가 젊고 순수하니, 그런 지혜의 열정을 간직할 수 있겠지. 그러나 그 열정이 과연 나이 든 다음에도 유지될 수 있을까?"

"변할 수 있는 자와 그렇지 못한 자가 있습니다. 저는 변하지 못합니다. 어머니께서 제 영혼을 독수리처럼 움켜쥐고 계시거든요."

     연금술사의 탄생

"그건 무슨 말인고?"

"제 영혼 깊은 곳에 어머니가 시퍼렇게 살아 계십니다. 신녀이신 어머니께서는 제가 아주 어릴 때부터 제 영혼의 깊은 곳에 당신의 갈고리를 박아 두셨습니다. 어머니의 말씀을 어기면 그 갈고리가 제 영혼을 마구 끌어당깁니다. 도망갈 수가 없습니다."

"허허, 재미있는 비유로다."

두룬은 잠시 망설이더니 덧붙여 말했다.

"그리고…… 어머니의 유언이 있었습니다. 왕께서 손을 내미시면 잡아 드리라고."

"어머니께서?"

"예."

"그러나 나의 명으로 신원시가 파괴되었고, 그 때문에 네 어미가 슬픔에 잠기지 않았더냐?"

"어머니께서는 미움은 미움으로 갚을 수 없다고, 미움은 사랑으로만 이겨 내는 것이라고 하셨습니다. 신원사 건립에 대해서도 신원시가 부서진 것은 비통한 일이나, 그렇다고 해서 불교 사찰 건립을 비난할 수는 없다고 하셨습니다. 종교 자체가 문제가 아니라, 그것을 앞세워 제 욕심을 챙기는 인간들이 문제라는 말씀도 하셨습니다."

왕의 눈빛이 깊어졌다. 왕은 한참 동안 두룬을 바라보았다. 그러다가 불쑥 물었다.

"네 나이가 몇이냐?"

"곧 스무 살이 됩니다."

"갓 스물이라…… 그런데도 지혜는 이백 살 먹은 노인 같구나. 남자 나이 스물이면 세상을 향해 나아갈 나이지. 오늘은 이만 되었다. 물러가거라. 내가 다시 부르마."

두룬이 물러간 뒤, 왕은 길지를 불러 병사들을 전부 물러가게 했다. 왕은 고위 승려를 대동하고 병사들에게 에워싸여 두룬을 맞이한 자신이 부끄러웠다. 왕은 속내를 숨기고 원덕에게 물었다.

"대사가 보시기에는 어떠하오?"

"맑습니다. 맑고 맑아서 숨김이 전혀 없습니다. 영혼 밑바닥까지 투명합니다."

"그렇더이까? 혹 술법이 너무 뛰어나 사람을 미혹시킨 것은 아닐까요?"

"소승이 아는 바에 따르면 악한 술법은 그런 정도로까지 투명함을 가장하지는 못합니다. 어느 순간에든 그림자를 드러내지요. 저 아이가 하는 모든 말은 진실합니다. 소승이 보기에는 그렇습니다."

"알겠소. 실은 나도 그리 생각했소이다."

"오히려 가까이 두고 쓰시면 좋겠다는 생각을 했습니다. 폐하께 큰 도움이 될 듯합니다."

연금술사의 탄생

“흐음.”

왕은 속내를 드러내지 않았다. 왕은 원덕에게 묻기 전에도 실은 이미 마음을 굳히고 있었다. 그 정도로 뛰어난 능력에, 투명한 영혼, 게다가 권력욕이 없는 인재를 얻기는 쉽지 않았다. 왕은 두룬을 데려다 쓸 생각이었다. 그러나 공연히 미리 마음을 드러냈다가는 귀족들의 방해 때문에 일만 복잡해질 것이다. 왕은 조용히 있다가 전격적으로 두룬을 발탁할 생각이었다.

왕이 두룬을 접견했다는 소식을 듣고 귀족들은 안절부절못했다. 그날 왕과 두룬이 나누었던 대화는 시시콜콜 말 한마디 한마디까지 전부 귀족들에게 보고되었다.

“대체 왕은 무슨 생각을 하고 있는 거야?”

“뭐? 왕이 손을 내밀면 손을 잡아 주라고? 요망한 계집 같으니. 살아서도 골칫거리더니 죽어서까지 괴롭히는군. 왕은 두룬의 번듯한 외모와 번드르르한 말솜씨에 혹한 거야.”

“뭐? 세속의 권력에 관심이 없다고? 그 말을 누가 믿어?”

도업은 다시 왕비를 찾아가 겁을 잔뜩 주었다. 왕비는 즉시 왕을 찾아가 두룬의 말을 꺼냈다. 왕은 불같이 화를 냈다.

“시끄럽소! 왜 왕비가 내가 하는 일에 일일이 간섭하고 나서는 거요! 제발 귀족들 얘기에 귀 빠뜨리는 일은 그만두시오! 대체 이 나라 왕이 누구요?”

왕은 두룬을 다시 궁으로 불렀다. 그리고 두룬을 전격적으로 집사로 임명했다. 집사는 왕실의 업무를 총괄하고 왕을 지근거리에서 보좌하는 매우 중요한 직책이었다. 더군다나 재정을 맡아보는 일이기 때문에 많은 귀족이 침을 흘리는 자리이기도 했다. 두룬은 다다라 마을에서 함께 온 동료들에게 작별 인사를 한 뒤 입궁하겠다고 말하고 물러갔다.

다음 날 새벽, 두룬은 길달에게 산책이나 하자고 말했다. 숲에는 벌써 가을이 완연했다. 새벽안개가 뽀얗게 사방에서 올라왔다. 안개는 마치 어머니 자연의 부드러운 손길처럼 두 사람을 쓰다듬듯이 가까이까지 다가왔다. 새벽 일찍 깨어난 숲의 정령들은 이슬을 가지고 구슬 놀이를 하느라고 바빴다. 그들은 친구들에게 이슬 구슬을 뿌려 대면서 까르륵까르륵 웃어 댔다. 머리카락이 온통 친구들이 던진 이슬 구슬로 뒤덮여 있는 어린 녀석도 있었다. 부드러운 안개를 가르며 새들이 날아올랐다. 안개 사이로 보이는 온갖 아름다운 색채들로 반짝이는 나뭇잎들이 더욱 신비해 보였다. 나무들 사이에서 라 덩굴은 희디흰 구름처럼 넘실넘실 흔들렸다. 두룬과 길달은 숲의 아름다움에 취해 말없이 걸었다.

길달이 먼저 입을 열었다.

"어제 궁에 다녀온 일은 어찌 되었는가? 궁금했지만, 자네가 말해 줄 때까지 기다리는 것이 나을 듯싶어서……. 왕이 두 번째 부

연금술사의 탄생

르신 것이니 필히 중요한 일이 있었을 것 같네만……"

"응, 그러지 않아도 그 일로 상의를 좀 하고 싶어서……"

"그래, 왕이 뭐라시던가?"

두룬이 잠시 침묵을 지켰다. 그리고 천천히 입을 열었다.

"왕께서 집사 벼슬을 내리셨네."

"집사라……. 그게 어떤 직책인가?"

"왕실 업무를 총괄하는 일이라네. 특히 재정을 맡아서 왕을 지근거리에서 보좌하는 일이라고 하더군."

"자네 능력이면 충분히 해낼 수 있지. 그런데 연금 수련은 이제 그만둘 텐가? 물론 두두리 칭호까지 땄으니 최고의 연금술사가 된 것이지만. 그러나 자네는 다다라 마을로 돌아가 공부를 더하고 싶다고 하지 않았었나? 아직도 배워야 할 것이 끝도 없다고……"

"그랬지."

"그런데 마음이 바뀌었나? 갑자기 세속의 일에 야심이라도 생긴 거야?"

"그건 아닐세. 나는 죽는 날까지 지혜를 구할 것이네. 그러나……"

"그러나?"

"자네에게는 말하지 않았지만, 어머니의 유언이 있었네. 마하왕을 도와 드리라는……"

“왕을 돕는다고? 왜 하필 자네가? 왕의 곁에는 권력을 탐하는 자들이 득실득실할 것 아닌가. 더군다나 재정을 맡아보는 일이라면 너나없이 덤빌 텐데…….”

“바로 그 점이 문제일세. 왕은 권력을 탐하는 자들에게 둘러싸여 불안해하는 것 같았어. 아무도 믿지 못하는 거지. 내가 처음에 궁에 갔던 날도 장막 뒤에 일개 부대가 진을 치고 있더군. 왕이 민망해할까 봐 안다는 내색은 하지 않았네만. 그리고 귀족들과 심각한 갈등 관계가 지속되고 있는 것 같았네. 내 아버지 마룬왕께서도 그 갈등에 희생되었다는 소문이 파다하네. 그 사실이 증명된 것은 아니네만.”

“그래서 왕을 도와서 왕권을 반석 위에 올려놓겠다고?”

“그렇게까지 구체적으로 생각하고 있는 것은 아니네. 다만 나는 내 어머니의 혜안을 믿을 뿐이네. 내가 이 일을 피하고 도망칠 경우, 또 하나의 비극이 잉태될 것이라고 생각하셨는지도 모르지. 마하왕에게는 내 도움이 필요해 보이네.”

“알아서 하시게. 자네는 지혜로운 두두리 아닌가. 나야 가도 가도 원하는 목표에 도달하지 못하는 딱한 운명이고.”

길달이 퉁명스럽게 툭 내뱉었다. 두룬은 순간 당황했다. 무엇인가가 미세하게 금이 가는 듯한 느낌이 전해 왔다. 두룬은 그 자리에 우뚝 섰다.

“여기까지 나를 따라왔는데, 독자적인 일을 추구할 생각은 하

　　　　연금술사의 탄생

지 않고 왕실로 들어간다고 하니 자네가 화가 날 만도 하지. 이해하네. 궁에 들어가도 자주 자네들을 만나러 오겠네. 우리에게는 인간들과 달리 긴 시간이 있지 않은가. 천천히 모색하세.”

길달이 자신이 지나쳤다 싶었는지 멋쩍게 웃으며 얼버무렸다.

“내가 지나쳤네. 용서하게. 이따금 짓눌러 두었던 어두운 영이 제멋대로 튀어나와서……. 그게 내 한계일세.”

“누구나 그렇지 않은가. 모두가 자신의 어둠의 포로가 아닌가. 마음 쓰지 말게.”

두룬은 궁으로 들어갔다. 그리고 주어진 일을 성실하게 수행해 나갔다. 왕은 크게 만족했다. 귀족들은 속이 부글부글 끓었지만, 대놓고 불평을 말하지는 못했다. 그러나 곳곳에 첩자를 심어 두룬을 하루 종일 감시했다. 두룬은 여간해서 틈을 보이지 않았다. 도업은 시시때때로 첩자들의 보고를 받았지만, 한결같이 두룬이 흠잡을 데 없이 업무를 수행하고 있다는 소식뿐이었다. 두룬이 집사 일을 수행한 뒤로 왕실의 재정은 눈에 띄게 튼튼해졌다. 그 사이 재정 담당관들이 이리저리 돈을 빼돌리는 일이 불가능해졌기 때문이었다. 왕은 매일 저녁 두룬을 독대하여 보고를 받았다. 왕은 볼수록 신통한 녀석이라고 생각했다. 왕은 왕비 앞에서도 여러 차례 두룬을 칭찬했다. 왕비는 날이 갈수록 마음이 불안해졌다. 두룬과 세 살밖에 차이가 나지 않는데도, 두룬에 비하면 왕자는 아직도 아기 티를 못 벗은 어린아이 같았기 때문이다.

두룬은 일을 완전히 익힐 때까지 일절 궁 밖으로 나가지 않았다. 두룬의 방에는 밤늦게까지 불이 켜져 있었다. 그렇게 달포쯤 일에 몰두하던 두룬은 어느 날 밤 훌쩍 월성 담을 넘었다. 보름달이 환한 밤이었다. 파수를 보던 병사는 날렵한 젊은 사내 하나가 그 높은 담을 쉽사리 훌쩍 뛰어넘어 북쪽으로 날아가는 것을 보았다. 신원림이 있는 쪽이었다. 진작에 도업에게 매수당한 그 병사는 득달같이 도업의 집으로 달려갔다. 막 잠자리에 들려고 하던 도업은 웬 병사 하나가 와서 두룬의 일로 뵙기를 청한다고 하는 하인의 말을 듣고서 급히 병사를 맞아들였다. 한몫 챙길 생각에 신이 난 병사는 들뜬 목소리로 말했다.

"아까 참에, 그러니까 나리 댁에 오기 직전에 웬 놈이 월성 담을 뛰어넘더니 신원림이 있는 북쪽으로 날아갔습니다요. 하도 움직임이 빨라서 두룬이라는 것을 확인하지는 못했습니다만, 두룬이 아니면 누가 그렇게 담을 넘을 수 있으며, 하늘을 날 수 있겠습니까요."

도업의 얼굴이 기쁨으로 환해졌다.

"옳거니, 놈이 드디어 본색을 드러냈구나. 알았다. 앞으로도 잘 감시하고 있다가 무슨 일이 있거든 즉각 보고하도록 해라. 알겠느냐?"

"예, 알겠습니다요."

 연금술사의 탄생

"옜다, 수고했다."

도업은 묵직한 엽전 꾸러미를 던져 주었다. 병사는 신이 나서 몇 번씩이나 굽신굽신하며 머리를 조아린 뒤 물러 나왔다.

도업은 상기된 표정으로 청지기를 불러 지시를 내렸다.

"애들 중에서 칼 잘 쓰는 놈들로 열댓 놈만 불러 모아라. 단단히 무장하고 나오라고 해라. 그리고 말을 준비하고."

"아, 예, 나리. 즉각 시행합지요."

도업은 급히 아내를 불러 무술 연습을 할 때 자기가 입는 옷과 검을 내오라고 지시했다. 아내의 눈이 화등잔만 해졌다.

"무슨 일이에요? 무슨 난리가 났나요?"

"당신은 알 거 없소. 옷과 무기나 내오시오."

도업은 가볍게 차려입은 뒤, 초겨울의 한기를 피하기 위해 검은 담비 털로 만든 옷을 위에 걸치고, 검을 허리에 찼다. 마당으로 내려가니 이미 무사들 열댓 명이 줄지어 서 있었다. 무사들은 도업이 직접 무장하고 나온 것을 보고 놀란 표정을 지었다. 도업이 상기된 음성으로 말했다.

"두룬이라는 놈이 드디어 본색을 드러냈다. 놈이 월성 담을 뛰어넘어 신원림 쪽으로 날아갔다고 한다. 오늘은 숨어서 놈을 현장에서 확인만 하면 된다. 왕께 고하려면 확실한 증거가 필요하니까, 놈이 사술을 부리는 것만 분명히 보아 두면 된다. 쓸데없이 나서서 말썽 부리는 일이 없도록 하라."

도업이 말에 오르자, 무사들도 말에 올라탔다. 그들은 신원림을 향해 달렸다. 도업의 집에서 가까운 곳에 있는 월성에서 직선 거리로 가면 훨씬 더 가깝지만, 가운데에 심거가 가로놓여 있어서 그쪽으로는 갈 수가 없었다. 그래서 신원사 뒤로 돌아서 신원림에 접근해야 했다. 도업은 날아서 간 두룬을 따라잡기 위해 서둘러 전속력으로 달렸다.

두룬은 금 공방 훈련을 끝내고 현자의 공방 훈련으로 넘어가기 전에 약 100일간 무술 훈련을 따로 받았다. 무술 훈련 과목은 연금술 수련과는 별도의 과목이었는데, 서부루 촌장은 두룬에게 그 과목을 공부하기를 권했다. 연금술사는 자신을 방어할 줄 알아야 한다고 했다. 연금술사들의 기술이 부를 창출해 내기 때문에 그 비밀을 알아내려는 자들의 사냥감이 되고는 했다. 잡혀간 연금술사들은 끔찍한 고문을 당하다가 죽는 경우도 가끔 있었다.

서부루 촌장은 두룬의 훈련을 길달에게 맡겼다. 그제야 두룬은 길달이 전에 "내가 잘하는 건 따로 있지."라고 했던 말의 의미를 이해하게 되었다. 길달은 영적 천품이 필요한 연금술 수련에는 능력의 한계를 드러냈지만, 몸의 능력이 무엇보다 필요한 무술에 있어서만은 다다라 마을 최고의 고수였다. 길달은 자신의 무술 실력에 감탄을 금치 못하는 두룬을 보고 웃으며 말했다.

"내가 말하지 않았나? 자네는 위쪽으로 늘어난 인간이고 나는

     연금술사의 탄생

아래쪽으로 늘어난 인간이라고······.”

길달의 몸은 여우인 어머니를 닮아 날렵했다. 게다가 길달은 상처를 입어도 다른 사람들보다 훨씬 더 빨리 치유되는 자연 치유 능력을 가지고 있었다. 길달은 소매를 걷어서 자신의 팔뚝을 보여 주었다. 온통 가늘고 긴 상처투성이였다. 두룬이 놀라서 물었다.

“이게 모두 칼자국인가?”

길달은 그렇다고 대답하면서 자랑스럽게 덧붙였다.

“다른 사람들보다 나는 죽이기가 더 어렵다네. 몸뚱이에서 목이 떨어지기 전에는 어지간한 상처는 다 아물거든.”

두룬은 그 말을 듣고 얼굴을 찡그렸다.

“별 흉한 소리를 다 하는군.”

두룬은 하늘을 나는 법과 검을 쓰는 법 그리고 불의 비법으로 공격하는 법 등을 익혔다. 그것은 살생이 아니라 방어가 목적이었다. 길달은 두룬이 무술에서도 평균 이상은 된다고 말했다. 두룬이 무술을 배우기 시작한 지 석 달쯤 되었을 때, 길달은 그만하면 충분히 자신을 방어할 수 있을 것이라고 생각했다. 그래서 남은 기간 동안 두룬에게 좀 더 공격적인 검법을 가르쳐 주고 싶어 했지만, 두룬은 배우려 들지 않았다.

두 사람은 남은 기간 동안 매일 불꽃놀이를 하며 놀았다. 두 사람이 자유자재로 불꽃을 만들어 내어 하늘로 쏘아 올려 보내고, 서로 엉기게 하고, 부딪치게 만들어 온갖 화려한 불꽃무늬를 만들어 내는 광경은 무척 아름다웠다. 불꽃은 때로는 장막 모양으로 하늘을 휘돌며 흔들리기도 하고, 분수처럼 쏟아져 내리기도 하고, 꽃 모양으로 활짝 펴지기도 했다. 두 사람이 일과를 끝내고 밤하늘을 배경으로 불꽃놀이를 시작하면 다다라 마을 사람들이 모두 모여 구경했다.

불은 두 사람이 몸에서 끄집어내는 온도에 따라 주황색, 분홍색, 보라색, 노란색, 빨간색, 파란색 등 여러 색깔을 띠었다. 사람들은 불꽃놀이를 보면서 무척 행복해했다. 아니가 서부루에게 물었다.

"언제까지 저러고 놀게 하실 거예요?"

서부루는 웃으며 대답했다.

"잠깐 동안인데 내버려 두렴. 그사이 힘든 훈련을 받느라 지쳤을 테고, 또 곧 힘든 훈련이 시작될 텐데 좀 쉬어야 하지 않겠니? 그사이에 너는 두룬에게 뒤처진 진도를 따라잡으면 되겠구나. 불이 얼마나 미묘한 물질인지 보렴. 사물을 파괴할 때에는 그처럼 사납고 악마적인데, 저처럼 놀이에 쓰일 때는 천사의 날개 가루 같구나. 두 사람의 우정이 참으로 아름답지 않으냐. 저 둘이 하늘에 그려 보이는 것은 우정의 연금술이라 부를 만하다."

그 말을 들은 아니의 얼굴이 질투로 샐쭉해지는 것을 보고 서부루는 속으로 웃었다. 두룬에 대한 아니의 마음을 진작부터 눈치채고 있었기 때문이다.

     연금술사의 탄생

두룬은 보름달이 뜬 밤하늘을 날았다. 길달로부터 비행술을 배우던 때가 생각났다. 어지간히 넘어지고 땅에 처박히곤 했다. 길달은 그럴 때마다 소리치곤 했다.

"네 안에 있는 인간을 죽여! 짐승이 되란 말이야! 생각을 하지 마! 생각을 지워야 네 안의 짐승이 살아난다고! 네 안의 짐승이 혼자 움직이게 하란 말이야!"

처음으로 날던 날의 환희가 생각났다. 두룬은 그 자유로움이 너무나 신비해서 멀미가 날 지경이었다. 생각은 지워지고, 몸이 스스로 바람의 흐름 위에 나뭇잎처럼 가볍게 얹힌 듯싶더니 무한한 자유가 느껴졌다. 그러나 곧 균형을 잃고 땅에 거꾸로 처박혔다.

두룬은 심거를 지나 곧 신원림 깊숙이 들어갔다. 두룬은 여우굴이 눈 아래 보이자, 서서히 고도를 낮추어 아래로 내려갔다. 안에서 화톳불을 피우고 있는지 동굴 구멍으로 불빛이 새어 나왔다. 두룬은 동굴 구멍을 통해 아래로 내려갔다. 두룬을 알아본 길달이 벌떡 일어나 외쳤다.

"두룬, 자네인가? 정말 오랜만이군."

두룬은 환하게 웃으며 땅으로 내려섰다.

"잘 지냈나?"

두 사람은 기쁘게 얼싸안았다. 길달이 들뜬 목소리로 말했다.

"난 자네가 우리를 버린 줄 알았네. 어떻게 달포씩이나 연락조차 안 할 수 있나그래?"

"일을 배우느라 정신이 없었어. 공연히 트집이라도 잡히면 폐하께 누가 되지 않겠나. 안 그래도 사방에 나를 잡아먹지 못해서 안달인 적들 천지니 말일세."

"그래, 일은 할 만해?"

"재미없지, 뭐. 그래도 왕이 기뻐하시니 나도 기쁘네."

길달이 두룬의 가슴팍을 툭툭 치며 말했다.

"잘 해낼 줄 알았어."

두룬은 동굴 안을 돌아보았다. 그러다가 맨머리를 한 도토리를 보았다.

"어쭈구리, 이놈 봐라. 너 언제부터 여기 있었니?"

길달이 거들고 나섰다.

"어느 날 또 동굴로 기어 들어와서는 기어이 안 가겠다는 거야. 우리가 좋다네."

도토리가 해해 웃으면서 말했다.

"저는 갈 데도 없거든요. 울 엄마, 아부지는 산적들에게 잡혀 죽었어요. 세상천지에 저 혼자인걸요. 그리고 이젠 그림자 귀신 아저씨들이랑……."

지웅의 그림자가 그 말을 듣고 꽥 소리를 질렀다.

"저놈이 또 귀신이래. 귀신이 아니라 신이라고 했잖아. 우리는 귀신하고는 엄연히 다른 존재다, 이놈아."

"쳇, 귀신이나 신이나 뭐 그게 그거지. 암튼 그림자 신 아저씨들이랑 여우 인간 아저씨들이 하나도 안 무서워요. 다 저처럼 불쌍해요. 갈 곳도 없고……."

길달이 도토리를 옆으로 끌어당기며 말했다.

"가엾지 않은가. 그래서 데리고 있기로 했네."

"잘했네. 그런데 날이 추워지는데 언제까지 여기서 지낼 수는 없지 않은가?"

"그러게 말일세. 우리야 반은 여우니까 별 문제 없지만, 이 도토리 녀석 때문에 안 그래도 여기다 집을 지을까 생각 중이었네. 마침 샘물도 있고 하니, 저 입구만 허물어 내고 이곳에 집을 들이면 될 것 같네."

"그렇게 하세. 내일부터 집을 짓도록 하지. 나도 거들겠네."

여우 인간 하나가 웅웅대는 목소리로 말했다.

"집 짓는 거야 일도 아니지. 하룻밤이면 뚝딱이지. 진작 좀 짓지. 그새 힘을 못 써서 몸이 근질근질했는데……."

두룬이 길달을 보며 말했다.

"밖에 달이 아주 밝아. 우리 전처럼 불꽃놀이나 할까?"

길달이 환하게 웃었다.

"그거 좋지."

도토리가 끼어들었다.

"불꽃놀이가 뭐예요?"

길달과 두룬이 약속이나 한 듯 똑같이 대답했다.

“우정의 연금술!”

도토리가 볼멘소리로 말했다.

“뭔 소린지 더 모르겠네.”

길달이 도토리를 옆구리에 끼고 날아올랐다.

“세상에서 가장 아름다운 거야. 이제 보여 주마.”

도엽과 무사들은 여우 굴 근처에 도착해서 풀숲에 몸을 숨겼다. 도엽은 도토리를 데리고 여우 굴에 와 보았던 친위대장을 통해서 진작에 장소를 파악해 둔 터였다. 밤바람이 차가운 데다가 그 근처에 잔뜩 나 있는 가시나무 때문에 매복이 여간 고통스럽지 않았다. 도엽은 나지막한 소리로 다시 다짐을 두었다.

“찍소리 말고 숨어 있어라. 반드시 필요한 때가 아니면 무기를 빼어 들고 설칠 생각 하지 마라. 오늘은 증거를 확보하는 것이 목적이니까. 알았느냐?”

“예.”

무사들이 낮은 소리로 대답했다.

그들이 그렇게 숨어 있는 동안, 달이 중천에 떠올랐다. 달빛이 신성한 숲 위로 아름다운 빛의 폭포를 쏟아부었다. 갑자기 여우 굴 위쪽으로 그림자 여러 개가 날아오르는 것이 보였다. 병사들은 저도 모르게 일제히 무기에 손을 가져다 대었다. 도엽이 작은 소리로 속삭였다.

    연금술사의 탄생

"놈이다! 오냐, 잘 걸렸다, 이놈. 오늘 밤은 네놈의 정체를 기필코 확인하고 말리라."

그림자들은 여우 굴 앞에 있는 공터로 내려왔다. 무사들이 있는 곳에서 꽤 멀리 떨어져 있는 데다가 어둠이 사방에 가득 차 있어서 얼굴을 확인할 수는 없었다. 그림자들은 두런두런 이야기를 나누더니, 그중에서 두 개의 그림자가 허공으로 솟아올랐다. 무사들이 그 모습을 보고 흡, 하고 숨죽인 채 감탄사를 내뱉었다. 하늘로 날아오르다니.

그러나 그것은 그다음에 벌어진 일에 비하면 아무것도 아니었다. 조금 뒤에 그림자들의 두 손에서 불이 솟아나왔기 때문이다. 그리고 그 불들은 이 세상에서 가장 아름다운 그림을 밤하늘에 그려 내었다. 불길은 서로 부딪치기도 하고 서로 휘감기기도 하면서 때로는 싸우듯이 때로는 포옹하듯이 엉겼다 떨어졌다를 반복하면서 화려한 불꽃무늬를 그려 냈다. 그러더니 이윽고 불길이 형형색색의 불꽃이 되어 탁탁 터지면서 밤하늘을 수놓기 시작했다. 휘영청 밝은 달빛과 조화를 이룬 그 불꽃의 아름다움은 이 세상의 것처럼 느껴지지 않았다.

무사들은 아름다움에 놀라서 입을 헤벌린 채 그 광경을 바라보았다. 차가운 밤바람도, 몸을 찔러 대는 가시나무도 완전히 잊어버렸다. 도업도 얼굴을 잔뜩 찌푸리고는 있었지만 어지간히 놀란 눈치였다.

땅 위에 있던 조그만 그림자 하나가 폴짝폴짝 뛰면서 기쁨의 환호성을 꽥꽥 질러 댔다. 어린아이 목소리였다. 도엽이 중얼거렸다.

"뭐야 이건? 새끼 귀신인가?"

그렇게 한참 놀라운 광경을 연출해 낸 두 그림자는 이윽고 다시 땅으로 내려왔다. 그리고 함께 "하하하!" 하고 기쁘게 웃더니 다시 휙 하고 날아올라 동굴 저편으로 사라져 버렸다.

두룬과 길달의 '우정의 연금술'을 구경한 무사들의 입을 통해서 신원림 깊은 곳에서 연출된 불꽃놀이에 대한 소문이 삽시간에 나라 전체에 퍼졌다. 무사들은 두 눈으로 보고서도 믿기지 않는다는 듯이 몇 번씩이나 고개를 절레절레 흔들며 말했다.

"난 이 세상에 태어나 그렇게 아름다운 건 처음 봤어. 진짜 대단한 광경이었다니까. 손에서 불을 끄집어내는 것도 놀라운데, 불을 가지고 하늘에다가 상상도 할 수 없는 아름다운 그림을 그리더라니까. 무서운 불이 그런 조화를 부리다니 세상에, 원 세상에……."

그날 이후로 사람들은 신원림에 살고 있는 신비한 존재들을 '돗아비'라고 부르기 시작했다. '돗'은 불꽃을, '아비'는 '남자'를 의미하는 말이었다. '돗아비'는 '불꽃을 자유자재로 다루는 남자' 즉 '불의 지배자'라는 뜻이었다. 그들을 '돗가비'라고 부르는 사람들도 있었다. 그 말은 '돗'에 '둔갑하는 자'라는 뜻의 '갑이'가 합쳐진 말로, '불로 조화를 부리는 존재'라는 뜻이었다. 시간이 조금 지나자, 그들을 '도깨비'라고 부르는 사람들도 생겨났다. '도깨비'라고 부르기 시작한 사람들은 말했다.

"돗아비나 돗갑이보다 도깨비가 더 귀엽지 않아? 더 정감도 있고."

대부분의 사람들은 '도깨비'라는 이름을 더 좋아했다. 그렇게 해서 두두리 두룬과 두룬의 무리는 두두리 도깨비가 되었다.

16

뚝딱 도깨비

　도업은 마음이 착잡했다. 두룬 무리가 비술을 부리는 것은 확인했으나, 그것이 과연 사악한 흑마법인지는 확인하지 못했기 때문이다. 더군다나 밤이 너무 깊어서 비술을 부린 두 그림자 중 하나가 두룬인지도 확실치 않았다. 확실한 증인을 확보한답시고 아랫것들까지 끌고 갔으니 있지 않았던 일을 지어내어 우기기도 어렵게 된 형편이었다. 그림자들은 그저 재미있게 논 것뿐이었다. 그림자들이 부린 조화를 목격한 무사들은 충격으로 얼이 빠져 있었다. 불을 부리는 자들에 대한 공포에서 온 충격이 아니라, 불이 그려 낸 아름다움이 준 충격이었다. 감동이라는 것이 마음에서 흘러나오지 못하도록 마음 문을 꽁꽁 닫아 건 도업에게조차 그 아름다움은 상당한 충격이었다. 도업은 감동은 열등한 인간들이나 느끼는 너절한 감정이라고 생각하는 사람이었다.

도업은 마음을 드러내지 않기 위해 일부러 굳은 표정을 지어 보였다. 그리고 그림자들이 사라진 뒤 큰 소리로 말했다.

"과연 요망한 존재들이로다. 사람을 홀리기 위해 별 이상한 짓을 다 하는군. 자, 돌아가자. 이제 두룬이 못된 귀신들을 거느리고 사악한 짓거리를 벌이고 있다는 증거는 명명백백하게 확보되었다."

무사 하나가 몸에 붙은 가시를 털어 내며 말했다.

"하오나 나리, 저들은 그저 불을 가지고 재미나게 놀고 있었던 듯……."

도업이 불같이 화를 내며 말을 끊었다.

"닥쳐라! 그게 바로 못된 귀신들이 사람을 홀릴 때 쓰는 수법인 걸 모르느냐? 멍청한 놈 같으니라고!"

무사들은 도업의 말을 믿지 않았다. 도업이 두룬을 전부터 유난히 증오해 왔다는 것을 그들은 익히 알고 있었다. 그리고 그 이유가 도업의 인척인 왕비 소생 왕자의 왕위 계승을 확실하게 해 두기 위해서라는 것도 알고 있었다. 도업이 거등을 부추겨 마룬왕을 죽음으로 몰았다는 소문도 무사들은 알고 있었다. 그러나 도업의 잔인한 성품을 잘 알고 있는 터라 더는 아무 말도 하지 않았다. 공연히 중뿔나게 나서 봐야 득 될 것은 아무것도 없었다. 도업은

     연금술사의 탄생

자기 마음에 들지 않으면 병사건 백성이건 그 자리에서 목을 베어 버리는 사람이었다. 그런 일을 벌인다고 해서 진골에다가 왕비 가문인 도업에게 뭐라고 할 사람은 아무도 없었다.

도업은 다음 날 일찍 입궁해서 왕의 알현을 청했다. 밤새 잠을 설치는 바람에 그렇지 않아도 붉은 눈자위가 더욱 붉게 충혈되어 있었다. 도업은 눈이 뻑뻑한지 왕을 기다리면서 두 눈을 연신 비볐다.

왕이 밝은 얼굴로 접견실로 들어왔다. 그러나 왕의 얼굴에는 긴장하는 표정이 역력했다. 왕은 귀족들 중에서도 특히 도업을 경계했다. 도업은 잔뜩 움켜쥐고도 더 움켜쥐지 못해 안달이 나 있는 사람처럼 보였다. 늘 무슨 음모를 꾸미는 것 같은 인상을 풍겼다.

왕이 자리에 앉으며 물었다.

"아침부터 무슨 일이오?"

도업은 넙죽 절을 한 다음, 큰일이라는 것을 강조하기 위해 퉁방울만 한 눈을 이리저리 굴리며 말했다. 눈알 돌아가는 소리가 왕의 귀에까지 들리는 듯했다.

"폐하, 큰일 났습니다."

"큰일이라니, 무슨……."

"두룬이 어젯밤 월성 담을 넘어 신원림으로 날아가 귀신들과 어울리는 것을 보았습니다."

왕은 적이 놀랐다.

'두룬이 담을 넘어서 날아가? 이게 무슨 말인가? 두룬에게 나는 재주까지 있었던가? 그런데 마음을 잡는 것 같더니, 그건 눈속임이었던 것인가.'

왕의 머릿속에서 여러 가지 생각이 빠르게 스치고 지나갔다. 두룬이 이상한 짓을 하고 돌아다닌다는 것이 확인되면, 두룬을 전격적으로 기용한 왕 자신에게 모든 책임이 돌아올 것이었다. 그러면 귀족들은 그것을 빌미 삼아 또 치고 들어와 왕을 흔들어 댈 것이 분명했다.

"공연한 소문은 아니오? 집사를 둘러싸고 별의별 소문이 다 돈다는 것을 경도 알 것 아니오?"

도업이 눈알을 더 심하게 돌리며 대답했다.

"신도 그것이 걱정되어 소식을 들은 즉시 제가 부리는 병사 몇 명을 데리고 직접 신원림으로 가 보았습니다."

왕의 눈빛이 불안하게 흔들렸다.

"경이 직접 보았다?"

"예. 신뿐 아니고, 신이 거느리고 있는 무사 열다섯 명도 같이 보았습니다. 귀신들 한 떼거리와 어울리고 있더군요."

"어울려 무엇을 하더이까?"

"공중에 높이 떠올라 몸에서 끄집어낸 불로 요상한 장난질을 하였습니다. 사람을 홀리려는 짓거리지요."

"허허, 괴이한 일이로고. 왕궁 집사가 밤중에 월담을 하여 이상

    연금술사의 탄생

한 무리와 어울리며 요상한 짓을 하다니……."

도업은 왕의 얼굴에 근심 어린 표정이 떠오른 것을 보고, 바로 이때다, 하고 계속 밀어붙였다.

"오늘 밤에도 틀림없이 밤나들이를 할 것입니다. 군사를 붙여 감시하십시오. 단서를 잡는 즉시 잡아들여 극형으로 다스리셔야 합니다. 지엄한 왕실의 업무를 맡은 자가 사특한 무리와 어울리 며 풍속을 어지럽히다니, 이는 폐하와 왕국에 대한 반역 행위입니 다."

왕이 무거운 목소리로 대답했다.

"알겠소. 군사를 보내어 감시하라 이르겠소. 수고하셨소."

도업은 기쁜 마음으로 궁을 나왔다. 도업은 싱글벙글하며 생각 했다.

'두룬 이놈, 이번엔 꼼짝없이 잡혔다. 이번에야말로 반드시 처치 하고 말겠다. 네놈 때문에 내가 그사이 사는 게 불편해 죽을 지경 이었다. 이젠 되었다.'

왕은 친위대장 길지를 불러 군사 50명을 데리고 오늘 밤 두룬 을 단단히 감시하라고 지시했다. 그리고 무슨 이상한 기미가 보이 거든 즉시 보고하라고 일렀다.

두룬은 그날 밤에도 월성 담을 넘었다. 준비를 마치고 성문 앞 에서 기다리고 있던 군사들은 두룬이 하늘을 날아가는 것을 보고 기겁했다.

"귀신의 아들이 맞기는 맞군그래. 참, 별일을 다 보는군."

군사들은 두룬이 신원림을 향해 가는 것을 확인하고 급히 말을 달려 신원림으로 향했다. 그리고 어젯밤 도업의 무사들이 숨었던 장소에 매복했다.

두룬은 어젯밤에 한 약속대로 그날도 여우 굴에 찾아왔다. 그들은 한참 동안 이야기꽃을 피웠다. 길달이 불쑥 두룬에게 물었다.

"아니 생각은 안 나나?"

두룬이 멋쩍은 듯 웃으며 대답했다.

"왜 안 나겠나? 그리워 죽을 지경이네. 하지만 그사이 너무 정신이 없었네. 어머니가 돌아가신 뒤에 마음을 추스를 틈도 없이 낯선 곳에서 낯선 일을 해야 했으니…… 어머니께 불효했다는 죄책감 때문에 아니에 대한 그리움을 일부러 꾹꾹 눌러 두기도 했고. 그런데 요사이는 보고 싶어 미칠 지경이네. 조만간 한번 다녀올까 하네. 이곳에 집을 지어 놓고 나서, 폐하께 말미를 얻을 생각이야."

"이번에 가면 아예 촌장님께 각시로 달라고 청하게. 남녀 간의 사랑은 눈에서 멀면 마음에서도 멀어진다네."

"그럴까? 내 생각은 다르네. 멀리 떨어져 있어도 함께 있는 사람들도 있지. 내 어머니는 돌아가셨어도 나와 가까이 계시네. 아니도 그렇다네. 멀리 떨어져 있어도 가까이 있는 것 같아. 멀리 있어도

　　　연금술사의 탄생

나는 아니와 함께 있다는 것을 느껴. 눈에 보이지 않는 실이 우리 두 사람을 이어 놓고 있는 것처럼. 뭐랄까. 그 줄을 통해 끊임없이 소통하고 있다는 느낌 같은 게 느껴져. 그리고……."

두룬이 잠시 말을 끊었다. 두룬의 눈빛이 꿈꾸는 것처럼 몽롱하고 아득해졌다. 길달이 알 만하군, 하는 표정을 지으며 웃었다.

"그리고?"

"다다라 마을에 있을 때 우리 두 사람은 일종의 영적 소통의 방식을 찾아낸 것 같아. 우리 두 사람은 자주 같은 날 같은 시각에 똑같은 꿈을 꾸기도 했다네. 자네가 그러지 않았나? 연금술사들에게는 '영혼의 누이'가 있다고."

"그래. 하지만 이론으로만 알 뿐, 그런 누이를 가지는 게 어떤 경지의 사랑인지는 잘 모르네."

"아니는 나를 이끌어 주는 꿈속의 인도령일세. 연금술 수련을 받을 때 길을 찾기 어려울 때면 꿈속에 나타나 내게 길을 가르쳐 주곤 했네. 아니도 꿈에 내가 나타나 길을 알려 주더라고 말하더군."

"참으로 부러운 사랑이로군. 내 사랑은 오로지 상대방을 파먹느라고 바빴는데. 난 한때 그런 파괴적인 사랑에 빨려 들어갔네. 소유해도 소유해도 성에 차지 않아서 나와 그 사람은 상대방을 파괴하기 시작했어. 그러나 그 파괴적인 사랑 안에서도 어떤 신성함의 징후는 느껴지더군."

"이해할 것 같네. 그건 육체적인 사랑을 말함인가?"

"대체로 그렇지. 그러나 육체적이기만 한 사랑이란 없네."

"정신적이기만 한 사랑도 없지. 내 사랑도 육체가 필요하네. 어떨 땐 아니를 안아 보고 싶어서 죽을 것 같아."

"하하, 그렇군. 자네의 숭고한 사랑에도 육체가 필요하군."

"그건 연금술의 신비와 같아. 연금술은 존재의 비의가 존재의 물질성을 거쳐 발현된다고 가르치지. 연금술은 허공에서 신비를 추구하지 않네. 존재의 근원은 누가 무엇이라고 해도 물질성일세. 그걸 부정하면 허깨비 놀음이 되는 거지. 연금술은, 내 표현을 사용한다면, '질료에 대한 명상'이야. 질료를 깊이 사색하여 그것으로부터 빛을 끌어내어 변성시키는 거지."

길달이 감탄에 가득 찬 표정으로 두룬을 바라보았다.

"이런, 자네는 연금술사가 아니라 철학자로군그래."

말없이 한쪽 구석에서 두 사람의 대화를 듣고 있던 여우 인간 하나가 꽥 소리를 질렀다.

"언제까지 그 고담준론을 계속할 거야? 오늘부터 집 짓는다고 그랬잖아. 드디어 힘쓸 일이 생겨서 신 나 했더니만 뭔 귀신 씻나락 까먹는 소리만 하고 있어?"

두룬이 아, 참, 하는 표정으로 말했다.

"어이구, 미안, 내 생각에만 빠져 있었네."

도토리가 톡 나서서 여우 인간에게 말했다.

"씻나락은 그럼 아저씨가 까먹는 거야? 아저씨가 귀신이잖아."

모두들 하하하 하고 소리 내어 웃었다. 길달이 활기찬 음성으로
말했다.

"자, 그럼 지금부터 본격적으로 귀신 씻나락 까먹는 짓을 한번
해 볼까?"

매복하고 있던 군사들은 어느 순간, 동굴 안에서 무엇인가 부서
지는 소리가 나기 시작한다는 것을 알아차렸다. 돌을 깨는 소리처
럼 들렸다. 조금 뒤에는 꼭대기 쪽으로 검은 그림자들이 휙휙 날
아다니기 시작했다. 그림자들은 그렇게 날아갔다가 장정 열댓 명
이 겨우 들 수 있을까 말까 해 보이는 엄청나게 큰 나무들을 가지
고 돌아와 동굴 안으로 들어갔다. 두세 개씩 한꺼번에 들고 오는
그림자도 있었다. 그러기를 여러 차례 반복했다. 그리고 동굴 안에
서 무엇을 하는지 계속 우당탕우당탕하는 소리가 났다. 병사들은
계속되는 매복에 지쳐 갔다. 한밤중이 되자 날씨는 점점 더 차가
워졌다. 친위대장은 이만하면 되었다고 생각하고 군대를 철수시켰
다. 왕은 지켜보라는 명령만 내렸을 뿐, 그 외에 다른 행동을 지시
하지는 않았기 때문이다.

왕은 친위대장의 보고를 받기 위해 밤늦게까지 깨어 있었다. 축
시(丑時)경에 친위대장이 왕을 뵙기를 청했다. 왕이 걱정스럽게 물
었다.

"어떻더냐?"

"예, 해시(亥時)경에 집사께서 월담하시는 것을 확인하고 바로 뒤쫓아 가서 매복했습니다. 조금 뒤에 동굴 안쪽에서 무슨 시끄러운 소리가 들려오더군요. 돌 깨는 소리 같기도 하고, 뭘 부수는 소리 같기도 하고, 잘 모르겠습니다. 그리고 시간이 좀 더 지나자 동굴 꼭대기 쪽에서 시커먼 그림자들이 날아올랐습니다. 그림자들은 어디론가 가서 큰 나무들을 들고 돌아왔습니다. 장정 열댓 명이 겨우 들 수 있을 만한 나무들을 몇 개씩 가볍게 들고 날더군요. 그러기를 여러 차례 반복했습니다. 날이 너무 어두워 그 그림자들 중에 집사님이 끼어 있는지는 확인할 수 없었습니다. 그다음에는 계속 우당탕우당탕하는 소리가 들렸습니다. 도무지 뭘 하는 건지 동굴 바깥에 있는 저희로서는 알 길이 없었습니다. 동굴 가까이로 병사들을 보내 보았습니다만, 더 이상 자세한 것은 알 수 없었습니다."

"전날 밤에는 불을 가지고 무슨 요상한 짓거리를 했다고 하던데, 그건 보지 못했느냐?"

"예, 오늘 밤에는 그런 일은 없었습니다."

"늦게까지 수고했다. 오늘은 그만 물러가거라. 며칠 더 지켜보도록 하자."

"예, 폐하."

연금술사의 탄생

　귀족들은 왕이 병사 50명을 시켜 두룬을 감시하게 했다는 소식과, 친위대장이 왕에게 보고한 내용들을 모두 알게 되었다. 도업은 왕이 당장 두룬을 잡아들이지 않는다고 앙앙불락했지만, 이번에도 거등이 도업을 달랬다.

　"자, 일단 지켜봅시다. 왕이 두룬을 의심하기 시작했다는 것이 중요하지 않소. 병사를 50명이나 보냈다는 것은 왕도 사태가 심각하다는 것을 깨닫고 있다는 뜻이 아니겠소? 확실한 증거를 잡으려는 거겠지요. 며칠 사이인데 너무 안달하지 마시오. 너무 보채면 역효과가 날 수도 있잖소. 왕은 두룬을 없애라는 우리 주장이 실상은 왕과 우리 6부 귀족의 권력 투쟁과 연관된 문제라는 것을 정확하게 간파하고 있는 것 같소. 왕은 호락호락한 사람이 아니오. 섣불리 움직이면 오히려 우리가 크게 당할 수 있다는 걸 명심하시오."

　두룬은 그날 밤에도 월담을 했고, 왕은 다시 군사들을 보냈다. 전날 밤과 똑같은 일들이 벌어졌다. 다른 점이 있다면, 이번에는 그림자들이 날라 오는 나무들의 크기와 동굴 안에서 들려오는 소리가 좀 더 작아졌다는 것뿐이었다. 그다음 날 밤에도 왕은 군사들을 보냈다. 그날 밤에는 그림자들이 바깥으로 날아가지 않았다. 그리고 무엇을 하는지 소리도 별로 들리지 않았다. 그러다가 갑자기 돌을 깨는 것 같은 소리가 아주 크게 들려오기 시작했다. 그 소리는 병사들이 숨어 있는 곳에서 가까운 동굴 벽에서 들려

속죄하는 영웅

왔다. 소리는 점점 가까워지고 점점 커졌다. 그리고 한순간, 동굴 벽이 무너져 내리기 시작했다. 돌무더기가 와르르 무너져 내리며 천지가 뒤흔들리는 굉음이 났다. 병사들은 그들이 있는 곳까지 돌이 날아올까 봐 모두들 도망칠 준비를 했다. 그러나 돌은 동굴 앞의 공터에 쌓였을 뿐, 병사들이 있는 곳까지 날아오지는 않았다.

어느 순간, 동굴 벽이 완전히 무너졌다. 그리고 동굴 속의 광경이 병사들의 눈앞에 드러났다. 병사들은 모두 놀라서 입을 딱 벌렸다. 그들의 눈앞에 아름다운 집이 한 채 나타났기 때문이다. 집 앞에 커다란 모닥불이 피워져 있었기 때문에, 어두운 밤이었지만, 집의 모양이 아주 잘 보였다. 월성만큼은 못하지만, 여느 귀족 집 못지않게 아름다운 집이었다. 집 앞에는 시커먼 나무 한 그루와 샘물이 있었다. 그 기괴한 나무조차도 아름다운 집과 조화를 잘 이루고 있었다. 병사들은 들킬까 봐 소리는 내지 못하고 속으로 놀라며 생각했다.

'이런, 세상에! 사흘 동안 그렇게 나무들을 나르더니, 집을 지었군그래. 사흘 만에 집 한 채를 뚝딱 지었어!'

'이거 내가 보고 있는 게 꿈 아냐? 아니면 귀신한테 홀려서 헛것이 보이는 건가?'

'대체 두룬의 재주는 어디가 끝이야? 어이구, 놀랍다, 놀라워!'

길지도 벌린 입을 다물지 못했다. 병사들은 불빛으로 두룬의 모습을 알아보았다. 두룬 옆에 얼굴이 긴 한 남자와 머리가 여우

연금술사의 탄생

인 반인반수 네 사람, 신이 나서 깡충깡충 뛰어다니는 조그만 소년이 하나 있었다. 그리고 형체 없는 검은 그림자 몇과 은빛 여우 몇 마리가 일곱 사람 주위를 서서히 돌고 있었다. 여우 인간들은 뭐라고 꽥꽥 소리를 지르면서 경중경중 뛰어다녔다.

길지는 손짓으로 퇴각을 명령했다. 군사들은 뒷걸음으로 조용히 물러 나와 궁으로 돌아갔다. 길지는 당장 왕을 찾아갔다. 사흘째 친위대장 길지의 보고를 받느라고 늦게 침소에 드는 바람에 잠이 모자란 왕은 얼굴이 까칠했다. 왕이 급히 물었다.

"오늘도 그렇게 우당탕거리는 소리만 나더냐?"

길지는 아직도 놀란 가슴을 진정할 수가 없었다. 길지는 어리둥절한 표정으로 충직해 보이는 두 눈을 연신 껌벅거리며 대답했다.

"아니옵니다, 폐하. 소신은 아직도 제가 본 것이 현실인지 귀신 장난이 만들어 낸 헛것인지 믿기지가 않사옵니다."

"그게 대체 무슨 말이냐?"

"오늘은 처음에는 별다른 소리가 들리지 않고 조용하더니, 갑자기 병사들이 매복하고 있는 곳과 아주 가까운 곳에서 큰 소리가 들려오기 시작했습니다. 뒤 이어 그쪽 동굴 벽이 완전히 무너졌습니다. 보니, 아름다운 집 한 채가 떡하니 서 있는 것이 아니겠습니까?"

왕이 벌컥 화를 냈다.

"이놈! 어느 안전이라고 감히 거짓을 아뢰느냐?"

길지가 벌벌 떨며 땅바닥에 넙죽 엎드렸다.

"아니옵니다, 폐하. 제 두 눈으로 똑똑히 보았습니다. 소신이 헛것을 보았다면 50명의 군사 모두가 헛것을 본 것입니다. 그들도 모두 보았으니까요. 도무지 꿈인지 생시인지 지금도 잘 모르겠습니다."

왕의 음성이 누그러졌다.

"네가 정녕 진실을 고하는 것이렷다?"

"예, 폐하. 모닥불이 환하게 밝혀져 있어서 집사님과 함께 있는 무리들까지 모두 잘 보였습니다."

"두룬이 그곳에 있더냐?"

"예. 아주 행복한 표정을 짓고 계셨습니다."

"알겠다. 물러가거라. 내일 동이 트는 대로 그곳에 가서 네가 헛것을 본 것이 아닌지 확인하고 다시 내게 고하도록 하라."

"예, 폐하. 받들어 모시겠사옵니다."

왕은 사흘째 제대로 잠을 못 자서 몸이 젖은 솜처럼 무거웠지만, 어느새 잠은 다 달아나 버렸다. 왕은 이제 귀족들을 완전히 제압할 수 있겠다고 생각했다.

'사흘 동안에 집을 한 채 짓다니. 두룬이라는 놈의 재주는 대체 어디가 끝이란 말인가. 잘 되었다. 집을 짓는 일을 가지고 시비를 거는 놈은 없을 테니까 말이다. 두룬이라는 놈, 생각할수록 보물 단지로군. 이놈을 당장 국가의 토목 공사를 하는 데 써먹으리라. 멋진 건축물을 하나 보란 듯이 떡하니 세워 놓으면, 도엽 같은 건방진 귀족도 아무 소리 못 할 것이다. 건축물은 허깨비 장난이 아니고, 현실 속의 물건이니까. 그것도 인간이 만든 것 중에서 가장 오래가는 사물 중 하나가 아닌가. 그걸 가지고 귀신 장난이라고 시비를 걸 수는 없을 것이다. 당장 내일부터 그동안 구상해 두었던 6부 통합을 실현에 옮겨야겠다. 그러면 왕권은 반석 위에 서게 될 것이다.'

마하왕은 오랜만에 편안하게 잠자리에 들었다. 왕은 곤하게 오랫동안 잤다.

그날 이후로 사람들은 도깨비라는 이름 앞에 뚝딱이라는 표현을 하나 더 얹어 주었다. 소문은 삽시간에 사로국 전역으로 퍼져 나갔다. 아낙네들은 시냇가에 모여 앉아 빨래를 탕탕 두들기면서 재잘거렸다.

"글쎄, 사흘 만에 집을 뚝딱 지었대."

"도깨비들은 못 하는 게 없대. 금방망이를 들고 금 나와라 뚝딱 하면 금이 나오고 은 나와라 뚝딱 하면 은이 나오고. 이번엔 집 나와라 뚝딱 해서 집을 한 채 지었대."

"아이고, 내 팔자도 그 방망이로 뚝딱 바꿨으면 좋겠다."

"우리도 도깨비 종자네. 밤낮 방망이를 탕탕 두들겨서 더러운

빨래를 깨끗하게 만들잖아. 또 풀 먹인 이불 호청도 방망이로 탕
탕 두들겨서 곱게 펴고."

"그러고 보니 그러네. 방망이질로 우리네 팍팍한 살림살이 주름
도 펴지면 좋으련만."

"뚝딱 해서 뭘 없애지는 못하나? 뚝딱 해서 우리 술고래 영감
좀 어디로 보내 버렸으면 딱 좋겠구먼."

"와하하하하!"

17

귀교(鬼橋)와 길달문

길지는 날이 밝자마자 신원림으로 갔다. 그곳에는 분명히 도깨비 집이 서 있었다. 집 앞 공터에 쌓여 있던 돌 더미는 어느새 말끔하게 치워졌고, 길지와 병사들이 떠난 뒤에 지었는지, 돌담과 대문까지 갖춰져 있었다. 길지는 곧장 왕에게 달려가 보고했다.

"알았다."

왕은 짧게 대답했다.

귀족들의 귀에도 간밤의 소식이 어김없이 들어갔다. 귀족들은 당황한 기색이 역력했다. 흑마법을 부리는 현장을 잡아서 두룬을 없애 버릴 좋은 기회라고 생각했는데, 오히려 두룬에 대한 왕의 신임만 더 두터워지게 생겼기 때문이다. 앞장서서 호기를 잡았다고 득의양양해했던 도업은 분해서 얼굴이 붉으락푸르락했다. 그러나 도업도 풀이 어지간히 죽어 있었다. 평소 같았으면 벌써 투덜대면서 각간이고 뭐고 돌아보지 않고 들이받았을 텐데, 그날은 말없이 씩씩대기만 했다. 거등은 착잡한 표정으로 말없이 앉아 있었다. 간간이 여기저기에서 한숨 쉬는 소리가 흘러나왔다. 거등이 한참 만에 무겁게 입을 열었다.

"왕의 완전한 승리요. 인정합시다. 각자 당분간 얌전하게 엎드려 있으시오."

귀족들 가운데 종윤이 도업을 바라보며 점잖게 말했다.

"내가 전에 마하왕이 여간내기가 아니라고 했던 말 기억하시오? 특히 랑은 이번 참에 자중하는 방법을 배워야 할 것이오. 또 공연히 사병들을 몰고 다니며 세를 과시하는 일도 없어야 할 것이오. 이제 권력의 축은 급속하게 왕 쪽으로 기울 것이오. 랑이 이 사태의 유일한 원인 제공자는 아니라고 해도, 왕이 우리 6부 귀족을 더욱 신뢰할 수 없다고 생각하게 만들어 거꾸로 왕에게 칼자루를 쥐어 준 책임은 면할 수 없소."

평소에 도업에게 늘 지청구만 들었던 승로도 한마디 거들었다.

"젊음의 혈기는 양날의 검이라오. 그건 힘이기도 하지만 독이기도 하지. 이참에 뭘 좀 배웠기를 바라오."

도업은 아무 대꾸도 하지 않았다. 도업의 붉은 얼굴은 팥죽색으

     연금술사의 탄생

로 변해 있었다.

왕은 점심상을 물린 뒤, 친위대장 길지를 불러 두룬을 불러오라고 일렀다. 두룬이 들어오자 왕은 자신의 맞은편 의자를 가리키며 앉으라고 했다. 그리고 짐짓 엄격한 표정으로 물었다.

"지난 며칠 밤 어딜 돌아다녔느냐?"

두룬은 침착하게 대답했다.

"친구들을 만나러 갔습니다."

"그런데 그렇게 꼭 월담을 해야 했느냐?"

"그 시각에 성문을 열려면 절차가 너무 까다로워서……."

"다시는 그리하지 마라."

"예, 폐하. 명심하겠습니다."

"들자 하니, 네가 신원림에 있는 귀신들과 어울린다고 하던데……."

"귀신이 아닙니다. 저처럼 영윤입니다."

"그런데 사흘 만에 아름다운 집을 한 채 지었다면서?"

"예, 폐하. 제법 아름다운 집을 지었습니다."

"그래, 참으로 재주가 비상하구나. 네가 그들을 부리느냐?"

"아닙니다, 폐하. 저희는 모두 친구입니다."

"친구든 부하든, 네가 그들을 움직이게 할 수 있느냐?"

"예, 제가 부탁하면 무엇이든 들어줄 것입니다."

"그래, 실은 내가 너에게 시킬 일이 한 가지 있어 오늘 보자고
하였다."

"무슨 일이시온지……."

"너도 알 것이다. 신원사 옆으로 심거라는 냇물이 흘러가지 않
느냐?"

"예, 어린 시절에 그곳에서 자주 놀았고, 또 어머니의 유해도 그
곳에 뿌렸습니다."

"참, 그랬다고 했지. 심거가 너비는 크지 않지만 수심이 깊어서
징검다리를 놓을 수도 없고, 물살이 너무 세어서 나무다리를 놓
는 일도 수월치 않다. 심거를 건너가려는 자를 몽땅 휘감아 죽여
서 죽음의 냇물이라고도 부르지."

"예, 잘 알고 있습니다."

"내가 일 년에도 몇 차례씩 신원사에 불공을 드리러 가는데, 가
운데에 심거가 있어, 먼 길을 빙 돌아가야만 한다. 심거를 쉽게 건
널 수만 있다면 월성에서 곧장 갈 수 있을 텐데 말이다."

"그렇지요. 심거를 건널 수만 있다면 월성에서 신원사까지는 직
선거리지요."

"그래서 내가 오래전부터 심거에 돌다리를 놓았으면 하고 생각
했다. 사흘 만에 집 한 채를 뚝딱 지었다는 네 친구들 실력이면 심
거 위에 돌다리를 놓는 일도 쉽게 할 수 있을 것 같다만, 어찌 생
각하느냐?"

　　연금술사의 탄생

“어렵지 않은 일입니다. 마침 돌이라면, 이번에 여우 굴을 허물고 그곳에 집을 지으면서 잔뜩 캐다가 산등성이에 쌓아 두었습니다. 그 돌을 쓰면 맞춤할 것 같습니다. 아주 질 좋은 화강암이었습니다.”

“그거 아주 잘되었구나.”

“하오나 저 혼자 결정할 수는 없습니다. 친구들에게 물어보고 말씀 올리겠습니다.”

“나는 내일이라도 당장 공사를 시작했으면 한다.”

“이레만 말미를 주십시오. 아무리 힘이 장사들이라고는 하나 지난 사흘 밤 내내 일을 해서 지쳐 있습니다. 이레만 쉬게 하고 공사를 시작하면 어떻겠습니까?”

“이레야 못 기다리겠느냐? 그런데 한 가지 궁금한 것이 있다. 그 무리는 어째서 밤에만 일을 하는 거냐?”

“그들의 힘은 땅속 깊은 곳에 있는 땅의 영으로부터 말미암는데, 그 힘이 달빛이 있는 시간에 가장 활발하게 움직이기 때문입니다. 또한 그 힘은 지극히 신비로워서 속인들의 시선을 꺼립니다. 자신의 신비가 노출되는 것을 싫어하는 까닭이지요.”

“허허, 성질이 까다로운 힘이로구나.”

“오늘 밤 당장 친구들에게 가서 물어보겠습니다.”

“오냐. 그런데 또 월담하려느냐?”

두룬이 웃으며 대답했다.

“아닙니다, 폐하. 아무 때나 문을 열어 주라고 문지기 병사들에게 지시만 내려 주십시오.”

“그리하마.”

그러고 나서 왕은 장난스럽게 덧붙였다.

“사람들이 안 보이는 곳까지 가면 날아가도 된다.”

“하하, 알겠습니다.”

그로부터 이레가 지난 날 밤에 두룬과 친구들은 심거 위에 튼튼한 돌다리를 놓기 시작했다. 맞춤한 석재도 이미 준비되어 있겠다, 그사이 집을 한 채 지어 고장의 지형과 지질 등에 대한 지식도 충분히 확보했겠다, 일은 거칠 것이 없었다. 다음 날 새벽 동이 틀 무렵에는 아주 멋진 돌다리 하나가 완성되었다. 두룬은 궁으로 돌아가 왕이 일어나기를 기다렸다가 왕이 아침 수라를 드신 뒤, 시종에게 뵙기를 청한다는 말을 넣었다.

왕은 자신의 침소에서 두룬을 맞았다.

“웬일이냐? 이렇게 이른 시간에?”

“폐하, 다리를 완성했습니다.”

“뭐라? 어젯밤에 일을 시작했다는 말은 들었다만, 벌써 완성했다는 말이냐?”

“예, 그러하옵니다.”

“하룻밤 새에?”

  연금술사의 탄생

“예.”

“허허, 너는 날이 갈수록 점점 더 나를 놀라게 하는구나. 네 친구들의 힘이 속인의 시선을 꺼린다 하여 절대 들여다보지 말라 이르고 나도 궁금한 것을 꾹 참고 있었다만……”

“아마 폐하께서 시키신 일이라 더 신이 나서 온 힘을 다한 것 같습니다.”

“허허, 이놈 봐라, 그새 아부하는 것도 배웠더란 말이냐?”

“아니옵니다, 폐하. 제 친구들이 정말 그렇게 말했습니다.”

“자, 이럴 일이 아니다. 얼른 다리를 보고 싶구나.”

왕은 채비를 갖춘 뒤, 행차를 지시했다. 왕과 수행원들은 신원사를 향해 질풍처럼 말을 달렸다. 이번에는 돌아가지 않고 직선거리로 심거를 향해 달렸다. 심거 앞에 이르자 과연 아름다운 다리 하나가 심거 위에 서 있었다.

다리는 아주 아름다웠다. 눈부신 흰 화강암으로 만든 다리 양옆에 아름다운 난간이 있고, 난간 하나하나가 섬세하게 조각된 부조로 장식되어 있었다. 부조들은 기이하고 추상적인 형상들로 이루어져 있었다. 난간 기둥에는 복숭아 모양의 장식이 달려 있었는데, 마침 둥싯 떠오른 햇빛을 받아 화강암의 운모가 보석처럼 반짝였다. 심거의 물 표면도 햇빛을 받아 반짝였다. 다리는 지나치게 화려하지도 않고, 지나치게 질박하지도 않았다. 다리는 신원사의 화려한 건축미와 신원사를 둘러싸고 있는 검은 신원림의 자연미 사이에서 절묘하게 조화를 이루었다. 왕은 감탄사를 연발했다.

"귀신같은 재주라는 말이 있다더니, 그것이 헛말이 아니로다. 놀랍고 또 놀랍구나."

왕은 두룬에게 앞장서라 이르고, 말을 탄 채 다리 위로 올라섰다. 왕은 다리 위에서 말을 이리저리 몰아 본 뒤 말했다.

"아름답기도 하지만, 튼튼하기도 한 것 같구나."

두룬이 대답했다.

"예, 그러합니다. 백 마리 말이 올라서도 끄떡없을 것입니다."

"그런 것 같구나. 그런데……."

왕의 시선이 난간 기둥의 복숭아 모양의 장식에 머물렀다.

"저 복숭아 장식은 네 어미 복숭아꽃을 기억하기 위함이냐?"

두룬이 조금 당황한 표정으로 대답했다.

"예, 폐하. 제 어미를 저 아래 물에 뿌렸기에……. 마땅치 않으시면 다른 장식으로 바꾸겠습니다."

"아니다, 그냥 두어라. 복숭아에는 사악한 힘을 물리치는 주술적 능력도 있는 것이니, 상관없다. 그럼 저 난간의 도형들은 다 무엇이냐?"

"그것은 연금술에서 연성문이라고 부르는 것으로, 연금을 촉진하기 위해 사용하는 도형들입니다. 대우주의 힘을 끌어당겨 소우주에 통합시키는 역할을 합니다."

"다다라 마을이라는 곳에서 배웠느냐?"

“예, 그러합니다.”

“흠, 다리에 깊은 뜻을 담았구나. 다리는 이곳과 저곳을 이어 주는 것이니 그것에 잘 맞는 문양이로다. 잘 하였다.”

“감사합니다, 폐하.”

그날 오후부터 사람들은 소문을 듣고 저마다 찾아와서 다리 구경을 하느라고 법석을 떨어 대었다. 월주 사람들이 몽땅 몰려나온 것 같았다. 사람들은 누가 먼저라고 할 것도 없이 그 다리를 귀교(鬼橋)라고 부르기 시작했다. ‘귀신들이 귀신같은 솜씨로 만든 다리’라는 뜻이었다. 사람이 하도 많이 몰려와서 군사들이 나서서 정리를 해야 할 지경이었다. 귀족들도 와서 다리를 구경했다. 각간 거등은 다리를 보고 나서 속으로 생각했다.

‘두룬의 재능을 인정하는 수밖에 없군. 이건 사람의 힘으로 대적할 수 있는 성질의 재능이 아니다. 두룬을 받아들이는 수밖에 없겠다. 이제 힘의 추가 완전히 기울었군.’

마하왕은 지극히 만족스러웠다. 두룬의 능력을 앞세워 귀족들을 제압하겠다는 왕의 전략은 완전히 성공했다. 도깨비 집을 지은 뒤부터 귀족들은 납작하게 엎드려 있었다. 도업조차 아무 움직임이 없었다.

왕은 이참에 아예 두룬의 친구들의 힘까지 왕실 안으로 포섭해 버리는 것이 좋겠다는 생각이 들었다. 왕은 두룬을 불렀다.

"다리 건설은 정말 잘되었다. 아낌없이 칭찬할 만하다."

"폐하께서 기뻐하시니 저도 기쁩니다."

"정말 대단한 재간이더구나. 그런데 혹 네 친구들 중에서 왕실에 들어와 그 능력을 발휘할 만한 자가 있느냐?"

"있습니다."

"누구냐?"

"길달이라는 자이온데, 아주 뛰어난 친구입니다. 다다라 마을에서 연금술 훈련을 받았습니다. 연금술사로서는 그리 뛰어난 편은 아니나, 무술의 고수입니다. 그리고 심지가 아주 굳지요. 둘도 없는 저의 친구입니다."

"길달이라는 자를 한번 볼 수 있겠느냐?"

"예, 당장 불러오겠습니다."

두룬은 무척 기뻤다. 다다라 마을을 떠나온 이후, 길달이 마땅히 할 일을 찾지 못하고 있어서 걱정이 되었는데, 왕이 길달을 쓸 의향을 보였기 때문이다. 두룬은 당장 달려가 길달의 의향을 물었다. 길달은 크게 반겼다.

"무엇보다 자네 곁에 있을 수 있게 되어 기쁘네."

"나도 그래. 이제 다시 함께 지낼 수 있게 되었네."

왕은 길달을 보고 마음에 들어 했다. 왕은 길달을 차집사(次執事)로 임명했다. 두룬과 짝을 지어 주면 두 사람이 함께 더할 나위

 연금술사의 탄생

없이 큰 능력을 발휘할 것 같았기 때문이다.

길달은 열심히 일했다. 궁 안의 사람들은 누구나 다 길달의 성
실함을 칭찬했다. 두룬은 길달이 자랑스러웠다.

길달은 궁의 일에 크게 흥미를 느낀 것 같았다. 두룬은 주어진
일이니만큼 열심히 하기는 하지만, 연금술 수련이나 현자의 돌 수
련만큼 흥미를 느끼지는 못했다.

하루는 두룬이 길달에게 물었다.

"어때? 할 만한가?"

"응, 아주 재미있네."

"다다라 마을에서의 수련과는 전혀 다른 일들 아닌가?"

"그렇지. 그런데 나는 이 일이 더 재미있고 흥미롭네. 나에게는
아주 딱이네. 나는 속세에 맞는 존재인 듯싶어. 그뿐만 아니라 궁
안의 일이 모두 무척 재미있네."

"그거 의외로군."

"연금술은 나에게는 사치였던 모양이네. 나에게는 이런 세속적
인 일들이 훨씬 더 잘 맞는 것 같아. 진작 이 길로 들어섰더라면
대성했을 것 같네. 공연히 능력에 맞지도 않는 연금술을 배운답시
고 시간만 허비한 듯싶어."

"그런가? 나는 궁에서의 생활이 답답하기만 한데……. 인간들
이 하는 일도 도무지 이해가 안 가네. 작은 일을 가지고 아웅다웅
하고 손에 잔뜩 쥐고도 더 움켜쥐려고 욕심을 부리고. 인간의 욕

망은 끝도 없는 것 같아.”

“나는 잡스러운 게 좋네. 그동안 오르지 못할 나무만 올려다보며 살았던 것 같아.”

두룬은 길달이 궁에서의 생활을 즐거워하는 것이 반가우면서도 내심 마음 한편이 허전했다. 두 사람의 길이 어긋나기 시작한 건 아닐까 하는 두려움 같은 것이 밀려왔다. 두룬은 궁에서의 생활을 언제까지나 계속할 생각은 없었다. 언제든 할 만큼 했다 싶으면 궁을 떠나 다시 지혜를 추구하는 길로 돌아갈 생각이었다. 두룬은 그 길을 길달과 같이 가고 싶었다. 그런데 궁에 들어온 이후, 길달은 조금씩 변해 가고 있었다.

길달은 점차 다른 사람이 되어 가는 것 같았다. 길달은 숙소에까지 궁의 일들을 가지고 와서 열심히 들여다보았다. 두룬과 나누는 대화도 어느새 점점 줄어들었다. 처음에는 궁의 일에 대해서도 일일이 집사인 두룬에게 물어보고 결정을 내리더니, 지금은 두룬의 의견은 묻지도 않고 자기가 혼자 결정해서 일들을 처리해 버리는 경우도 종종 있었다. 두룬은 이렇다 저렇다 별말을 하지 않았다. 충돌하는 것도 내키지 않는 일이었지만, 대개는 길달이 일처리를 썩 잘했기 때문에 상급자인 자신의 의견을 무시했다고 굳이 문제 삼고 싶지 않았기 때문이다.

두룬은 어느 날부터인가 길달의 눈빛이 미묘하게 달라졌다는 것을 알아차렸다. 다다라 마을에서 본 길달의 눈빛은 어떤 깊이와

현묘함을 갖추고 있었다. 그런데 길달의 눈에서 그 눈빛이 점차 사라지고, 욕망으로 번쩍이는 다른 눈빛이 나타나기 시작했다. 어느 날, 두룬은 길달의 눈빛이 도업의 눈빛을 닮은 것을 보고 소스라치게 놀랐다. 두룬은 불안해지기 시작했다.

하루는 흥륜사 주지 혜광이 왕을 찾아와 뵙기를 청하였다. 흥륜사는 마하왕의 할아버지인 마사왕 대에 지은 사로국 최초의 불교 사찰이었다. 왕은 대사를 반갑게 맞이했다.

"오랜만이오, 대사. 잘 지내시는지요?"

"예, 폐하."

"대사님 뵙기가 전처럼 쉽질 않습니다. 신원사 건립 이후에는 신원사를 더 자주 찾게 되어서요."

"폐하께서 주도하셔서 일으키신 불사이니, 아무래도 마음이 그곳으로 더 가시겠지요. 괜찮습니다. 그런데 실은 한 가지 청이 있어 이렇게 찾아뵈었습니다."

"어떤 청이신지요?"

"흥륜사에 남문을 새로 지었으면 합니다. 전부터 남쪽에 문을 하나 세웠으면 했는데……. 근자에 듣자 하니 두룬이 집 짓는 재주가 뛰어나 그 무리와 함께 며칠 밤이면 건물 하나를 일으켜 세운다 하기로 그 힘을 좀 빌릴까 하여 이렇게 찾아뵈었습니다."

"그 친구들의 재주가 뛰어나지요. 하지만 날씨가 너무 추워서 어떨는지 모르겠습니다."

"술법으로 집을 짓는 모양이던데 날씨가 무슨 상관이겠습니까?"

"잘 알겠습니다. 제가 집사에게 의향을 물어본 뒤 답을 드리도록 하지요."

왕에게서 홍륜사 남문 건축에 관한 얘기를 들은 두룬은 길달과 그 문제를 상의했다. 길달은 두룬이 하는 말을 가만히 듣고만 있었다. 무슨 깊은 생각에 잠겨 있는지, 한참 침묵을 지키고 있던 길달이 불쑥 말을 꺼냈다.

"이 일에서 자네는 좀 비켜 주면 안 될까?"

두룬이 깜짝 놀라 물었다.

"그게 무슨 말인가?"

"나 혼자 지어 보겠다는 말일세."

"혼자서? 왜?"

"공을 세우고 싶네. 나도 자네처럼 사람들에게 칭송을 듣고 싶다는 말일세."

"지금도 자네는 사방에서 칭송을 듣고 있지 않은가? 얼마 전에는 어떤 귀족이 자네가 '충성무쌍(忠誠無雙)'하다고 칭송하는 얘기도 들은 바 있네."

"그래 봐야 늘 자네보다 낮은 자리지. 난 이제 이 인자 노릇 하

는 게 싫어졌어. 자네 영광의 부속물이 되기 싫다는 말일세. 다다
라 마을에서야 워낙 자네와 실력 차이가 나니 어쩔 수 없었지만,
왕실에서의 일은 내가 자네보다 더 잘할 수 있을 것 같네. 어차피
자네는 세속에서의 영광은 우습게 아는 사람 아닌가. 이 일의 영
광은 나에게 돌아오게 해 주게."

두룬은 내심 충격을 받았다. 그사이 길달이 그렇게 느꼈으리라
고는 꿈에도 생각해 본 적이 없었기 때문이다. 두룬은 그렇게 하
라고 말한 뒤, 걱정스럽게 덧붙였다.

"혼자서 하는 건 아무래도 힘들지 않겠나? 더구나 추운 겨울인
데……."

"누각 하나 세우는 건데 무엇이 그리 힘들겠는가? 그 대신 시간
은 좀 더 걸리겠지."

두룬은 왕에게 가서 길달의 의중을 전했다. 왕은 흔쾌히 승낙
했다. 혼자 짓든 여럿이 짓든 왕으로서는 상관할 일이 아니었다.
길달은 흥륜사 남문을 짓는 일에 열심히 매달렸다. 그리고 이레
정도 걸려 아름다운 누각을 하나 지었다. 그 누각을 지은 뒤, 길달
은 자신이 바라던 대로 온갖 상찬에 휩싸였다. 왕은 길달을 따로
불러서 칭찬하면서 격려해 주었다. 지나가는 궁인들이 길달을 대
하는 태도도 사뭇 달라졌다. 길달은 세상을 다 얻은 듯한 표정을
지었다. 길달의 얼굴은 찬란하게 빛났다. 그러나 그 찬란함은 맑
은 빛이 아니었다. 그것은 오만과 허영으로 범벅이 된 불안한 빛

이었다.

  그 뒤로 길달은 누가 시키지도 않았는데 매일 밤 누각 위에 올라가 잤다. 길달은 자신이 혼자 힘으로 지은 그 건축물에 유난히 애착을 느끼는 듯했다. 건축이 끝난 뒤에도, 낮에는 궁에 들어와 일하고 밤에는 그 누각으로 돌아갔다. 두룬은 다시 혼자가 되었다. 흥륜사 주지 혜광은 길달이 그 누각을 지은 데다가 매일 밤 그곳에 와서 자기 때문에, 그 누각에 '길달문'이라는 이름을 붙였다. 누각에 '길달문'이라는 현판이 걸리는 날, 길달의 얼굴은 자랑스러움으로 빛났다. 길달은 멀리 떨어진 곳까지 가서 현판을 바라보고, 또 가까이 다가와서 바라보고, 앉아서도 바라보고, 서서도 바라보았다. 두룬이 "축하하네."라고 말했지만, 길달은 그 말이 귀에 들어오지 않는 듯한 눈치였다. 두룬은 그러는 길달을 불안한 표정으로 바라보았다.

  날이 점점 더 차가워졌다. 바늘이 잔뜩 들어 있는 매서운 바람이 휘이이이 소리를 내며 허공을 휘젓고 날아다니기 시작했다.

18

부서진 우정

길달은 궁에 들어와도 두룬에게 말조차 걸지 않았다. 두룬에게 묻지도 않고 멋대로 일을 처리하는 횟수도 점점 더 많아졌다. 두룬은 어떻게 하든 길달의 마음을 돌려 보려고 애를 썼다. 그러나 이미 길달은 다른 세상 사람이 되어 버린 것처럼 보였다. 두룬은 쓸쓸했다. 두룬은 아무리 애를 써도 길달이 저렇게 순식간에 다른 사람이 되어 버린 이유를 이해할 수 없었다.

어느 날 저녁, 두룬은 궁에서의 일을 끝마친 뒤, 길달이 퇴청하기를 기다렸다가 흥륜사로 길달을 뒤쫓아 갔다. 두룬은 무슨 수를 쓰든 우정을 회복하고 싶었다. 아니면 적어도 길달이 변한 이

유라도 알고 싶었다. 궁에서보다는 바깥에서 이야기하는 것이 더 편할 것 같았다. 궁 밖에서라면 길달도 솔직한 이야기를 털어놓을 거라 생각했다.

홍륜사로 들어가는 길은 아름다웠다. 숲 사이로 작은 오솔길이 나 있었다. 두룬은 길달이 눈치채지 못하도록 일부러 멀리 떨어져 천천히 걸었다. 숲은 아늑하고 아름다웠다. 이미 나뭇잎들이 다 떨어져서 가지만 앙상하게 남아 있을 뿐이었지만, 겨울 숲은 겨울 숲대로 독특한 아름다움을 가지고 있었다. 깍깍대며 까마귀들이 바지런히 날아다녔다. 앙상한 나뭇가지 사이로 태양의 마지막 햇살이 흐릿한 빛을 던지고 있었다.

조금 더 걸어가자, 저만치 홍륜사 남문이 보였다. '길달문'이라는 현판이 눈에 들어왔다. 두룬은 그 현판을 보자 마음이 뿌듯했다. 그런데 그 순간, 두룬은 멈칫 멈추어 섰다. 누각 근처에서 검은 그림자들이 어른거리는 것이 보였기 때문이다.

'저 그림자들은?'

지웅과 지웅을 따르는 다른 두 명의 그림자 신들이었다. 신원시 석상에 머물러 있던 남성 하위 신들이었다.

'저들이 왜 여기까지 와 있는 거지?'

두룬은 걱정이 되어 길달의 이름을 부르며 달려갔다. 길달은 두룬의 목소리를 듣더니 그림자들에게 손짓을 했다. 그러자 그림자들은 황급히 어디론가 사라져 버렸다.

두룬이 헐떡거리며 길달문 위로 달려 올라가자, 길달은 책상다리를 한 채 아무렇지도 않은 표정으로 앉아 있었다. 길달은 두룬의 얼굴을 힐끗 바라보더니, 눈을 감고 명상을 하는 시늉을 했다. 두룬이 길달에게 물었다.

"저 그림자 신들이 왜 여기 있나?"

길달은 무표정한 얼굴로 퉁명스럽게 대답했다.

"우리 친구들 아닌가. 친구들이 찾아와 인사하는 것이 무엇이 이상한가? 내가 궁에 있을 때는 찾아올 수 없었는데, 내가 이곳으로 거처를 옮기니 편히 찾아와 인사를 하는 거지."

"그런데 왜 나를 보고 몸을 피하는가?"

"내가 그걸 어떻게 알겠는가? 자네가 무엇을 섭섭하게 한 모양이지."

"이렇게 계속 세워 둘 건가? 앉으라는 말도 안 하나?"

"앉든지 서든지 마음대로 하게. 내 다리가 아니라 자네 다리니까 알아서 하면 되겠군."

두룬은 털썩 주저앉아 말했다.

"자네 요새 나에게 왜 이러는가?"

"자네에겐 다른 존재들의 마음을 읽는 능력이 있지 않은가? 그 기술을 이용하시지 그러나."

"그렇게 해 보았네. 세상에 하나밖에 없는 친구의 마음을 허락도 없이 들여다보는 것이 마음 내키지 않아서 처음에는 그리하지

　연금술사의 탄생

않았네. 그러나 자네가 하도 다른 사람처럼 굴어서 요즘 며칠 자네 마음을 읽으려고 해 보았지."

"그래 무엇을 보았는가?"

"안개뿐일세. 뿌연 안개. 아무것도 보이지 않네."

길달이 빈정거리듯 웃었다.

"나를 만만하게 보았군. 자네에게 호락호락 마음을 읽힐 줄 알았나. 나는 마음에 방어막을 치는 기술을 가지고 있네. 뚫기 힘들걸세."

"제발 부탁이네. 내게 왜 이러는지 얘기해 주게. 자네는 나에게 이 세상 누구보다 소중한 존재일세. 우리가 함께했던 시간들을 떠올려 보게. 찬란한 불꽃으로 우정의 연금술을 함께 이루어 내며 기뻐했던 일을 떠올려 보게."

"다 어린아이 장난이네. 그게 무엇을 가져다주나?"

"무엇을 가져다주다니? 우리는 그 놀이 안에서 영혼의 쌍둥이처럼 행복하지 않았나?"

"자네는 입만 벌리면 영혼 타령이로군. 그놈의 영혼이라는 소리 이제는 신물이 나네. 그런 고상한 놀이는 혼자 실컷 하시게."

"길달, 제발 옛날의 자네로 돌아오게. 우리 함께 행복하지 않았나?"

"아니, 행복하지 않았어. 자네는 앞서 가는 자이니 행복했을지 모르지만 난 아니었네. 나는 늘 자네에 대한 질투로 고통스러웠

네. 질투하지 않는 척 연기를 했을 뿐이야. 다다라 마을을 떠날 때
만 해도 나는 내가 진심으로 자네의 우월함을 받아들인 줄 알았
네. 그런데 사로국에 와서야 내가 그동안 나 자신을 속였다는 것
을 알게 된 거야. 내가 자네보다 나을 수 있는 세상이 있더라고.
여기에서라면 나는 자네를 이길 수 있어. 이곳은 조잡한 자들이
득세하는 세상이니까. 뻔뻔할수록 성공하고, 거짓을 사랑할수록
진실한 체할 수 있고, 지혜에서 멀수록 권력을 차지하는 세상. 이
곳에서 나는 내가 이 인자가 아니라 일인자가 될 수 있다는 것을
알게 되었어."

"자네와 나 사이에 앞서 가네 뒤서 가네 그런 것이 다 무슨 의
미가 있는가?"

"그냥 내가 태생이 천박해서 그렇다고 생각하시게. 자, 그만 돌
아가 주게. 명상을 하는 시간이거든. 명상은 자네처럼 고상한 존재
뿐만 아니라 나처럼 천박한 존재에게도 도움을 준다네. 명상은 의
외로 아주 실용적인 기술이라고."

두룬은 힘없이 누각을 내려왔다. 마음이 스산했다. 한 존재와
또 다른 존재 사이의 공감이란 이렇게 본디 허망한 것인가. 그토
록 깊다고 믿었던 우정이, 영원히 변치 않을 것이라고 믿었던 우정
이, 단 몇 개월 만에 이렇게 변질되어 버릴 수 있다니…… 궁으로
돌아온 두룬은 그날 밤 잠을 이루지 못했다. 새벽녘에야 겨우 잠
이 들었는데, 꿈속에서 고통스러운 영상들이 무수히 나타나 두룬

     연금술사의 탄생

을 괴롭혔다.

　다음 날 아침, 궁으로 들어온 길달은 아무 일도 없었다는 듯이 일에 열중했다. 두룬은 더는 길달의 마음을 읽으려고 애쓰지 않았다. 꼭 길달이 친 마음의 방어막을 뚫을 수 없었기 때문만은 아니었다. 모든 것이 허망하다는 생각이 두룬을 지치게 만들었기 때문이다.

　길달은 퇴청 무렵에 두룬에게 말을 걸어왔다.

　"나와 함께 도깨비 집으로 가세."

　"도깨비 집이라니?"

　"세상에서 요새 우리를 도깨비라고 부른다는 것을 몰랐나?"

　"어렴풋이 들은 것 같기는 하네. 그런데 왜?"

　"가 보면 아네."

　길달과 두룬은 말을 타고 월성을 나와 귀교를 건너 신원림으로 들어갔다. 도깨비 집에 들어서자 그 집을 지으며 행복해했던 지난날이 떠올라 두룬은 마음이 아팠다.

　'그저 몇 달 전 일이건만, 지금은 모든 것이 잿빛이로구나.'

　안으로 들어서자 도토리가 두 팔을 벌리고 길달에게 달려왔다.

　"길달 형! 길달 형! 왜 이렇게 안 왔던 거야?"

　길달이 두 팔로 도토리를 안아 올렸다. 도토리가 길달의 팔에 안긴 채 두룬을 돌아보며 말했다.

"두룬 형도 왔네. 그런데 표정이 왜 그래? 어디 아파, 형?"

두룬이 힘없이 웃으며 대답했다.

"아냐, 그냥 좀 피곤해서 그래."

안방으로 들어가니 그림자 신들과 여우 인간들이 모두 모여 있었다. 그림자 신들은 두룬을 보더니 뭔가 켕기는 듯한 표정을 지었다. 두룬은 직감적으로 이들이 그사이 자신을 빼놓고 무슨 일인가를 꾸며 왔다는 것을 알아차렸다.

길달이 도토리를 내려놓고 자리에 앉으며 두룬에게 말했다.

"자, 앉게."

두룬이 자리에 앉으며 물었다.

"대체 무슨 일인가?"

길달이 말했다.

"이제부터 내가 하는 말을 잘 듣게."

길달은 잠깐 말을 멈추었다. 싸늘한 침묵이 방 안을 휘감았다. 길달이 말을 이었다.

"우리는 사로국을 정복하기로 결정했네."

두룬이 놀라서 벌떡 일어났다.

"이게 무슨 소리야?"

길달이 손을 뻗쳐 두룬의 바지 자락을 잡고 주저앉혔다.

"마저 들어."

그림자 신들이 몸을 비틀었다. 길달이 말을 이었다.

   연금술사의 탄생

"자, 보세. 각자 이익이 맞아떨어진 거야. 그림자 신들은 신원사를 부수고 모욕한 자들에게 복수하고 옛날의 영광을 되찾고 싶어해. 그리고 나는 이 나라의 왕이 되고 싶어. 이 여우 인간들은 내가 시키는 대로 하는 것들이고. 그래서 우리가 사로국을 차지하기로 했네."

"그사이 나를 빼놓고 이런 음모를 꾸몄던 건가?"

"자네는 반대할 게 뻔하니까."

"알긴 아는군. 그림자 신들이여, 당신들은 유화 어머니를 섬기는 분들이었소. 유화 어머니께서 이 일을 잘 한다 하실까요? 제 어머니도 복수하지 말라고 당부하지 않으셨습니까? 지금 당신들 모습을 보세요. 이젠 악마가 다 되었군요."

지웅이 음산한 목소리로 말했다.

"악마든 뭐든 좋아. 나는 옛날의 영광을 되찾고 싶어."

"그렇게 해서 공포와 파괴의 힘으로 얻는 영광이 무슨 의미가 있습니까? 노예들 위에 군림하고 싶으신 겁니까? 당신들이 하려는 짓은 유화 어머니 신과 내 어머니에 대한 모욕입니다."

다른 그림자 신이 말했다.

"상관하지 않네. 유화 어머니 신은 이제 힘이 없어. 네 어머니는 죽었고. 내가 가지고 싶은 것은 힘과 영광이야."

길달이 말을 받았다.

"궁에 들어가 일을 해 보니까 참 한심하더군. 손바닥만 한 나라에서 서로 헐뜯고 서로 더 차지하려고 법석을 떨어 대고. 백성들은 굶주리는데 어떤 놈들은 배 터져 죽고. 귀족이라는 작자들은 땅을 사 모으느라고 눈이 벌게져 있더군. 법인지 뭔지 있으나 마나 한 그물은 가진 자들은 모두 빠져나가게 하고, 백성들만 오지게 옭아매더군. 게다가 이 나라 지배 계층의 지식수준이라는 게 다다라 마을과 비교해 보면 한심하기 이를 데 없었네. 그런 놈들이 한 자리씩 꿰차고 앉아서 거짓말로 연명하면서 백성들 피를 빠는 꼴이라니. 거기에 백성들은 어리석어서 힘센 자들이 귀에 흘려 주는 얘기에 혹해서 그들에게 영혼을 팔아먹고. 그들의 영혼은 시커멓고 끈적대는 역청 같더군. 빛은 조금도 보이지 않아. 검고 역겨워."

두룬이 말했다.

"그렇지 않네. 영혼이 깨어 있는 사람들도 있네. 그들은 숨어 있네. 그리고 진정으로 역사의 바퀴를 굴리는 자들은 그런 사람들이지."

길달이 빈정대며 말했다.

"역사? 인간들의 역사를 나나 자네가 왜 걱정하나. 인간들이 알아서 할 일이지. 아무튼 나는 사로국을 차지하기로 했어. 그들의 실력이라는 게 형편없는 거 아닌가. 궁에 들어가 실상을 보니 숨겨 두었던 정복욕이 살아났네. 나는 왕이 되고 싶어졌어. 나는 다다라 마을에서는 별 볼일 없는 연금술사에 불과했지만, 여기에서

     연금술사의 탄생

라면 왕이 되고도 남는 실력자라는 걸 알게 되었네. 자네와 내가 손잡고, 또 여기 그림자 신들과 여우 인간들이 힘을 보태면 하룻밤이면 초토화시킬 수 있지. 안 그런가?"

"나는 자네들과 손잡지 않겠네. 자네는 이제 내 친구 길달이 아니라 권력에 눈먼 미치광이 괴물일세. 그런데 진작부터 이런 음모를 꾸민 것 같은데 길달문은 왜 지은 건가?"

"내 힘을 시험해 보고 싶었지. 과연 자네나 다른 누구의 도움 없이 나 혼자 해낼 수 있는지."

"그래서 이젠 자신이 생겨서 사로국을 통째로 발아래 두겠다고?"

"그래, 자신이 생겼네."

"자네는 자네를 파괴하는 길로 가고 있어. 권력에 대한 욕망이란 그걸 탐하는 자를 파괴하고 만다네. 권력은 꿀처럼 달콤하지만, 실은 영혼을 파먹는 독이라네."

"설교 따위를 듣자고 자네를 부른 것이 아닐세. 같이할 건가, 말 건가?"

"결코 같이할 수 없네. 나를 모르는가?"

"자네의 대답을 예상치 못한 것은 아니네."

"이렇게 미리 배반의 사실을 알리는 이유가 뭔가? 예고 없이 급습하면 승리할 승산이 더 클 텐데 말야."

길달이 침을 한 번 꿀꺽 삼킨 다음, 입을 열었다.

"그건 마지막 남은 우정의 배려일세. 그리고 자존심이기도 하고. 나는 자네가 협조하지 않을 걸 알고 있었네. 이 전쟁이 사로국 왕과의 전쟁이 아니라 두룬 자네와의 전쟁이 될 거라는 사실을 알고 있었다는 말일세. 난 자네를 이겨 보고 싶어. 정정당당하게 자네와 싸워 이기고 세상의 왕이 되고 싶다는 말일세. 뒤통수를 쳐서 왕위를 훔치고 싶지 않단 말일세. 나는 내 힘의 욕망에게 멋진 선물을 해 주고 싶어. 몇 달 만에 나쁜 놈이 되고 말았지만, 비겁한 놈까지 되고 싶지는 않네."

"완전히 미쳤군. 오만이 하늘을 찌르는군."

"그러나저러나 결과는 뻔한 거 아닌가? 그럼 끼어들지 말게. 전쟁이 끝나면, 자네가 좋아하는 공부 실컷 하게 해 주지."

"그럴 수 없네. 맞서 싸우겠네. 전쟁이 벌어지면 죄 없는 백성들이 죽네. 그들을 죽게 내버려 둘 수는 없어."

"자네 무술이 내 무술에 비해 형편없는 수준이라는 거 잊었나? 무술에 관한 한, 자네는 내 상대가 아니야. 전쟁은 연금술과는 달라."

"잘 아네. 그래도 싸우겠네."

"그러면 이제 자네와 나는 원수일세. 둘 중 하나는 죽어야 할 걸세."

"그것이 운명이라면 어쩔 수 없지."

19

피와 눈

두룬은 급히 궁으로 돌아가 왕에게 길달의 배반을 알렸다. 왕은 크게 당황했다. 길달마저 궁으로 끌어들이면 탄탄대로를 달릴 줄 알았는데, 보기 좋게 뒤통수를 맞은 것이었다. 왕이 진노하며 말했다.

"너를 믿고 길달을 쓴 것이다. 네가 믿을 만한 친구라고 천거하지 않았더냐?"

"예, 전에는 그런 친구가 아니었습니다. 그런데 궁에 들어와 일하면서 자신의 힘을 과신하게 된 것 같습니다. 권력에 대한 욕망이 길달을 악마로 만들어 버린 것 같습니다. 그렇게 변해 버리다니, 저는 상상조차 하지 못했던 일입니다."

"도깨비 집이나 귀교를 지은 것으로 보면 괴력의 소유자들인데 이 일을 어찌할꼬? 신출귀몰하는 귀신들과 무슨 재주로 싸운단 말이냐?"

"예, 그들은 엄청난 힘을 가지고 있습니다. 그러나 그렇다고 해서 앉아서 당할 수만은 없으니 군대를 준비해 주십시오."

"싸워서 이길 수 있겠느냐?"

"솔직히 두렵습니다. 길달은 엄청난 무술의 고수입니다. 그러나 죽을힘을 다해 싸우겠습니다."

"사로국에도 술법을 쓰는 불교승들이 더러 있다. 길달 무리의 실력에 비하면 어린아이 장난일지 모르지만."

"그들도 대기시켜 주십시오. 길달의 무리는 틀림없이 보름날 밤에 공격해 올 것입니다. 그들의 힘이 최고조에 이르는 날이니까요."

왕은 머리를 감싸고 신음했다.

"이 일을 어찌할꼬? 내가 욕심을 부리다가 백성을 다 죽이게 생겼구나."

"제 잘못입니다. 그러나 너무 걱정하지 마십시오. 제가 비책을 생각해 두었습니다."

"무엇이냐?"

"버드나무와 라 덩굴을 이용하겠습니다."

연금술사의 탄생

"버드나무와 라 덩굴로 그들의 술법을 어찌 막아 낼 수 있겠느냐?"

"길달과 함께 있는 그림자 신들은 원래 유화 어머니 신을 모시던 하위 신들이었습니다. 따라서 유화 어머니 신을 무서워합니다. 버드나무는 유화 어머니의 신력이 깃들어 있는 나무입니다. 라 덩굴은 신원림 깊은 곳에서 어머니 신의 영기를 머금고 자라난 식물입니다. 그 식물들을 이용하면 놈들을 물리칠 수 있을 것입니다."

"제발 그랬으면 좋겠구나."

"버드나무 가지를 뾰족하게 깎아 화살촉 앞뒤로 붙여 주십시오. 그런 화살을 아주 많이 준비해 주시기 바랍니다. 그리고 라 덩굴을 가능한 한 많이 채취해서 보름날 밤에 심거 물 위에 버드나무 가지들과 함께 많이 띄워 놓으십시오. 귀교에 쌓여 있는 눈을 깨끗하게 치워 주시고, 제 갑옷 흉갑에 달 수 있는 커다란 둥근 은거울도 준비해 주시기 바랍니다. 그리고 지금부터 밤낮없이 하루 종일 망을 보게 해야 합니다."

"알겠다."

보름날 밤이 되었다. 차갑고 투명한 하늘 위로 보름달이 둥실 떠올랐다. 귀교 앞의 넓은 벌판은 눈부신 하얀 눈으로 덮여 있었다. 그 광경이 무척 아름답고 고요해서 그곳에서 곧 피비린내 나는 혈투가 벌어질 거라고는 상상조차 하기 힘들었다. 멀리 신원림에서 검은 그림자들이 날아오기 시작했다. 파수를 보던 병사가 꽹과리를 정신없이 두들겼다.

"적이다! 적이 나타났다!"

두룬이 하늘을 올려다보았다. 하늘이 검은 그림자로 까맣게 덮여 있었다. 두룬은 여우 인간들의 수가 수백에 달하는 것을 보고 경악했다. 등골이 서늘했다. 길달이 그사이 다다라 마을로 가서 여우 인간들을 몽땅 끌고 온 모양이었다. 두룬은 급히 친위대장 길지를 불렀다.

"예상치 못했던 사태일세. 길달이 다다라 마을로 가서 여우 인간들을 몽땅 끌고 온 모양이야."

길지의 얼굴이 새파래졌다.

"큰일이군요. 어떻게 하지요?"

"길달을 맡기로 한 병력을 전부 여우 인간을 맡도록 돌리게."

"그럼 길달을 집사께서 홀로 감당하시겠다는 말씀이신가요?"

"그래."

"길달이 엄청난 무술의 고수라 하지 않으셨습니까? 혼자 감당하실 수 있겠습니까?"

"죽을 각오로 막아 보겠네."

"너무 위험 부담이 큽니다. 혹 집사께서 패배하시는 날에는 길달이 군 전체를 위협하게 될 터인데……. 친위병 약간만이라도 남겨 두시는 것이……."

"일리 있는 말이군. 그럼 무술이 가장 뛰어난 자들로 몇 십 명만 남겨 두게."

"알겠습니다."

두룬은 흰구름 위에 올라 군사들의 맨 앞에 서서 말을 달렸다. 은빛 방패가 번쩍이는 빛을 내뿜었다. 두룬의 무장은 온통 은빛이었다. 두룬의 갑옷 가슴에는 번쩍이는 커다란 은거울이 달려 있었다. 두룬이 달릴 때마다 그 거울이 번쩍이며 빛을 내뿜었다. 귀교와 월성 사이의 넓은 벌판에서 길달의 무리와 두룬이 이끄는 사로국 군사가 마주쳤다. 두룬은 마음속으로 유화 어머니 신과 복숭아꽃에게 간절히 기원했다.

'사랑하는 어머니들, 저를 도와주십시오. 길달의 배반은 제가 원인을 제공한 것이나 같습니다. 이 전쟁에서 지면 누구보다 힘없는 백성이 고초를 겪게 될 것입니다. 어머니들은 그들을 깊이 사랑하지 않으셨습니까. 제게 힘을 주시어 백성을 지킬 수 있도록 도와주십시오.'

길달이 서서히 땅으로 내려왔다. 길달은 우렁우렁하는 목소리로 외쳤다.

"사로국인들이여, 당신들의 무술과 힘은 우리에 비하면 어린애 장난 같은 것이다. 너희는 우리의 힘을 벌써 여러 차례 확인했을 것이다. 지금 무기를 버리고 항복하면 목숨을 건질 수 있다. 쓸데없이 하나밖에 없는 귀한 목숨을 버리지 마라."

두룬이 외쳤다.

"힘을 가지고 있으나 그것을 올바로 쓰지 못하면 그것은 재앙이 되어 스스로의 목을 칠 것이다. 그대는 어찌하여 이런 참람한 짓을 저지르는가?"

"너희가 가치 없는 자들이라고 판단하였기 때문이다. 너희는 타락했다. 너희는 진실을 사랑하지 않으며, 올바른 자를 능멸하고 핍박하며, 돈과 권세만을 좇는다. 너희는 눈멀고 귀 먹었다. 너희가 패망한다 한들 누가 너희를 위해 울어 주겠느냐?"

"사로국 사람 전부가 그런 것은 아니다. 깨어 있는 자들이 있다. 그들이 몸을 일으킬 것이다."

"어느 세월에? 다 망한 후에?"

"그래서 그대는 파괴의 검과 증오의 불로 잠들어 있는 영혼을 깨우겠다는 것이냐?"

"너희들의 영혼이 깨어나든 말든 그건 내가 상관할 일이 아니다. 나는 다만 내 힘을 확인하고자 하는 것뿐이다. 잠들어 있었으나, 이제 깨어나 먹을 것을 구하는 내 잔인하고 순결한 욕망의 불에게 먹이를 주려는 것뿐이다."

"신성하신 신들에 걸고 맹세컨대 그 욕망이 그대를 죽일 것이다."

"말이 많구나! 자, 덤벼라!"

양 진영은 맞붙어 싸웠다. 길달의 무리에서 검은 그림자 신들이 맨 앞에 서서 너울거리며 날아왔다. 그들이 지옥의 아가리 같은 입을 쩍 벌리자, 시체 썩는 것 같은 고약한 냄새가 풍겨 나왔다.

두룬은 미리 연 작전 회의에서 군사를 세 무리로 나누어, 각기 상대할 적을 지정해 주었다. 장수들이 이끄는 군사들은 검은 그림자 신들을 맡고, 술법에 능한 불교승들이 이끄는 군사들은 여우 인간들을 맡고, 두룬이 이끄는 군사들은 길달을 맡기로 했다.

검은 그림자 신들을 맡은 부대에게는 그림자 신들이 아가리를 쩍 벌리는 순간에, 정확하게 겨누어 그림자 몸 한가운데에 버드나무 화살촉을 박아 넣으라고 일렀다. 그들은 유화 어머니 신을 섬기던 자들이기 때문에 버드나무를 무서워한다는 점을 이용하는 계책이었다. 그리고 한 부대가 앞장서서 그들을 유인하여 심거 물로 몰아넣으면 처치할 수 있을 것이라고 일렀다. 그림자 신들을 맡은 군사들은 얼굴을 모두 검은 헝겊으로 가렸다. 그림자 신들이 독이 스며든 연기를 내뿜기 때문에, 그 연기를 쐬지 않기 위해서였다.

여우 인간들을 맡은 불교승들에게는 계속 축사(逐邪)의 주문을 외우며 구리로 된 징을 두들기라고 했다. 징 소리는 잠들어 있는 세상의 힘들을 일깨우고, 사악한 힘을 내쫓는 역할을 하기 때문에 여우 인간들은 징 소리에 질색을 했다. 그렇게 해서 여우 인간들의 얼을 빼어 놓은 다음, 두룬이 연금술로 만든 독을 묻힌 화살이나 창을 이용해 죽이라고 했다. 그 독에 맞으면 여우들은 안에서부터 불이 나 죽을 것이라고 했다. 그리고 자신이 지휘하는 군사들에게는 자신이 길달을 맞아 싸우다 죽은 다음에야 개입하라고 했다. 두룬이 죽기 전에는 결코 끼어들지 말라고 엄하게 명령을 내려 두었다. 길달은 두룬을 노리고 있기 때문에 두룬이 붙잡고 있는 한, 다른 군사들은 공격하지 않을 것이라고 말했다. 두룬은 길달이 가장 무서운 상대이기 때문에 길달의 공격력을 묶어 두어야 한다고 생각했다. 두룬은 그들에게도 여우 인간을 잡을 때 쓸 독약과 똑같은 독약을 주었다. 사실은 여우 인간들에게 사용할 독보다도 세 배는 더 독성이 강했다.

군사들은 와 하고 외치며 그들이 맡은 상대들과 각각 싸우기 시작했다. 그러나 군사들은 호랑이와 싸우는 토끼 새끼들 꼴이었다. 그림자 신들은 입에서 독을 내뿜어 군사들을 질식시켜 죽이거나, 무서운 팔로 군사들을 휘감아 목을 분질러 버리거나, 무시무시한 힘을 사용하여 닥치는 대로 집어 던졌다. 군사들은 눈밭 위에 거꾸로 처박혔다. 그림자 신들이 아가리를 벌릴 때마다 역한 냄새와 함께 독이 스며든 연기가 새어 나왔다. 군사들은 두룬의 지시에 따라 미리 코를 헝겊으로 가리고 전장에 나왔으나, 그 독을 막아 내는 데는 역부족이었다. 독에 질식한 군사들은 그 자리에서 정신을 잃고 픽픽 쓰러졌다.

궁수들은 일제히 괴물들을 향해 독화살을 날렸다. 그러나 화

 연금술사의 탄생

살은 모조리 빗나갔다. 놈들은 도무지 그 형태를 짐작조차 할 수 없을 만큼 변화무쌍하게 모습을 바꾸었다. 마치 바람을 향해 활을 쏘는 기분이었다. 그러다 한 일급 궁사가 쏜 화살 하나가 그림자 신 하나를 맞혔다. 그 그림자 신은 크르르르 하는 무시무시한 소리를 내며 몸을 뒤틀기 시작했다. 그 모습을 보고 화가 치민 다른 그림자 신들이 무시무시한 아가리를 벌리고 가까운 곳에 있는 궁수를 하나씩 잡아 올렸다. 괴물의 손아귀에 잡힌 궁수들은 단말마의 비명을 지르며 죽어 가면서도, 용감하게도 마지막 힘을 다해 괴물들의 벌린 아가리에 화살을 처박았다. 버드나무 화살촉이 배 속으로 들어가자, 괴물들은 우푸르르 흐흐투투 크르르 하고 무시무시한 소리를 내지르며 몸을 뒤틀기 시작했다. 마치 산사태가 난 듯한 무서운 소리가 울려 퍼졌다. 그러면서도 괴물들은 닥치는 대로 군사들을 잡아서 집어 던졌다. 군사들을 지휘하던 장수 몇 사람이 말을 타고 앞장서서 그림자 신들을 심거로 유인했다. 그리고 수십 명이 한꺼번에 버드나무 창으로 위협하여 그들을 심거 안으로 밀어 넣었다. 그중 한 놈은 용케 몸을 비틀어 날아올라 먼 곳으로 날아가 버렸다. 물에 빠진 나머지 두 놈은 꾸애애액 하고 세상에서 처음 들어 보는 끔찍한 비명 소리를 내질렀다. 그림자 신들이 물에 빠지자, 버드나무 가지들이 마치 살아 있는 동물처럼 물 위에서 벌떡 일어나더니 그림자 신들을 마구 때렸다. 라 덩굴은 마치 뱀처럼 꿈틀거리며 일어나 흰 머리카락으로 그림자 신들을 칭칭 감았다. 그림자 신들은 헐떡거리더니, 점차 끈적이는 액체로 변해 갔다. 그러고는 고약한 냄새를 풍기는 거품으로 변하더니, 이윽고 심거 아래로 가라앉아 버렸다.

"와아! 잡았다."

군사들이 소리쳤다. 군사들은 여우 인간들과 싸우고 있는 동료들을 도우러 달려갔다.

여우 인간들은 말을 타고 달리다가 손에 든 검으로 군사들의 목을 댕강댕강 잘랐다. 사방에 피가 튀고, 죽은 시신들이 늘비했다. 그러나 불교승들은 두려워서 가까이 가지 못했다. 승들은 낭랑한 목소리로 주문을 외우면서 징을 두들겨 댔다. 파죽지세로 군사들을 베던 여우 인간들은 징 소리가 들리면 고통스러운 표정으로 머리를 흔들어 댔다. 그러나 여우 인간들이 타고 있는 말은 하늘을 날 수 있기 때문에 잠시 하늘로 올라갔다가 정신을 차리고는 다시 땅으로 내려와 군사들을 베어 넘겼다. 수많은 군사가 여우 인간들의 검에 목숨을 잃었다. 그러나 군사들은 이내 방법을 생각해 냈다. 여우 인간의 말이 하늘로 떠오르는 순간 여러 군사가 한꺼번에 달려들어 말을 잡아당겼다. 처음에는 수가 적어서 말이 떠오를 때 군사들도 말과 함께 하늘 높이 올라갔다가 땅바닥으로 곤두박질쳤다. 그러나 수십 명이 잡아당기자, 말은 떠오르지 못했다. 그 순간 승들이 곁으로 다가와 큰 소리로 축사의 주문을 외며 징을 정신없이 두들겨 댔다. 어지럼증을 느낀 여우 인간들이 말에서 굴러떨어지자 군사들이 달려들어서 독이 묻은 창을 여러 개 찔러 넣었다. 그러자 여우 인간들은 몸을 정신없이 떨었다. 그리고 조금 뒤에 화살이 꽂힌 자리에서 불이 나오기 시작했다. 여우 인간들은 비명을 지르며 눈밭을 뛰어다니다가 이윽고 불덩이가 되어 타 죽었다. 상황이 불리해지자, 도망치는 놈들이 생겨났다. 여우 인간들은 말을 타고 하늘 저 멀리 사라져 갔다. 여우 인간들의 검게 탄 시신이 눈밭에 뒹굴었다. 그러나 여우 인간들 옆에는 사로국 군사들의 목 없는 시신이 더 많이 쌓여 있었다. 눈부신 흰 눈밭은 온통 피로 물들어 처참하기 이를 데 없었다.

 길달이 검을 뽑아 들었다. 달빛이 날카로운 칼날 위에서 차갑게 미끄러졌다. 두룬도 자신이 만든 명검 달빛을 뽑아 들었다. 두룬의 검은 달빛을 받아 달빛보다 더 희고 차갑게 빛났다. 두 사람은 말을 달려 서로 맞붙었다. 그러나 처음부터 두룬은 길달의 상대가 아니었다. 몇 합 겨루지 못하고 두룬은 말에서 굴러떨어졌다. 지켜보던 군사들의 입에서 비명 소리가 새어 나왔다. 성질 급한 장수들 몇 명이 앞으로 나서는 것을 친위대장이 막아섰다.
 두룬이 말에서 떨어지자, 흰구름이 냅다 길달의 말에게 달려가더니 머리를 들이박았다. 길달의 말이 놀라서 앞발을 들고 곤두섰다. 말이 앞발질을 하며 비틀거리자 길달도 말에서 떨어졌다. 길달은 날렵하게 몸을 일으켜 두룬에게 달려갔다. 두룬은 그때까지도 땅에 떨어진 충격 때문에 일어나지 못하고 있었다. 길달이 검을 들고 두룬을 내리찍으려는 순간, 두룬은 몸을 살짝 피하더니 가볍게 허공으로 떠올랐다. 군사들 사이에서 아, 하는 탄성이 흘러나왔다. 길달은 싸늘하게 비웃더니 두룬을 따라 서서히 하늘로 떠올랐다. 두룬은 계속해서 높이 올라갔다. 멀리 떠 있는 둥근 보름달을 배경으로 흰 무사와 검은 무사가 마주 서 있었다. 길달이 검을 칼집에 꽂았다. 두룬도 검을 칼집에 집어넣었다.

길달이 외쳤다.

"내가 가르쳐 준 것도 제대로 못 하나? 생각보다 더 형편없군그래."

"맞네. 무술에 있어서는 자네가 훨씬 윗길이지."

"그만 항복하시게. 해 보나 마나 한 싸움 아닌가."

"그럴까? 그러나 내게는 아직 한 번도 사용해 보지 않은 힘이 남아 있네."

"그게 무슨 힘인가? 궁금해지는군."

"내게도 검은 힘이 있네. 자, 받게. 분노의 힘일세!"

그렇게 말하면서 두룬은 손에서 불을 끄집어냈다. 그리고 불을 길달에게 쏘아 보냈다. 불이 쏟아 내는 힘은 꽤 위력적이었다. 길달은 잠시 비틀거렸으나, 곧 방패를 들어 막았다.

"신통치 않군."

이번에는 길달이 불을 뿜었다. 두룬이 맞불로 불을 차단했다.

불길은 팽팽하게 대결했다. 그러나 소모되는 힘이 너무 커서, 두 사람 모두 잠시 불을 끄고 숨을 돌렸다. 길달이 다시 불을 뿜었다. 두룬은 불을 불로 받았다. 그렇게 불들은 한쪽이 밀렸다가 또 다른 한쪽이 밀렸다가를 반복하며 상대방을 공격했다. 그러나 역시 두룬은 길달에 비해 하수였다. 곧 힘이 떨어지기 시작했다. 두룬이 잠깐 비틀거리는 사이에 길달이 강력한 불을 쏟아부었다. 두룬의 몸이 불길에 휩싸인 채 갑자기 아래로 떨어지기 시작했다. 아래에서 하늘을 쳐다보던 군사들이 비명을 질렀다. 장수들은 일제히 검을 뽑아 들었다.

그런데, 어느 순간, 아래로 떨어지던 두룬의 몸이 빙글 돌았다. 그러더니 두룬의 가슴에 달린 거울에 달빛이 번쩍하고 반사되었다. 그 빛이 귀교의 난간에 새겨져 있던 한 연성문을 비추었다. 그러자 놀라운 일이 벌어졌다. 연성문이 갑자기 빛을 발하기 시작했던 것이다. 그리고 거기에서 파란 달걀 모양의 빛이 나와 두룬을 향해 날아갔다. 빛은 정신을 잃고 축 늘어져 있는 두룬을 둥글게 감싸 안았다. 잠시 뒤에 두룬은 정신을 차리고 다시 하늘로 솟아 올라갔다. 아래에 서 있던 군사들이 와아 하고 환호성을 질렀다.

다시 불의 대결이 시작되었다. 두룬은 여전히 푸른빛에 감싸여 있었다. 두룬이 방패를 집어 던졌다. 방패가 달빛을 받아 반짝이며 빙글빙글 돌아 눈밭 위로 떨어졌다. 두룬은 이제 두 손에서 불을 뿜어내기 시작했다. 길달은 계속 수세에 몰렸다. 아무리 강한

힘을 가진 불을 쏘아도 두룬을 에워싸고 있는 푸른빛의 막에 부딪쳐 미끄러져 버리고 말았기 때문이다. 게다가 길달은 한 손밖에 쓸 수 없지만, 두룬은 두 손을 사용했다. 길달이 헐떡이며 외쳤다.

"이런, 연금술을 제대로 배우지 않은 것이 오늘처럼 후회되는 적이 없군."

"귀교에 연성문을 새겨 넣자고 한 건 자네일세."

"자네가 그걸 써먹으리라고는 생각지도 못했네."

"자네의 힘에 대한 욕망이 결국 자네를 치는 걸세."

길달은 점점 지쳐 갔다. 그리고 어느 순간, 길달의 몸이 아래로 서서히 떨어지기 시작했다. 두룬도 서서히 아래로 내려왔다. 두 사람은 검을 뽑아 들고 땅에서 대결을 시작했다. 두룬을 둘러싸고 있던 푸른 원은 사라져 버렸다. 길달은 몇 합을 겨루다가 갑자기 머리를 마구 흔들었다. 투구가 머리에서 벗겨져 나갔다. 그 순간 지켜보던 군사들이 모두 '악!' 하고 놀라움의 비명을 질렀다. 길달이 거대한 은빛 여우로 변해 가고 있었기 때문이다.

여우로 변한 길달이 두룬에게 말했다.

"내 본색이 여우인 것은 알고 있지? 자, 이제 마지막 힘을 다 끌어 모았네. 여우인 나는 인간인 나보다 훨씬 더 힘이 세니까."

아닌 게 아니라, 지쳐 있던 길달은 다시 힘을 되찾은 것처럼 보였다. 어느 순간, 길달이 휘두른 검에 두룬의 오른쪽 어깨가 베였다. 피가 철철 흘러내렸다. 두룬은 다시 수세에 몰렸다. 그러나 여우는 곧 다시 힘을 잃어 가기 시작했다. 여우는 두룬의 검에 맞아 십여 군데에 깊은 상처를 입었다. 여우가 균형을 잃고 비틀거리는 사이, 두룬의 검이 재빠르게 여우의 심장을 찔렀다. 여우는 결국 쓰러졌다. 지켜보던 병사들이 일제히 '와아!' 하고 환호성을 질렀다. 정신없이 싸우던 두룬은 그제야 정신이 돌아왔는지, 땅바닥에 누워 피를 흘리는 여우를 내려다보았다. 그리고 멍한 표정으로 허리를 반쯤 구부리고 검을 든 채 여우를 향해 비틀거리며 걷기 시작했다. 두룬은 땅바닥에 검을 내려놓고 무릎을 꿇고 앉아 여우에게 다가갔다.

"길달, 내가 자네를 죽인 건가?"

여우가 희미하게 웃으며 대답했다.

"아직은 아니네."

두룬이 울음을 터뜨렸다.

"내가 무슨 짓을 한 건가?"

"자네가 해야 할 일을 했지."

"길달, 내 친구여, 죽지 말게."

여우가 앞발을 내밀었다. 두룬이 울며 여우의 머리를 무릎 위에 올려놓았다. 여우가 다 꺼져 가는 목소리로 말했다.

연금술사의 탄생

“두룬, 내 목을 치게.”

두룬이 흠칫 놀랐다.

“못 하네.”

“제발, 나를 위해 그래 주게. 내가 전에 했던 말 기억하나? 나는 상처가 빨리 아문다네. 목을 잘라야 죽어. 다시 살아나면 다시 못 된 짓을 할 거야.”

“아니야, 그렇지 않아. 옛날의 길달로 돌아갈 수 있어.”

“틀렸네. 영윤은 한번 발을 잘못 들여놓으면 그걸로 끝이야. 나는 점점 더 무시무시한 악마가 될 걸세. 제발 내 목을 쳐 주게. 그것이 나를 구원하는 길일세.”

두룬은 한참을 흐느껴 울다가 비틀거리며 일어났다. 두룬은 흐느껴 울며 옆에 놓인 검을 들어 고개를 옆으로 돌린 채 여우의 목을 내리쳤다. 목에서 피가 솟구치면서 쏴아 하는 소리가 두룬의 귀에까지 들렸다. 그 순간, 두룬의 눈에서 검고 잔인한 빛이 잠깐 번쩍하고 튀어 오르는 것을 알아차린 사람은 아무도 없었다. 목이 잘린 여우의 시신은 점차 사람의 모습으로 변해 갔다. 지켜보던 군사들이 다시 놀라움의 비명을 질렀다.

두룬은 머리를 두 손으로 감싸 안고 무릎을 꿇고 주저앉더니 짐승처럼 비명을 질렀다. 비통한 비명 소리가 허공을 향해 윙윙 울리며 올라갔다. 두룬은 갑자기 벌떡 일어나더니 검을 집어 던지고 미친 듯이 귀교를 향해 뛰기 시작했다. 두룬은 귀교를 지나 신원림을 향해 달려갔다. 그러나 아무도 두룬을 쫓아갈 엄두를 내지 못했다. 두룬이 느꼈을 절망의 무게를 모두들 조금씩은 나누어 느꼈기 때문이다.

수백 명이 죽고 또 그만큼 되는 군사들이 다쳤다. 그러나 사람들은 두룬의 지혜와 용기 덕분에 사로국을 지켜 낼 수 있었다는 것을 알고 있었다. 이번 전쟁은 두룬이 천거한 인물 때문에 생겨난 손실이기 때문에, 귀족들이 빌미를 잡고 또 왕을 흔들어 댈 만한 사안이었지만, 그들은 찍소리도 못 하고 엎드려 있었다. 왜냐하면 귀족들은 전장에 코빼기도 내밀지 않았기 때문이다. 왕은 귀족들에게 빌미를 주지 않기 위해서 일부러 그들에게 도움을 청하지 않았다. 어차피 이 전쟁에서는 군사의 수나 평범한 병법 따위는 그리 중요한 것이 아니라고 생각했기 때문이다. 어지간한 전쟁 같으면 귀족들은 거드는 시늉이라도 냈을 것이다. 그러나 귀족들은 신비한 존재인 길달 무리에게 잔뜩 겁을 집어먹고 있었다. 귀족들은 내심 왕이 항복하기를 바랐다. 그리고 전쟁 중에 두룬이 죽어 주기를 오매불망 빌었다.

전장에서 미친 사람처럼 뛰어나간 두룬이 그 뒤 어떻게 되었는지 아는 사람은 아무도 없었다. 왕은 두룬을 찾기 위해 군사들을 이끌고 직접 신원림을 뒤졌다. 숲 입구에서 두룬의 갑옷과 투구,

신발을 찾아냈다. 그리고 피가 묻은 눈덩이를 보았다. 맨발로 걸은 발자국과 핏자국이 일정한 거리에 흩어져 있었다. 그러나 조금 더 가자 발자국도 핏자국도 보이지 않았다. 두룬의 흔적은 어디에도 없었다. 눈이 많이 쌓여 있었기 때문에 그 근처 어디에 있었다면 틀림없이 발자국이 눈에 띄었을 텐데, 어디에도 두룬의 흔적은 없었다. 도깨비 집에 가 보았지만, 그곳도 텅 비어 있었다. 왕은 백여 명의 군사를 이끌고 매일처럼 사방 삼십 리를 뒤졌다. 그러나 보름이 넘도록 두룬의 흔적은 그 어디에서도 찾을 수 없었다.

그 무렵부터 사로국에는 이상한 노래가 하나 사람들의 입에서 입으로 퍼져 나가기 시작했다. 누가 지은 노래인지는 알 수 없었다. 그러나 그 노래는 두룬이 자취를 감추어 버린 뒤에도 입에서 입으로 퍼져 나갔다.

성제(聖帝)의 혼이 아들을 낳았구나
여기는 두룬의 집이다
날고뛰는 잡귀들아
이곳에 머물지 마라

사람들은 하얀 종이 위에 붉은 모래로 만든 붉은 물감으로 그 시를 적어 대문에 붙였다. 두룬의 힘으로 사악한 도깨비들을 물리치기를 바라는 마음에서였다. 그 이후로 백성들은 두룬을 단순

연금술사의 탄생

히 마하왕의 집사에 불과한 존재로 생각하지 않았다. 두룬은 어느새 신앙의 대상이 되었다. 사람들은 집 안에 자리를 하나 만들어 촛불을 켜고 아침저녁으로 기도하며 두룬이 돌아오기를 기원하기 시작했다. 돌아와 세상의 모든 고통으로부터 자신들을 해방시켜 주기를 빌었다.

두룬을 신으로 섬기는 사람들은 두룬을 착한 도깨비 두두리 신이라고 불렀다. 두룬이 짧은 기간 동안 사로국에서 한 일들은 온갖 신비한 이야기로 각색되어 사람들 사이에 회자되기 시작했다. 사람들은 착한 도깨비 두룬을 사랑하고 신으로 섬겼다. 도깨비는 세상의 권력자들, 힘센 자들, 많이 배운 자들이 아니라, 못난 자들, 힘없는 자들, 배우지 못한 자들, 쫓겨난 자들의 신이었다.

그해 겨울, 사로국에는 엄청나게 많은 눈이 내렸다. 그렇게 많은 눈이 내리는데도 그해 날씨는 아주 포근했다. 눈은 세상의 모든 시끄러운 소리들을 빨아들이며 심거 앞의 벌판에 조용조용 내려와 쌓였다. 눈은 심거 앞 벌판에 흩뿌려져 있던 피 위에도 내렸다. 눈은 월성에도, 신원사에도, 귀교에도 쌓였다. 눈은 왕궁 뜨락에도, 귀족들의 집 뜨락에도, 백성들의 집 뜨락에도 내려와 쌓였다. 눈은 특히 백성들의 마음에 쌓였다.

2권에서 이야기가 계속됩니다.

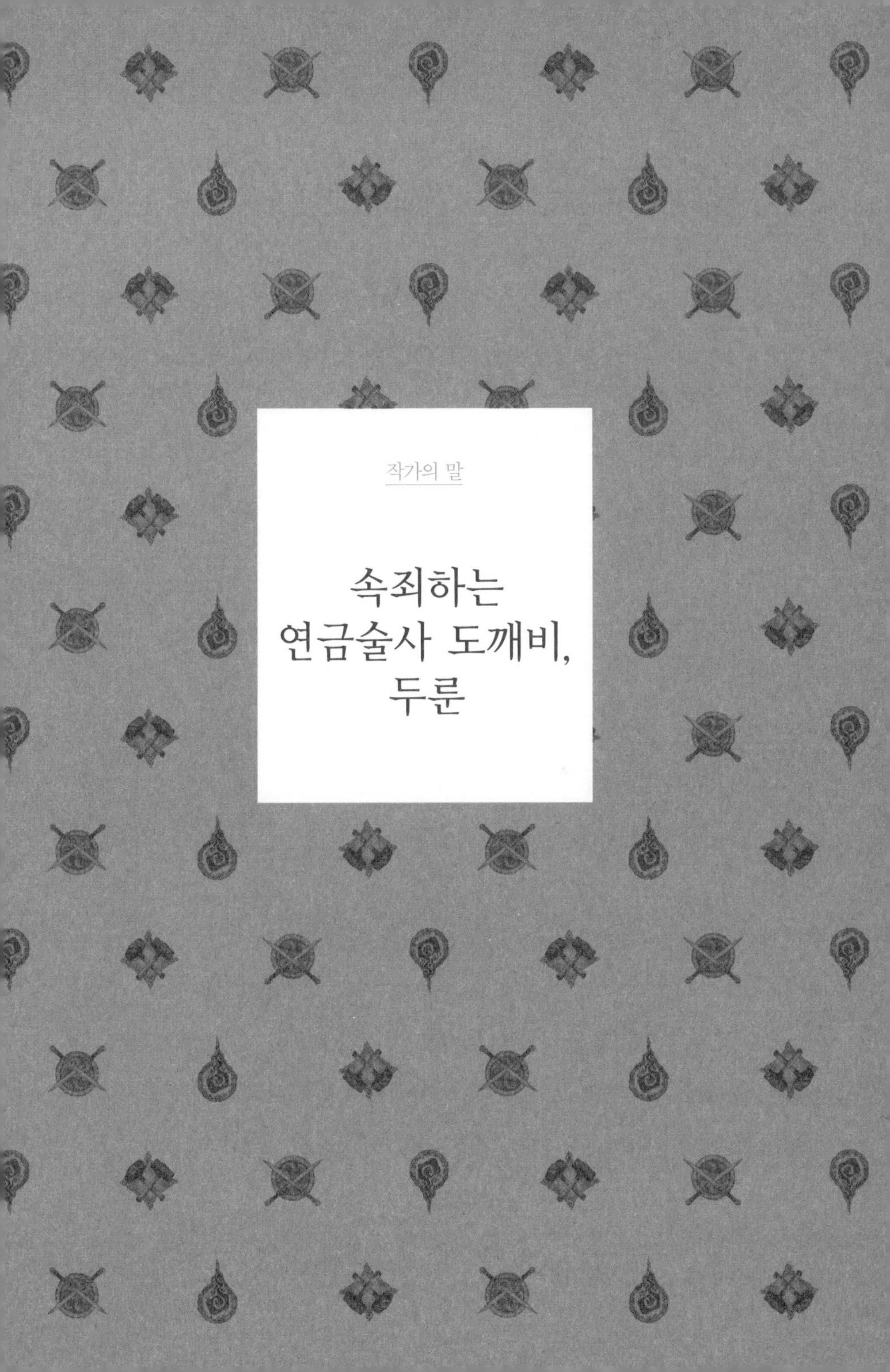

작가의 말

속죄하는
연금술사 도깨비,
두룬

오래전부터 〈해리 포터〉 시리즈와 같은 이야기를 한번 써 보고
싶다는 열망을 가지고 있었습니다. 공동체의 신화적 전통으로부
터 솟아 나와 사람들을 꿈의 자리로 데리고 가는 아기자기한 이
야기. 그것은 문학적 열망과는 다른 것이었어요. 우리 신화를 소
재로 해서 〈해리 포터〉 시리즈처럼 재미난 이야기를 하나 만들어
보고 싶었습니다. 특히 우리 아이들에게 꿈을 꿀 수 있게 해 주는
이야기를 만들어 보고 싶었습니다.

우리 신화는, 아마도 현실적 가치를 중요시하는 유교적 합리주
의가 우리 사회에 일찌감치 자리를 잡았기 때문인지, 신화의 원형
적 형태가 많이 지워져 있고, 합리적으로 고친 흔적이 많이 보입
니다. 그리고 파편적인 짧은 이야기로 전해지고 있습니다. 또 대부

연금술사의 탄생

분 신화라기보다는 '전설'이나 '설화'에 가까운데, 역사적으로 실존했던 사람들의 이야기가 신화적으로 각색된 것입니다.

우리 신화 안에서 순수하게 신화적인 존재는 많지 않습니다. 그러나 '도깨비'는 다릅니다. '도깨비'는 순수하게 신화적 근원을 가진 존재입니다. 그리고 형태는 다르지만, 현대까지도 살아남아 있는 거의 유일한 신화적 존재입니다. 더욱이 도깨비는 문헌 설화에 등장하는 왕실과 귀족 중심의 설화와는 달리, 철저하게 민중적 상상력을 바탕으로 하고 있습니다. 그것은 도깨비 이야기가 의도적으로 '가공되었을' 가능성이 현저하게 적다는 의미일 것입니다. 신화적 근원에 가깝다는 뜻이지요.

그래서 저는 '도깨비'를 주인공으로 하는 이야기를 한번 써 보고 싶다는 생각을 가지게 되었습니다. 그런데 평소에 도깨비 이야기들을 읽으면서, 이 친근한 괴물이 '대장장이 신화'와 연관되어 있을 것 같다는 생각을 했습니다. 공부를 할수록 직관에 가까웠던 그 생각이 전혀 황당한 것이 아니라는 결론을 내리게 되었어요.

강은해 교수는 도깨비를 '대장장이 신'이라고 생각합니다. 도깨비의 신출귀몰하는 능력은 바로 사물을 마음대로 변형시키는 대장장이의 물질 변형 능력에 대한 신화적 해석이라는 것이지요. 그런데, 〈동국여지승람〉을 보면, 고려 시대에 '두두리'라고 불리는 '목랑(木郎)'을 신으로 섬겼다는 기록이 있습니다. 박은용 교수는 이 '두두리'라는 단어가 '절구'를 의미하는 말이라고 추정합니다.

'절구'는 '두드리는' 행위와 연결됩니다. 강은해 교수는 이 두드리기가 대장장이가 모루를 두드리기는 행위와 연관된다고 봅니다.

그런데, 이 '두두리 섬기기'는 "비형 이후에 심히 성해졌다."라고 기록되어 있습니다. 그래서 많은 학자들은 '비형'(두룬)이라는 인물을 도깨비의 기원으로 보고 있습니다. 저는 거기에서 한 발자국 더 나아가서, 도깨비를 대장장이 신화와 연결시킬 수 있다면, 연금술 신화와도 연결시키는 것이 가능할 것이라고 보았습니다. 연금술의 기원은 야금술이니까요. 공부를 해 가면서, 저는 비형 이야기보다 무려 4세기 정도 앞서는 신라의 '방이 설화'가 당나라 사람 단성식의 〈유양잡조〉에 기록되어 전하고 있다는 사실을 알게 되었습니다. 그 이야기 안에는 도깨비와 관련된 연금술적 상상력이 분명하게 나타나 있습니다.

그렇게 해서 '연금술사 도깨비' 〈불의 지배자 두룬〉의 밑그림이 그려졌던 것입니다. 이러한 연구 결과를 한 편의 논문으로 발표하기도 했습니다(김정란, 「도깨비 설화와 연금술」, 「비교문학」 48집, 2009). 논문을 읽어 보면, 〈불의 지배자 두룬〉의 인문학적 배경에 대해 자세하게 알 수 있을 것입니다.

비형 이야기는 일연의 〈삼국유사〉 권1, 기이 편에 수록되어 있습니다.

     연금술사의 탄생

신라 25대 진지왕은 도화녀라는 뛰어나게 아름다운 사량부의 서녀(庶女)의 사랑을 원했으나, 남편이 있었던 서녀는 "두 남성을 동시에 섬길 수 없다."라고 말하며 거절했다. 왕이 "죽인다면 어찌하겠느냐?"라고 하니, "시(市)에서 목을 베어 죽인다 해도 따를 수 없다."라고 대답했다. 왕이 "남편이 죽은 다음에는?"이라고 묻자, "그때는 가능합니다."라고 대답했다. 그해에 왕은 "정란황음(政亂荒淫)"으로 폐위되어 죽었고, 도화녀의 남편도 2년 뒤에 죽었다. 도화녀의 남편이 죽은 지 열흘 만에 진지왕의 영혼이 찾아와 도화녀와 사랑을 나누었고, 아들 비형이 태어났다. 진평왕(진지왕은 진평왕의 삼촌)이 비형을 데려다 길렀고, 15세가 되었을 때 집사에 임명했는데, 비형은 밤마다 날아서 궁전 담을 넘어가 귀신들과 놀았다. 진평왕이 신원사 북쪽에 다리를 놓으라고 비형에게 지시하자, 비형은 귀신들과 함께 하룻밤 사이에 큰 다리를 놓았다. 사람들은 이 다리를 '귀교'라고 불렀다. 왕이 귀신들 중에 정사를 도울 만한 사람이 있느냐고 물어보자, 비형이 길달을 추천했다. 왕은 길달에게도 집사 벼슬을 내리고, 충직한 길달을 각간 임종의 아들로 주었다. 임종이 길달을 시켜 흥륜사 남쪽에 문을 짓게 했는데, 길달이 매일 밤 그 위에서 잤기 때문에 길달문이라는 이름이 붙었다. 어느 날 길달이 여우로 변해 도망치자, 비형이 귀신들을 시켜 길달을 잡아 죽였다. 그 후로 귀신들은 비형의 이름만 듣고도 무서워 도망쳤다. 사람들은 "성제(聖帝)의 혼이 아들을 낳았구나. 여기는 비형랑의 집이다. 날고뛰는 잡귀들아, 이곳에 머물지 마라.”
라는 시를 문에 써 붙여 귀신을 물리쳤다.

　이것이 ‘두두리’의 시조가 된 비형의 이야기입니다. 〈불의 지배
자 두룬〉에서 진지왕(마룬왕)은 나쁜 왕이 아니라 좋은 왕으로
설정되어 있습니다. 제가 자의적으로 바꾼 것이 아니라, 역시 공
부를 통해서 다른 해석이 가능하다고 보았기 때문입니다. 〈삼국
유사〉에 “어지러운 정치와 음란함”으로 인해 폐위되었다고 하는
진지왕에 대한 기록은 〈삼국사기〉에는 전혀 나타나지 않습니다.
오히려 왕의 역할을 썩 잘 수행한 왕으로 기록되어 있습니다. 왕
의 폐위는 매우 중요한 역사적 사실입니다. 그런데 관찬서인 〈삼
국사기〉가 그 사실을 누락시킨 것이지요. 그것에 관해서 김부식이
삼국 통일의 초석을 놓은 태종 무열왕 김춘추가 속한 진골계의 입
장에서 신라사를 썼기 때문에, 김춘추의 조부인 진지왕의 폐위
사실을 언급하지 않았을 것이라는 견해가 있습니다.
　그러나 일부 사학자들은 폐위가 사실이라고 해도, 석연치 않은
무엇인가가 있다고 말합니다. 왕의 ‘황음’은 도화녀에 대한 사랑 외
에는 아무 기록도 없으며, 〈삼국사기〉 내의 다른 왕들(고구려 산상
왕, 신라 소지마립간, 백제 개로왕)의 성적 모험과 비교해 보면 오히려
매우 점잖고 이성적입니다. 또한 설화 말미에 덧붙여진 노래에서
백성이 진지왕을 ‘거룩한 왕’이라고 부르고 있는 것을 보면, 백성

　　　　연금술사의 탄생

은 진지왕을 나쁜 왕이라고 여기지 않았던 듯합니다. 따라서 몇몇 학자들은 '정란황음'이 진지왕을 폐위시킨 세력이 만들어 낸 정치적 명분에 불과하다는 결론을 내립니다. 그렇다면, 진지왕은 귀족들과의 갈등에 희생되었을 가능성이 있습니다.

　금석학 증거에 따르면, 진지왕은 오히려 불심이 돈독했던 왕으로 보입니다. 성덕대왕 신종에 '진지대왕사'라는 절 이름이 나타나는데, 그 절이 어디에 있었던 절인지는 밝혀지지 않았으나, 지금까지 알려진 절 이름 중에서 왕의 이름을 딴 유일한 절이라고 합니다. 강영경 교수는 진지왕의 이름 사륜(舍輪)의 '사'를 '무교의 제단이 있는 곳'으로 해석하면서 진지왕은 "무교 집단에게 불교를 전파한 왕"이라고 말합니다. 〈불의 지배자 두룬〉은 이 학자들의 견해에 근거해 이야기를 만들었습니다.

　이 책은 도화녀(복숭아꽃)를 신녀로 설정하고 있습니다. 이 설정역시 강영경 교수의 연구로부터 영감을 얻었습니다. 일반적으로 '서녀(庶女)'를 '서민 여자'라고 해석하지만, 강영경 교수에 따르면, '서(庶)'의 고대적 의미는 '제사'와 연관되어 있다고 합니다. 〈시경〉에는 "서(庶)는 제사에 바치는 많은 고기"라고 되어 있고, 〈설문〉에는 "신상을 모신 집에서 제사를 드리기 위해 많은 사람이 모여 있는 모양"이라고 되어 있습니다. 즉 '많은 사람' 또는 '보통 사람'이라는 의미 이전에 '제사'라는 의미가 있는 것이지요. 강영경 교수에 따르면 서녀는 "따르는 무리가 많은 여사제"를 의미합니다. 죽은 왕의 혼령과 사랑을 나누는 것도 무당의 접신 행위로 볼 수 있습니다. 도화녀는 사랑을 요구하는 진지왕에게 "시에서 목이 베어지더라도" 왕의 요구를 들어줄 수 없다고 대답하는데, 역시 강영경 교수에 따르면, 시는 저잣거리를 의미하는 것이 아니라, "제단이 설치된 장소"를 의미합니다. 〈불의 지배자 두룬〉은 이 관점을 따라가고 있습니다. 다만, 도화녀가 섬기는 종교를 '어머니교'로 설정한 것은 순수한 창작입니다. 그 어머니가 고구려의 시조 신인 '유화' 부인이라는 것은 무리한 설정으로 보일 수도 있으나, 유화가 우리나라 여신들 중에서 가장 연원이 오래된 여신 중 하나라는 점을 고려해서 그렇게 설정했습니다.

〈불의 지배자 두룬〉은 〈삼국유사〉의 '도화녀•비형랑' 설화에서 출발하고 있습니다. 거기에 대장장이였던 석탈해 설화를 가미했고, 이야기 후반부에서는 세간에 잘 알려진 조선 시대 이후 도깨비 이야기들과의 통합을 시도했습니다. 그러나 주된 내용은 순수한 판타지입니다. 근원이 되는 이야기가 역사라기보다는 설화이므로 역사적 인물들의 이름을 그대로 따와도 무방할 듯싶었지만, 역사적 지수들이 아무 의미도 없다는 판단이 들어 이름들을 모두 바꿨습니다. 따라서 이 이야기는 〈삼국유사〉라는 설화적 역사 책으로부터 영감을 받았으나, 그 기본 얼개는 순수 판타지입니다.

제가 이 이야기를 쓰면서 특히 마음 썼던 것은, 한국적 근원을 가지는 설화적 요소들을 규모 있는 하나의 서사로 만드는 것이었습니다. 그러나 제가 이 이야기를 통해서 진정으로 창조해 내고 싶었던 것은 따로 있습니다. 저는 '속죄하는 영웅'을 그려 보고 싶었습니다. 우리 문화 안에는 고백과 속죄의 전통이 매우 흐릿한 것 같습니다. 과오를 저지른 사람들이 참회하기는커녕 큰소리를 치고, 자신의 잘못을 감추는 것도 모자라 그 잘못이 공동체를 위한 행동인 양 포장하고, 오히려 진실을 구하는 사람들을 단죄하는 상황. 저는 그것이 많이, 아주 많이 고통스러웠습니다. 그래서 저는 철저하게 몰락하고 철저하게 속죄하는 영웅상을 한번 그려 보고 싶었습니다. 뛰어난 영웅이었던 두룬은 욕망으로 인해 몰락합니다. 그러나 철저한 고백과 참회를 통해 새로 태어납니다. 제가 진정한 연금술이라고 생각하는 것은 바로 그것입니다. 잘못에 대한 철저한 고백과 참회로 완전히 새로 태어나는 것.

　진정한 갈망은 언젠가 반드시 답을 얻을 것이라는 확신으로 글을 썼습니다. 지금 우리는 니그레도의 검은 밤을 통과하는 중이지만, 그 어둠으로부터 루베도의 붉은 황금빛 태양을 만들어 낼 것이라는 희망도 글을 쓰는 제 영혼에 빛을 비추어 주었습니다. 재주 있고 세련된 뱀의 혀들이 아니라 우직한 도깨비, 자신의 과오를 고백하고 참회하는 미련한 영웅이 진짜 영웅으로 우뚝 서게 되는 날이 올 것이라는 믿음이 고통으로 흔들리는 제 마음을 붙잡아 주었습니다.

　그 믿음과 함께 두룬을 당신에게 보냅니다. 두룬이 당신을 깊이
꿈꾸게 하기를 간절히 바랍니다.

2014년 니그레도의 여름

김정란